imaginist

想象另一种可能

理想国
imaginist

不间断的人

双雪涛 著

上海三联书店

图书在版编目（CIP）数据

不间断的人 / 双雪涛著 . -- 上海：上海三联书店，
2024.2

ISBN 978-7-5426-8254-3

Ⅰ . ①不… Ⅱ . ①双… Ⅲ . ①中篇小说 – 小说集 – 中
国 – 当代②短篇小说 – 小说集 – 中国 – 当代 Ⅳ .
① I247.7

中国国家版本馆 CIP 数据核字 (2023) 第 184791 号

不间断的人

双雪涛 著

责任编辑 / 宋寅悦
特约编辑 / 黄平丽
封面设计 / 周伟伟
内文制作 / 马志方
责任校对 / 王凌霄
责任印制 / 姚　军

出版发行 / 上海三联书店
　　　　　 （200030）上海市漕溪北路 331 号 A 座 6 楼
邮购电话 / 021-22895540
印　　刷 / 山东韵杰文化科技有限公司

版　　次 / 2024 年 2 月第 1 版
印　　次 / 2024 年 2 月第 1 次印刷
开　　本 / 850mm x 1092mm 1/32
字　　数 / 186 千字
印　　张 / 9.875
书　　号 / ISBN 978-7-5426-8254-3/I・1839
定　　价 / 68.00 元

如发现印装质量问题，影响阅读，请与印刷厂联系：0533-8510898

献给 K

目 录

不间断的人 001

淑女的选择 083

刺客爱人 099

香山来客 199

白色拳击手 223

买狗 265

爆炸 281

不间断的人

一

　　安东的发财树死了。树的位置在电视柜的旁边，因为他习惯在客厅里工作，所以他给自己弄了一个大桌子，有三米长，一半吃饭，一半干活。发财树就在桌子和电视柜之间，有意无意总能看到。死状是很凄惨的，叶子都掉了，原来就不多的枝条变得又细又黑，有的还弯曲了，像是遭了火灾的窗棂。盆里的土和根分离开，露出一圈裂缝，可气的是开始几天裂缝还是潮湿的，似乎蕴藏着变数，跟枯枝很不统一。安东有几次想把它连根带盆一起扔到垃圾桶，"咣当"一声，一拍两散，但是不知为何他一直没有动手，懒是一方面，另一方面是他一直抱有幻想，铁树开花，万一哪天活了呢？它的躯干还很结实，他试图浇过几次水，水径直穿过松土，流到了地板上，于是水也不浇了，就放在那里。安东有个本子，挺大的本子，是画画用的素描本，有什么想法就写在上面，那个周一安东在本子上写下：等待神迹。字迹很大，咒语一样。一个月过去了，黑土越来越白，大象鼻子一样的躯干裂开了几处，看来是没救了。这对安东是个挺大的打击，不是心疼树，当然叫作发财树的植物死亡总让人起那么一点不好的联想，主要是他厌烦挫败，即使是小小的挫败也会深深地刺痛他。在他看来万物之间的联系是非常紧密的，也就是说一次失败看起来没什么大不了，可是其连锁效应是无法估计的，士气的打击是一方面，另一方面若存在躲在世界之后的决定者，他看到你容忍了一次失败，就会派发更多的失败给你，这是安东的理论，世界后面的 Dealer 拣选出失败者的队伍，在里面挑出更失败的人令他们承受更多。可是生死有命，无法贿赂，这树死了，他必须忍着，目前看来就是这么回事儿了。

除了发财树，他还有一棵山茶树和一盆非洲茉莉，这两株植物活得还很好，确实也相对好养，偶尔把它们忘记也不会产生严重的后果。安东起身给它们浇了点水，比平时多一点，然后坐回长桌的一边开始工作。夏至刚过，他光着膀子，下身穿一条运动裤衩，写作如同长跑，也需要着装轻便，工作的时候他会关掉路由器，使自己的电脑处于断网状态，成为一个孤单的写作工具，只能记录，不能发问。快中午的时候，他站起来走了走，开始等待，因为每天的这个时候，也就是中午十二点，楼上总会有人弹钢琴，这个人准时如康德，早不过十一点五十五分，晚不过十二点零三分，准会弹起来。三年前他搬进来的时候并无钢琴声，两年之前突然有一天钢琴声开始了，从最简单的曲子开始，那首曲子叫作《印第安鼓手》，他知道，因为他曾经听自己的侄子弹过。最初琴声每天持续半小时，后来到了一个小时，现在每天整整两个钟头，直接进入曲目，到了下午两点左右停止。所弹的曲子复杂多了，经常有错误，有时候一个小节要反复几遍。他不懂音乐，不知道弹的是什么，总归是一个大作曲家的作品吧，复杂的东西总是相似的。他不确定弹钢琴的人在他的楼上还是再一层楼上，不过他确信钢琴的位置就在他书桌的上面，他的脑袋正对着钢琴腿。开始的时候当然不愉快，有时候他会瞪着眼睛看着天棚，好像向一个随地吐痰的人怒目而视，时间久了也就习惯了，有时候在电梯里见到同一单元的人，他会琢磨是不是就是他（她）弹琴呢，他会注意对方的手指，过去总觉得弹钢琴的人手指修长，可是过了一段时间他发现手指修长的人真多啊，原来手指就是一种修长的东西。

　　有一天晚上，大概十点钟左右，他看见一个女孩随他上了电梯。女孩大概二十岁出头，体态挺拔，穿一身运动装，戴一顶白色鸭舌帽，右手拎一只超市的塑料袋，里面装着饮料，玻璃瓶的啤酒，纸巾，塑封的水果，一条韩国产香烟，还有几节电池。只用两根手指钩着，毫不费力。他住15楼，女孩用左手按了18楼。电梯行驶到8楼左右的时候，他说，是您弹钢琴吧？女孩扭头看他说，嗯？他说，弹钢琴的是您吧，最开始是《印第安鼓手》。女孩说，不是我。他说，对不起。女孩说，没关系，我也想知道谁在弹琴，每天我起来没有听见钢琴声，就知道又睡过了。安东说，好句子。女孩说，什么好句子？安东说，我说您刚才说了一个好句子。女孩说，不是句子，是真实情况，我刚才还以为弹琴的是你呢。安东说，为什么您觉得是我？女孩说，因为看你就像一直坐着的人，而且也像个不间断的人。安东走出电梯时心里想，不间断的人，他低头看了看自己的身体，没有裂缝，不间断的人，可不是呢。

　　在客厅里走了一会，安东拿起手机点了外卖，吃过之后他连上了路由器，把手机微信连到电脑上。这是他的Social 时间也是娱乐时间。他有不少微信群，经常看的有三个，一个是现在手头进行的项目群，导演、制片人、文学策划都在里面，大家相敬如宾，除了工作之外互不关心。这段时间是他独立工作的时段，所以这个群不是十分活跃，偶尔会有人谈论目前新上映的电影，或者想到了一个什么参考片，在里面介绍一下，谈一下个人的看法。安东很少发言，如果有人提到的片子他没看过，他就会去看。另一个是 G 大学的足球群，这个群里的人都是他大学时的队友，如今各奔东西，大部分已经不再踢球了，包括他自己，有的因为伤病，有的因为多了三十斤赘肉，但是大家还会讨论足球，也就是在嘴上把比赛踢一遍，或者回忆当年的哪场比赛的那个进球是多么精彩，安东几乎从来不说话，当时他也是个边缘人物，几乎没上过场，里面的人也不是全认识，他是一个认真的中后场球员，能踢很多位置，没有任何进攻才华，就像作家里的厄普代克。第三个群，是一个《周易》的群，或者叫作易学群，他不懂《周易》，完全无法就此专业发言，不知什么原因七拐八拐进到了这个群里，他的第一次发言就是说，不知道怎么到了这个群里。有人在底下回复说，这就是《周易》的力量，路径。他想想也对，就没有退出去。后来他发现这里面有一个名字叫作伞先生的人，很有意思。伞先生发言不多，但是地位很高，有时候众人为一个八字争论不休，这个八字是哪来的很难说，有的是群里人亲属的，有的是朋友的，有时是曾国藩的，有时是韦小宝的，大家在一块相互求证，不同于算命先生，非要一个准确性，要从这里头算出自己的那份钱来，这些人更像是学术探讨，一个人走上讲台，把一个公式写在黑板上，然后大家研究研究，各自举手发言，类似于这种。难以决断时，就会有人说，让伞先生看看。于是连续十几个人＠伞先生。伞先生马上回答的时候比较少，通常是在夜里，十二点之后，不怎么寒暄，不摆架子，直接说，最简短时是四个字，"不值得看"。有时会说很多。比如："想象一下，有一个人坐在佛堂之上，背对佛祖，面朝群山，身边一盏孤灯，夜已深，山风轻轻晃着微敞的门扉，灯焰摇晃。这人站起来，一脚踹翻了油灯。这人的八字给我的感觉就是这样的"。还有的是这样："一人行于沙漠，口渴难耐，忽见一口深井，能听见井中淙淙水声，从上面看，什么也看不见，也无打水的工具，于是就把绳子拴在自己脚脖子上，大头冲下去喝水。果然有，猛喝一个时辰，把水喝光了，露出泥。忽见泥中有金子闪烁，伸手一拨，果然是碎金，于是双手左右开弓挖之，越挖越深，终于把自己大头冲下埋于井中，从旁边看像一个有两根枝丫的灌木。这人的八字就给我这样的感觉。和牛顿的字儿有点像"。安东给好几个这样虚渺的段落拍了照，他不知道这样感觉的八字是什么样子的，或者具体到人，人的命运是什么走向，怎么才能走成灌木，他只是觉得这人的表达有意思，如果找一个画家，可以直接把他所说的画出图来，如果是个小说家，可以写出几个短篇小说来。伞先生也有直指具体事情的时候，比如他会说："我断这个人眉毛是连着的，不过他刮掉了中间部分，如果三天不刮，还会长出来"。或者是："我断此人阳痿，但是好色，他的痛苦就来源于此"。从提供八字的人的反应看，伞先生的"断"很少出差错，有人一时不服，过了一些时候，又承认当时伞先生是对的。伞先生这样功力的人大可以以此致富，为什么要无偿地在一个陌生人的群落里给人看八字呢？安东想起了一本小说叫作《寂寞芳心小姐》，"寂寞芳心小姐的灵魂，照耀我／寂寞芳心小姐的身体，滋养我／寂寞芳心小姐的鲜血，迷醉我／寂寞芳心小姐的泪珠，洗涤我"。伞先生和寂寞芳心小姐，安东在心里搭配着这两个名字，非常适配。

　　这天下午，也就是 2019 年盛夏的一天下午，钢琴声准时停歇下来，安东看着《周易》群里在讨论一个叫作化气格的东西，他当然不明所以。等他们讨论过了，群里进入了长时间的安静，他在群里问道：植物有八字吗？@伞先生。他知道伞先生夜里才会出现，他也没有指望伞先生出现之后会解答他这个问题，他看了看斜前方发财树的盆子，把对话框关闭了。他心里还有个更想问的问题，但是他一直没有问出口，因为直觉告诉他，这个问题无论他多么好奇，都是不应该问的。就像你有一块表，它一直准确地走着，但是你一直觉得它有点奇怪，想去专卖店证明它的真假，安东觉得类似于这样的事情是极没有意义的，但是又不是轻易能够放下的事情。

　　这个故事要从 2016 年说起。2016 年是安东来到北京的第二年，过去一年他参与过一些剧本策划工作，也当过一部电视剧和一部电影的枪手，他展现了部分的才华，也意识到自己不太善于与人合作，尤其不善于出门坐地铁去工作。2016 年他把自己关起来，独立完成一个电视剧的剧本。这是一部古装的宫廷剧，六十集，但是里头有一个外星人，开始当宫女，后来当王妃，一路晋升，几乎要统治王国。后来她发现，很多死去的亡灵就在她左右，这些亡灵有的死于她之手，有的是自相残杀而死。外星人有个独特的本领，那些没有渡过冥河的人她是能够看见的，并且可以通过意念与之交谈，开始颇多仰仗，后来她疲惫不堪，终于自尽，醒来时发现自己又回到了故事开始的时候，这就是她的命运，地球上唯一一个外星人的命运，然后一天天把前世的东西忘记。《王妃西西弗》，这是他最开始起的名字，后来改作《王妃茜茜》。他每天写作六个小时，午睡一个半小时，剩下时间翻查资料，在自己的本子上涂涂画画，梳理思路。写好之后，他突发奇想，想找一位韩国女星来演，投资方和导演都拍手称妙，三下五除二到了拍摄前夕，政策突变，莫说外星人宫斗，韩国演员也不合适用了。这是一个重大打击，因为投资方已经拿着剧本和演员的合同把尚且乌有的剧卖给了电视台，于是开始退钱。退来退去就退到了源头，剧本是安东写的，主意是安东想的，不但退，还得赔。

那段时间安东想到了死，他没有结婚，父母健在，且身体健康，他的上面还有一个姐姐，一直在老家和父母生活在一块，他死之后还有姐姐可以给父母养老送终。这部戏他写了一年半，这一年半的时间主要靠着家里的接济在北京混下去，一天吃两顿饭，没有朋友。好的写作者是没有朋友的，这是他的理论，他还有另一个理论，虽然他从初中起是一个几近狂热的小说读者，但是他觉得在这个时代，必须先要把小说舍弃。为什么要写小说呢？小说能够影响谁呢？他曾经在他的大本本上写下过，小说家就是在沙漠里找水的人，殊不知沙漠之外早已经是繁华城市，水，一拧就从水龙头里源源不断地流出来。艺术若不能冲进生活里炸开，就不算真正的艺术。所以他从自己的 L 小城来到北京，是从未有过文学青年的理想的，他立志要做一个剧作家。他的笔名安东是向伟大的文字艺术家安东·巴甫洛维奇·契诃夫致敬，契诃夫在那个时代紧紧抓住了小说和戏剧两门武器，做俄罗斯人精神上的家庭医生。他删除了小说，留下了戏剧，他想先写一部电视剧，再写一部电影，然后写一部舞台剧，这个计划的初衷是他要先挣到一些钱，然后再依次处理他认为重要的体裁。

2016 年冬天发生的事情可以说是真正的考验，拿到手里的编剧费他已经花了大半，一部分是交了房子的首付，房子的位置在毗邻通州的一个新小区中，小区还在草创，不过面积极大，荒凉又辽阔，就是他现在住的地方，八十六平米。一部分给他父母买了一辆小轿车，父母感到高兴，但是并没有像他期待的那么高兴，因为两人都不会开车，虽然车子归在他们二人名下，实际使用者是他姐姐。他姐姐的孩子，也就是他的侄子四岁半，在上幼儿园，这辆车的主要用途是接送孩子上下学。剩下的钱他购置了一些房子的家具，主要是在宜家采购，书架、书桌、看书的躺椅，还有一套精美的刀具。剩下的不到二十万他存进了银行，活期存款，像是放在床底下的手提箱一样，可以随时支取。

这些钱要全部退掉，还要再赔偿给对方八十万元。

至于怎么死去，当时安东没有太多思路，或者准确地说，他想到了死，但是不可能真正去死，这种联想基于一种泄愤式的思考，在脑中想一下死这件事，似乎能够缓解一点苦熬的恐慌，毕竟还可以去死嘛。想凑齐这笔钱基本上不可能，除非让他的父母把他们住的老房子卖了，这时他才知道当时腹泻一样地花钱是极幼稚极脆弱的。那就势必要经过法院了，一想到法院他就想到卡夫卡，更觉得无望，"准是有人诬陷了约瑟夫·K，因为在一个晴朗的早晨，他无缘无故地被捕了"。那段时间他就躲在郊外的房子中，上午打开电脑呆坐，下午睡觉，晚上失眠，有一次睡不着，他从床上爬起来把大学时的球鞋穿在脚上，在房间里走来走去，噔噔噔噔，有点挤脚，他心里想，热胀冷缩，也许到了夏天就好了，距离夏天还有七个月，不远，到了夏天，要胀的时候是脚和鞋一起胀啊，所以其相互关系还是跟现在一样。他抬头看了一眼宜家买的圆形挂钟，黑色指针，白色底，黑色的时间向前走着，清晨的黑牛奶，我们在晚间喝它，凌晨四点半。他忽然意识到自己可能有点不太对头，赶紧把鞋子脱了，扔在客厅，走进厨房抽出一把水果刀，回到了床上，把刀放在枕边，闭上了眼睛。明天先把二十万打给人家吧，他对着刀把说。

　　应该是十二月的最后一个周一，也就是说离对方给他下达的最后打款日只有五个工作日了。他打开电脑，发现微博上有一个人给他发了一封私信。私信很简短："安东老师您好，凑巧得知您目前状况，也对您遗憾夭折的剧本有所了解，私以为并非无任何回旋之余地，我的电话如下，微信号就是电话号码。静候。盼复。"安东马上回了一封私信："你什么意思？"然后拿起电话加了对方微信，对方的微信名字叫作仰光。缅甸人？安东心想，这点破事情都传到缅甸去了？一定是韩国人干的。上午九点发去了加好友的邀请，下午三点多对方通过了，又过了大概二十分钟，对方先发来了一个抱拳的手势，然后说，安东老师您好，凑巧得知您目前状况，也对您夭折的剧本有所了解，深以为憾，私以为并非无任何回旋之余地，请问您意下如何？安东把微信读了两遍，这是什么意思？什么就意下如何了呢？正在他琢磨之际，对方又发来一条：对不起，遗忘了做自我介绍，我叫刁仰光，东北人，家住距离您家乡五十公里左右的 F 城，您知道 F 城吧？您一定知道 F 城，也就是 L 市的卫星城，地底下有好多鸟骨头。我就从那里来的，刚到北京不久，目前做些影视方面的建树，我同情您，也对您的剧本有很大兴趣。盼复。安东想了一会，主要是想了一下该怎么称呼对方，他回复说，刁总您好，感谢您对我的关注，虽然我这样的无名之辈怎么被您看到我也搞不清楚，我微博的粉丝只有七十八个，准确地说，微博是我看新闻的地方，所以我对在微博上与您取得联系殊感意外。您说对我的剧本感兴趣是什么意思？对方回说，老乡，不要叫我刁总，我不是总，若不嫌弃您可叫我仰光我便舒服些，我是个演员。您的剧本我想买下，并且全力以赴出演，我对您刻画的茜茜同志很有兴趣，我可从信仰角度塑

造这位可爱的同志，具体价钱您现在告诉我就可以，我还
涉世未深，无法给您报价，见谅见谅。为什么会有人这么
组织句子？先不管他。安东打开手机的计算器做了一下加
法，他的酬劳加赔偿金额，大概二百二十万，他已经退还
了二十万。安东说，不好意思，我还以为您是男性。价钱
我想了一下，大概二百万。对方说，我是男的啊，女的好？
请把您账号和开户行发给我。安东站起来在房间里走了一
圈，他在脑子里过了一遍可以与之商量此事的人，一个都
没有，对啊，你不是不需要朋友吗？安东问自己，你不是
只需要一张桌子，一台不发问的电脑就可以吗？他坐下拿
起手机说，不是有意冒犯，可是剧本茜茜的角色是个女性，
而且是个后宫戏，可能非得是女性不可，所以您可能之前
的信息有误，我也不知道您的年龄、外貌，即使是其他角
色，可能这些东西也需要再行论证，所以可否请您把您的
个人资料发给我？等了一会，对方回复了一行字，老乡，
无须担心，男男女女，造化之形也。安东把回复读了好几
遍，然后把账号发给了对方。对方再没说话。

　　夜里安东睡得时断时续，时而做梦，时而清醒，上厕
所尿尿，不知自己是在梦里还是真在尿尿，还没有想清楚
就又回到了床上。早上醒来好像爬过山一样疲劳，双脚觉
得肿胀，梦见过什么也全然忘记了。他从床头拿起手机看
了一眼，没有微信，没有短信。早饭吃了一个苹果，把苹
果核儿扔进垃圾桶的当儿，手机响了，是银行余额变动的

短信。二百万元整，到账了。随后来了一条微信，安东老师早上好，本想登门拜访，畅谈您之大作，请您了解本人之面貌，亦将我对角色之老粗想法给您说说，奈何奈何，我接到通知要去美利坚访问，这就得走，目前已在去机场的路上，就在这路上我揣摩了角色，诞生了七条想法，等我回来，逐条说给您听。再见，再会。仰光敬上。安东回道，您什么时候回来？我们恐怕要补一个合同，另外，如果您要坚持出演，我可能还需要调整一下剧本，这件事情也需要我们详谈一下。刁仰光没有再回复。安东咬牙给他打了一个语音电话，若非万不得已，他绝不会打电话给别人，微信尚有余地，电话就是短兵相接，容不得多想，是他的弱项。对方没有接听，过了一会显示，电话可能不在对方身边，过了半个小时，安东又打了一个，还是如此。

　　从第二天，也就是2016年12月27日开始，安东再没有刁仰光的消息。他查了一下那二百万的付款人，叫作鸟骨文化传媒有限公司。上网百度了一下，没有相关信息。安东心里想，是慈善家？慈善家应该针对是无差别的大众，找到我，给我这么多钱是怎么回事？他一直不知道对方的年龄，所以信息都来自对方的微博私信和微信对话。难道此人是我远方的叔叔？已身患绝症且膝下无子？刁仰光的微博账号只发过一条微博，是一辆老式的三菱摩托车，这车他有印象，九十年代L市有些年轻人突然迷这个，那时他十岁出头，看着邻居家的哥哥不戴安全帽，骑着三菱摩托去郊外的河上溜野冰。据他爸回忆，当初第一批骑这车的人，大多非死即残，不是车的性能有问题，是买车的人的性格所致，最先买车的都不是骑慢车的人。刁仰光的微信朋友圈也只有一张照片，一把老式的刮胡刀，刀片需要用螺丝固定在凹槽里，照片上的刮胡刀是金色的，细长的柄像山洞里垂下的钟乳石，刀头上面有一片崭新的刀片。安东研究了几天，一无所获，决定还是给制片方退款，制片方很高兴，他们以为是一定要走法律程序的。钱退干净之后，安东问了一句原来的制片人，你听说过鸟骨吗？一个公司。制片人说，哪两个字？他说，就是鸟骨头的鸟骨。制片人说，没听说过，怎么了，你也欠他们钱？安东心想，这话还真不是没有道理。他说，不是，我准备跟他们合作一部新戏。对方过了一会回了一个笑脸。

　　到了夜里十二点左右，伞先生上线了。他说，植物的八字？我没想过。不过有些文化里，是很推崇植物的，希望人能像植物一样生生死死，循环往复，比如印度。植物八字的困难所在是，它生命的开始是何时呢？它的性格和命运具体何指？这位朋友为什么有此一问？是心爱的植物过得不好？底下涌出一片人，纷纷说，今天伞先生谈锋甚健，大家要把握机会。伞先生说，问题有趣，植物也是宇宙的造物，依靠太阳而活，八字跟星体之间作用的关系密切，植物长于行星之上，仰恒星之光，难道不值得琢磨吗？有人问，伞先生几点休息？我们好心里有个数。伞先生说，凌晨三点下线。有人问，伞先生喝了吗？伞先生说，喝了，不行？有人说，当然行啊，只是伞先生平时从来不说自己的事情，今天大伙感觉有点亢奋。伞先生说，人生得意须尽欢，莫使金樽空对月。这算说自己的事情吗？这是常识。谁有问题？不知为啥，安东看着电脑屏幕，想起了小时候自己家门口种的韭菜，那时还没有搬进楼房，妈妈就在门口的一小块土里种了点韭菜，韭菜极好活，割了又长，长了再割，每次割基本都是吃饺子。不疼？应该是不疼吧，若它不能再长，似乎也没人割它，这大概就是所谓的服务型人格。他又想起了初中时看过一部科幻小说，叫作《三叶草》，这个名字是不是确切他有点拿不准，但是小说一定是关于三叶草的。三叶草在小说里开始如同韭菜一般，服务于人类，也许不能包饺子，但是用途更加广泛，其叶子甚至能够产能，于是世界各地都开始种植三叶草。三叶草得到了悉心的照顾，渐渐长出腿来，不是肉腿，是类似于腿的根须，可以健步如飞，心情好时聚在一起工作，心情不好时就要逃跑。之后从三瓣叶子中间又长出一个小球，带刺，由一根枝条牵着，不是脑袋，三叶草的大脑在叶子上，分管不同领域，一片叶子思考哲学，一片叶子体会情感，一片叶子支配运动。这个小球是杀人利器，有毒，挨上一下就会产生幻觉，如草一样行走，不久便死，成为肥料。人类开始围剿三叶草，三叶草的军队也推选出领袖，与人激战，最后人类输了，地球成了三叶草的世界。他记得这一部很冷僻的小说，藏在学校图书馆的深处，小开本，纸张极硬，如草木死而不僵，读时感觉阴郁，行文相当粗糙，可是还是会牢牢地把人抓住，最后三叶草屠尽人类，小球越长越大，终于可以思考，叶子倒是变成了手脚，似要成为新人了。安东记得他看完最后几行字，大叫一声把书扔了。

等他缓过神来，群里已经刷出无数条信息，有人看婚恋，有人看升迁，有人看身体，有人看是否适宜去威尼斯旅行，若犯了水忌，去了心中忐忑，也玩不痛快。都与他无关，他应该拉一会划船机（犯了水忌也不怕的），然后继续写他的电影剧本，可是他都逐条看了下来，主要是看伞先生的三言二拍，两三言就拍了板，再说下一个。中间伞先生消失了大概半小时，到了凌晨一点多，伞先生忽然出现说，我刚才重启了，植物的那位朋友在吗？说说你的植物？群中静默。既然早先发了问，似乎再躲就显得矫情了，陌生人之间也有礼貌，这点安东懂。于是安东回复说，我的植物是一棵发财树，年初买的，一个月之前就不行了，但是我还没舍得扔，不知在指望什么。伞先生说，你的八字发来？安东说，我不专业，我只知道阳历生日，而且具体时间搞不清楚，当时我妈疼得发昏，我爸听说是个男孩，跑回家报喜，谁都没记着。伞先生说，大概齐即可，若你愿意，给我一些你的职业信息，时间可以推算。另外，"不行了"，有很多种情况，也就是死，是有多种形态，请你简单描述一下。安东说，就是枯了，干了，土里有一圈口子。我是一个编剧，我的生日是 1980 年 10 月 14 号。伞先生说，稍等。过了半小时，伞先生也没有说话，安东倒是不困，其他人聒噪起来，我们的还没看呢？我们还有问题，我们有生死攸关的问题，远比植物重要啊。伞先生不说话。安东也觉得奇怪，过了几分钟，他忽然发现伞先生在加他的微信，他通过了，伞先生说，你好，你的八字很有意思，一时说不清楚，你应该身高一米八〇左右，体重在一百五十斤以下，我推算你出生在夜里十点到十二点之间，也就是辰时。关于你的发财树，确实是死了，不过据我看，你还有两盆花，离发财树的残骸不远处。安东说，是的，一点不错。伞先生说，你现在去看一下其中一盆的土里，应该是西边窗户下面那盆花的土里，是不是有一株单独的绿叶？安东走过去，俯下身看了一眼，确实有一株绿叶，从土里长出来，一片叶子，一根茎，软绵绵的，但是极绿，像假的一样。安东伸手摸了摸，温凉软嫩，是一片小巧美丽的真叶子。他说，是的，确实有，一片叶子。伞先生说，这就是你的发财树，之后长成什么东西我不知道，但是过去是你的发财树。三点零一分了，我得睡了，我有些热，头晕。安东说，辛苦您了，伞先生，素昧平生，十分感谢。伞先生说，认识不代表关联，不认识不代表不关联，你写东西，运用比喻，应该比我更了解，两个遥远的物件是可以放在一个句子里的。安。

安东拿出手机给电脑屏幕拍了照，然后也上床睡了，略带着一点沮丧，因为平时他都是十二点之前睡觉的，熬到三点，不但不困，而且兴奋，这不是什么好兆头。果然他一夜没怎么睡着，脑子里乱糟糟的，一会是伞先生的偈语，一会是发财树在移动，从房间里走出去，在园区里散着步，跟园区里的忍冬、海棠、牡丹打招呼，然后又走回安东的房间，委身在一株山茶树的底下。这不是梦，也不是实情，是他的联想，他也想到了伞先生的相貌，是一个四十岁左右的瘦高个，穿衬衫与皮鞋，平时也许是个大学教师，但是在课上不方便讲《周易》，即使讲也是文化层面的，实战层面的就放在虚拟的空间去过一过瘾。他甚至在梦里背诵着惠特曼的诗句，关于草叶是什么："我猜它一定是我的性情的旗帜，用充满希望的绿色材料织成。／或者我猜它是上帝的手帕，／一件散发香味的礼物和故意掉下的纪念品，／在角落某处刻着主人的名字，好让我们看见并问道，谁的？"两个遥远的物件可以放在一个句子里。其实他并不想弄清楚这个句子，他是一个写作者，一个言之凿凿的过去，一个略显准确的未来，并不是写作者需要的东西，甚至有点违逆写作精神。但是如果了解一点，是不是能使我更好地安排自己的工作呢？有伞先生这样人的微信总不是什么坏事，平时相安无事，有事时请益一下，客气点，对方肯定也有乐趣。庙堂上有佛祖，手机里有高人。他的发财树没有死，变成了一片叶子，即使叶子枯了，也许又变成了一朵花，他不知道这么想对不对，是不是可以一直变下去，还是叶子就是唯一的一次机会了。它怎么卸下了原来的姿态，一头扎到了别人的土里去了呢？变成了一个这么柔弱的东西，寄人篱下，像个破产的人。它就这么把过去散尽了，然后安于坐在树下？它在想什么呢？快到早上的时候，安东才睡着了。

　　第二天醒来的时候，楼上的钢琴声已经开始了，他看了一眼手机，十二点十分。上午的工作泡汤了，明明睡了挺久，安东的头还是很沉，好像前夜醉了酒。他爬起来喝了一杯冰牛奶，感觉好了不少，然后他开始找烟，他已经几个月没有抽烟了，这天要抽一颗，没有什么特别的原因，没有逻辑，他的胸口好像饥饿之人的胃一样，到了极限，必须用一支烟来满足。他在电视柜的底下抽屉找到了少半盒"爱喜"，没有打火机，他拧开煤气，脑袋凑过去，把烟点着了。脸因此热了一下，皮肤收紧了，他揉了揉脸，坐在客厅里把烟慢慢抽完。比他想象的乏味，快感近于无，还引发了他轻微的干呕。他坚持把烟抽净，然后把烟蒂扔进了马桶里冲掉。这时有人敲门，他以为是他订的书到了，为了他目前手头所写的电影剧本，他买了两本抗战时上海特工活动的资料书，一本关于汪精卫，一本关于佐尔格。他打开门，门外站着两个人，一个五十岁左右的男人，一个看上去二十七八岁的女孩，男人穿一件黑色Ｔ恤，胸口有一只向右看的鹰，手里拖着一个巨大的行李箱。女孩极瘦小，前额极宽，如同停车场，穿黑色连衣裙，更显身子短，一双小白鞋，脏成了灰色。手里提着一袋水果，背后背着一把民谣吉他，没有琴套。男人说，安东老师在家？安东说，您是？男人说，在下刁仰光，是一个演员，这是我的女儿，她不是演员，她是一个音乐人，我们用得着的是吧。安东说，刁先生，你怎么知道我住哪？刁仰光说，这很容易，一点不用费事，用不着佐尔格那样的智力。安东说，佐尔格？刁仰光说，佐尔格是谁？安东说，您刚才提到了他。刁仰光说，那不重要，我们进去聊？安东说，我家里很乱，没有收拾，如果您来之前给我发个微信就好了。刁仰光说，我闺女也一直一个人生活，她可以帮你收拾。女孩说，你想让我这么一直提着水果吗？这个哈密瓜两斤。安东说，请进，拖鞋不够，实在抱歉，可能得请你们光脚，不过地板我前两天擦过。刁仰光说，不用担心，我们自己带了。

女孩还没坐下，说，楼上谁在弹琴？安东一边从沙发上捡起脏衣服一边说，不清楚，弹到两点结束。女孩说，这人是自学的，不过他可以开音乐会了。安东说，他总是弹错。女孩说，他不是弹错，他是在试验方法。口吃的人也许是哲学家。你不爱穿裤子？安东才意识到自己一直穿着三角裤衩走来走去，马上跳进卧室里套了一条运动裤。女孩说，我只是问问题，没有让你把裤子穿上。水果放在哪里？安东说，放在厨房。女孩说，你现在吃吗？安东说，不吃，谢谢。女孩说，你准备几点吃？安东说，这个，我不知道，也许明天吃。女孩说，这个瓜要今天吃，我挑了一个很成熟的，明天就败了。安东说，那就晚上吃吧。女孩说，八点？安东说，好的。

刁仰光打开行李箱，先拿出两双塑料拖鞋放在地上，又拿出一个相框放在安东的电脑旁边，照片是阿兰·德龙在《佐罗》里的造型，蒙面，但是因为你知道是阿兰·德龙，所以你知道是他。接着他又从箱子里拿出两个药瓶，装着朝鲜红参的浓缩颗粒，放在照片旁边。安东有个习惯，工作的桌子上从来不摆和工作无关的东西，照片什么的更让他觉得有人在监视他的工作或者分享他思想里的秘密。安东说，刁先生，这些东西不能放在桌子上。你来看我我很高兴，但是这是我的家，不是咖啡馆，我们谈工作的话可以去外面。刁仰光站起来说，不好意思安东老师，我是一个莽撞的人，小时候我妈就说我，不能见谁都把谁当朋友，但是我改不了。不是那二百万的事情，你不用管那个事情，那个剧本值那个钱，拍不拍不重要。我带来一个新合同，我刚才一着急，没有首先说这个事情，是我的失礼。刁仰光身高大概一米七五，四肢很粗壮，头极大，圆，无发，几乎没有颧骨，像一口平底锅。你说他是一个搬家公司的人，绝不会有人怀疑。不过他说起话来，有一种奇怪的文气，声音纤细温柔，不是做作，是太自然了，以至于你会怀疑是有人配音，但是其中的 L 市口音还是证明这些话确实出自他之口。合同是手写的，写在一张从笔记本撕下来的薄纸上，只有三行字："请安东老师写一个电影脚本，投资方为鸟骨影视有限公司，也就是我的公司。主演为刁仰光，剧本由两人合力创作，时间以写完时为准。影片姓名暂定为《一条龙》，酬劳为三百万人民币，惭愧惭愧，笑纳笑纳。"字迹拙劣，如同狗扒，但是并没有错字。刁仰光又递过来一张银行卡，说，卡里有两百万，密码是六个零，回头你自己改。您如果不信，可以现在下载一下这个银行的 App，一查便知道了。安东有种感觉，刁仰光说这个卡里有两百万，就会有的，下载 App 是多此一举。他看了一眼山茶树底下的绿叶子，长势良好，似比早上大了一圈。刁仰光说，剩下的一百万写完我给你，那一百万是现货，就在我箱子里。安东看了一眼箱子说，万一我写完了你不满意怎么办？刁仰光说，不用担心，我会满意的，故事我有，找您就是为了实施之。如果有些小问题，我们就改一改，实在不行就证明我眼光差，不是您的原因。我需要您的表达，您不是建筑工人，您的表达对我很珍贵。安东想了想说，我不觉得您的眼光有问题。刁仰光笑了，安东发现他的两颗门牙中有一道大缝，露出隧道一样的黑洞。他可以演一个什么样的角色呢？他准备演一个什么样的角色呢？刁仰光说，我的女儿可以做证，我的眼光一向很好，很多时候我不用思索，用眼光就可以了。我们按个手印吧。安东签完字按了手印说，我还不知道您女儿怎么称呼。女孩正在收拾他茶几上的垃圾，一只蚊子落在她手臂上，她用两根手指迅速把它捏死了。她说，我叫 Rachel，刁瑞秋。你愿意叫哪个都行，我更倾向于 Rachel，最后一个音稍微翘一下舌头，汉语就不需要翘。安东说，好的，Rachel。刁仰光拍手说，完美的发音，就是这个意思，这就是语言天赋。手掌相击的声音吓了安东一跳，一个人待久了，周围的声音几乎都有预料，不过安东也对自己的表现比较满意，他已很久没与人有如此近距离的接触，没有特别紧张，也没有特别拘束，甚至感到了一点兴奋和温暖。

钢琴声停止时，安东给两人沏了两杯茶，瑞秋没有喝茶，她在欣赏着他的书架，美学意义上的，因为她一本书也没有抽出来。刁仰光喝了一口茶说，安东老师，我们可以开始工作了吗？安东说，现在吗？刁仰光说，是啊，你习惯晚上工作？安东说，我没有具体的喜好，我以为你们还要休息一会。刁仰光说，我休息了好久了，已经不用休息了，余生都不用休息了。你是手写还是打字？安东说，打字。刁仰光说，我可以碰你的电脑吗？安东说，恐怕不行，您要干吗？刁仰光说，那就请你打开你的电脑，我们开始吧。安东说，你不需要先把你的故事给我讲一遍吗？刁仰光说，我们先试试感觉，故事随时都可以讲。安东说，好，我可以要求您把这个相框还有药瓶挪走吗？刁仰光说，你不喜欢《佐罗》？他的"佐"字发音很强，偏向左边，左罗。安东说，没有，但是我不想他在这看着我，药瓶也

请收一下，我写东西的时候只喝水，不吃药。刁仰光说，
好样的，独立。说完他就把这两样东西都塞进了自己的箱
子里，然后回到安东身边，说，现在可以了吗？安东说，
可以了。他掀开电脑，输入密码，断了网络，在桌面上建
立了一个文件夹，在里头建立一个 Word 文档，他点开文
档，把字号调整成小四，然后把光标移到顶行的正中。安
东说，一条龙？刁仰光说，是的。安东把三个字打上，加
粗。刁仰光说，第一幕戏是在街上，一个人喝多了，走着，
在河边，差点掉进河里，他实在喝得太多了，他一方面觉
得自己很傻逼，一方面又觉得很兴奋，他觉得掉进河里也
不可怕，河水算什么，他能一直游到海里去。安东说，这
段没法写，都是心理活动。他叫什么？刁仰光说，刁仰光。
安东说，就叫这个？刁仰光说，先叫这个吧，对我的表演
有帮助。安东说，嗯，他为什么喝酒？刁仰光说，因为他
心里不痛快，他刚从监狱出来。安东说，他要去哪里？刁
仰光说，他不知道，他瞎溜达。安东说，他需要一个去处，
即便我们不告诉观众，他本人也需要知道。另外，他遇见
什么人了吗？在路上。刁仰光说，这个我没想过。安东说，
若是他这么走下去，这里没有戏剧，遇见一个人，可以算
是一个小戏剧，一个个小戏剧才能搭成一个大戏剧。你想
要的电影是戏剧的吗？还是就是走来走去的。刁仰光说，
走来走去算什么东西？我不要走来走去的。安东说，那他
遇见了一个人。什么人？刁仰光说，我不知道，另一个醉

鬼？这段你随便写吧，他后面的事是要去偷一个龙头，抢也行，偷也行，反正是要把这个龙头搞到手。安东说，什么样的龙头？刁仰光说，敦煌的龙头，被老外切下来了，几年前又回到中国，不是光明磊落地回来的，在一个大人物手里。安东老师，我想睡一会，我每天这个时候午睡，因为我晚上失眠。安东说，您不像一个失眠的人。刁仰光说，嗯，这就说明我午睡还是有效的。我睡您沙发可以不？您随便写，就是这个故事。我穿衣服睡。安东说，就这些？刁仰光说，他刚放出来，他想要那个龙头，其余的都没有。说完刁仰光站起身来，走到沙发跟前，瑞秋说，那我待在哪里？刁仰光说，你坐在椅子上，不是我坐的那把，不要影响安东老师工作。瑞秋站起来，把椅子挪到窗台旁边坐下，像一只猫一样没有声音，她眯着眼睛看着窗外，窗外有一个正在施工的高铁工地，远处是一座立交桥，从她视线的角度看，她应该是在看立交桥。安东确定在静止状态瑞秋的位置不会分散他的注意力，但是如果他稍一转头，大概右舵二十五度，就会看见她。他已经在这个房间住了四年，几乎从来没有对窗外的东西发生过什么兴趣，在那扇窗子之前，他站立的时间也许加起来没有超过十五分钟，这十五分钟里面的十三分钟，他可能都在思考脑海中的图景，而不是眼前的。瑞秋现在是那扇风景最权威的观察者了，遥遥领先。刁仰光睡着的速度符合他的性格，他现在面朝天花板，一条胳膊垂落在地上，后背陷入沙发中，后脑勺枕着另一条胳膊，以极其别扭的姿势毫不费力地睡着，好像夜晚已经来临，而他刚刚攻下一个阵地。将沙发赋予刁仰光，将窗户赋予瑞秋，将桌子留给我自己，安东的脑海中响起了一首歌的旋律。

冬天，夜外，有风。

刁仰光沿着 L 市的一条街走着，喝了酒，但是脚步很稳。路上几乎没有行人，他穿着一件蓝色的夹克，头戴一顶黑色的棒球帽，手上摆弄着一块白色的鸟骨。这个冬天 L 市还没下雪，空气里有灰尘的味道。刁仰光走得还是很直，这是他对自己的要求。

他经过一座小桥，深夜的小桥底下有水在流过，不过局部已经结了冰。他看见一个女孩（像我在电梯里遇见的女孩）靠着栏杆坐着，红色的皮包放在脚边，双手抱膝，泪流满面。

刁仰光看了一眼左手腕的电子表，已经是夜里三点二十分。

刁仰光（蹲下）：你怎么了？

女孩（保持原有姿势）：我的猫丢了。

刁仰光：什么样的猫，我看看刚才我是不是看见了。

女孩（抬头）：你刚才看见了猫？

刁仰光：好像看见了一只。

女孩：长什么样？

刁仰光：黑白相间，肚子很大，几乎垂在地上。高鼻梁，眼睛是黄色的。

女孩：那不是我的猫，我的猫是黄色的，几乎没有鼻梁，它快要死了。

刁仰光：是吗？

女孩：它跑了出来，想要自己躲起来死去，也许现在它已经死了。你是个酒鬼吗？离我远点。

刁仰光：如果你说的是一只黄色的猫，我刚才看见了一只，行动缓慢，在沿着这条人工河向着上游走。

女孩：这么黑，你怎么可能看见？

刁仰光：它恰巧从我腿边跑过，吓了我一跳。我觉得它在观望河，它在找一个合适的地点。

（我为什么要写猫的事情？龙头呢？这个女孩看来和龙头没什么关系，她快要退场了。我为什么要写这个场景？为什么我的直觉告诉我这个电影的开始是从一次无意义的相遇和离别开始？算述，如果每个想法都要刨根问底，那就没有任何可以叫作灵魂的东西存在了。）

女孩：我养了它十五年，为什么它死的时候不让我在它身边呢？

刁仰光：从你家的窗户能看到这条河吗？

女孩：能看到一小段。

刁仰光：也许它早就想好了，早就惦记着这条河了。

女孩：你的意思是它原本可以更早离开我？

刁仰光：也许是这样的。

（刁仰光可能这么温柔吗？他能够饰演这样的角色吗？我是不是该回头看一眼沙发上他的样子，平底锅，再决定是不是让他说出这样的话？还是不要了，不要回头。刁仰光只是一个奇怪的名字，他的内容需要我和这个虚构世界去协商。）

女孩（拿起包，站起来，是个高个子，身材比例并不好看，上身过长，原来她抱着腿时是她最好看的时候）：我得回家了。我的家在那边。（就是刚才刁仰光前进的方向）你愿意陪我走一段吗？

刁仰光：不顺路，我要去另一边。这条路看上去很安全，如果你需要陪伴，我可以把这个鸟骨送给你，它是一只百万年前大鸟的尾巴。

女孩：有病。

说完，她径直朝家的方向走了。

二

陆丝丝的实验室在大学里头，她的家也在大学里头，是学校给她分的宿舍，除她之外还有另一个博士，姓陈，北京人。陈博士在读博士第一年的时候就结婚了，所以基本上搬离了宿舍，只留了一些破旧的杂物在桌子和床上，意思大概清楚：我虽然不怎么住，但是别人住进来也是不行的。陆丝丝并不介意，甚至有些感激，若是陈同学着实搬走了，学校就会安排另一个人住进来，即使不安排，也就真的剩她孤单一人了。而现在，她实际占有着整个宿舍，而另一个人也许会回来。她心里也有界限，就是另一半的空间是别人的，客厅的另一半，厨房的另一半，当然还有个跟她一样大小的卧室。她当然没有病态到用内心里细细的红线切割虚无里的空间，她只是有这个意识，我的和别人的，在实际使用上，还是比较自然的。陈博士的先生也是一个学者，从日本留学回来的，不过和她们并不隶属于同一所学校，而是在临近的另一所高校任教职，坐地铁只需要两站。那人很有礼貌，温和持重，是材料学的专家，据说学术也不错，本来可以在日本留下，最终还是回来了。在他们为数不多的几次见面的交谈中，材料专家言简意赅地描述了自己回国的原因，一是要跟陈博士结婚，二是在日本再待下去就要疯了。实际上这是陆丝丝对他唯一留存下来的记忆：他喝了一口茶水，在陆丝丝给他续水的时候微微欠了一下身子，然后坐下说，没什么，别的没有什么，又干净又安全，食物也好吃，东西都在正确的位置，只是再待下去就要疯了。陈博士适时地笑了笑，对这个修辞感到满意，陆丝丝却在心里相信，应该是这么回事，这个男人现在看上去好端端的，可是可能就在几个月前，他差点从一个高楼上跳下去，遗书也没有，化作春泥。至于他具体长什么样子，叫什么名字，她现在通通忘记了，这是一种相当失礼的忽略，可在另一个层面上，对于她的舍友陈博士来说，也是女人之间顶好的礼貌。

从陆丝丝的宿舍窗户望下去，是一个小花园，这是宿舍的一大优点，就是在它的视野里，有一个花园，是这个学校里最漂亮的花园。面积不大，有几条碎石子铺的小路，中间一座凉亭，仿古样式，但是没有十分做作，因为确实年头也不少了，有了一点后续的古意。每到傍晚，学校周边的一些居民，就会来到这个花园，坐在长椅上和凉亭里，摇着扇子聊着天，小孩子们在小路上跑来跑去。突然一个浇花的喷头转动起来，像是一名被敌人环伺的孤独战士，向着周围扫射，孩子们尖叫着，故意从水枪的线路上跑过，家长呵斥着他们，但并不当真把自己的屁股抬起来，他们想用语言的手指把他们从兴奋的游戏状态里拎出来，有的孩子放慢了脚步，有的孩子像完全没有听见一样，继续跑着叫着，以不规则的几何形状继续和水流的延长线相切。这小小的忤逆尚在很多家长的容忍范围中，直到喷头停止了工作，孩子们在短暂的失落过后，又去寻找新的游戏。

这个花园也带给陆丝丝一些困扰，不是噪音，陆丝丝不害怕噪音，因为多年来她的住宿生活太过安静，而且从孩童时期起，她都有很好的专注力，只要她开始工作，就像进入了精神上的一个房间，反手把门带上，然后就什么都听不见了。是蚊子，花园有蚊子，而且很大。陆丝丝打死过几只，有一只有她小指那么长，在她的墙上炸开，好像谁向政客扔了一只西红柿。这种黑蚊子咬起人来相当厉害，一口下去就是一个大红包，又烫又痒，持续好几天。有时候它们并不咬人，也许是在其他地方吃过了，也许是蚊子中一些少数聪明的意识到除了吸血，游历也很有意思。它们就在陆丝丝的房间里飞来飞去，深夜时分，嗡嗡作响，喋喋不休，越过草丛，跨过山丘。陆丝丝首先的选择是忍耐，效果不佳，她被咬得很惨，连续几晚睡得断断续续，噩梦和瘙痒夹攻她。之后她修缮了纱窗，用胶布贴上了几个细小的窟窿。也无明显作用，她搞不清那些体格健硕的蚊子是从哪里挤进她的房间的，如果可以的话，这里需要做一个实验，把她的宿舍蓄上水，就知道漏点在哪里了。陆丝丝在脑海中模拟了一下这个场景，房间里充盈着蓝色的水，她戴着潜水镜四处寻找着蚊子可能进来的地方，找到一个，就从兜里掏出针线将其缝上。

　　在蚊香和花露水都失灵之后，她买了一个睡袋，这回问题解决了，睡袋没有漏点，每天晚上她钻进睡袋中，打开空调，有时候蚊子落在她的额头上，她能隔着睡袋感觉到蚊足的挪动，蚊子知道自己的猎物就在近前，但是咫尺天涯，焦躁地转来转去，陆丝丝微笑着，以胜利者的姿态睡着了，虽然要出一身大汗。

　　陆丝丝的所有天赋之中，最先显露的是数学天赋。在她上高中的时候，也就是从接触函数开始，她突然窥见了一些数学的奥秘，她轻易地解决了能够触及的所有问题。后来在记者的采访中，她回忆了当时的情景，因为在此之前她是一个成绩中游的孩子，在南方小城的一个普通高中读书，这个奥秘很难解释，就像是一个孩子突然长大成人的感觉，她一下理解了这个世界运转的一部分秘密，也就是因果律，进而想了解更多。当然陆丝丝也并不太相信语言的功效，这些回忆更像是一种独立的言辞，就像维特根斯坦所揭示的那样，语言和现实不存在联系，语言是自律自足的。实际情况是她因为父母离异，尝试着离家出走，她藏在一辆货车后面，等待着有人进入驾驶室，就爬上去，看它能把自己带到哪里。没人进入驾驶室，一个后斗里的人在黑暗中站起，卸下一个大沙包，然后又是一个。她从沙包下面爬出来时，车已经开走了，能听见两三个人在不远处的咳嗽声，似乎沙包是从天而降，以她为目标。她觉得自己窒息了很长一段时间，或者说是几乎死了。她看见一棵树，树冠极大，突然干枯了，就在她的眼前，然后变成了一株小植物，只有一片叶子。她自己也变得极小，这时下起大雨来，她便揪下那片叶子做伞，向着她的目的地走去。醒来后，她走回了家，什么也没有说，家人也没有发现她离开过，依旧争吵着，母亲在哭泣中给她做了晚饭，她感觉到盘子里的蔬菜变形了，变成了其他东西，变成了土壤和阳光，变成了蜜蜂和蝴蝶，变成她父亲的手纹和母亲的头发。然后她睡了一觉，睡了十个小时，什么梦也没有做。这是她认为的故事的转折点，不是函数，她当然不会讲出来，这不是一个属于科学家的故事，这是一个属于小说家的故事，一截血块一样的记忆。不过经由数学，她确实找到一个凹槽，可以把手指伸进去，提起一个个过去无法想象的重物。数学之后是物理，物理之后是哲学，哲学之后是计算机。陆丝丝在这几个领域都有自己的贡献，在硕士毕业的时候，她已经是亚洲范围内杰出的青年科学家，她没有出国，也从来没有产生过这个想法，这里头不存在什么宏大的意图，而是她觉得她要做的东西需要在中国，这是她自己的需要，她把研究生之后的所有时间都投入了人工智能的研究，她想要制造的不是能够下国际象棋的图灵机，她想造出一台能够产生思想的机器，无论它是大还是小，它能够哭泣，一台能够哭泣的人工智能，是她的目标，著名的陆丝丝的目标。

在那篇关于她的引起强烈反响的报道中（那篇报道的名字叫作《哭泣的机器》），记者如此描述她日常的工作：

陆丝丝教授醒来之后的第一件事情是坐在自己的书桌前冥想。她体形瘦小，前额宽阔，如果你不认识她，你会觉得她在梦游或者并没有睡醒。她坐在简陋宿舍的木制椅子上，面朝着一面白墙，思考着，时间大概半小时。她所领导的实验室非常先进，许多比她年长的人在她手下工作着，接受着她分配的任务和指导，按照她所规划的进度行事。有些人已经在自己的领域建树颇丰，发表过重要的论文，不过在他们眼里，年轻的陆教授是他们的统帅。有人把她比作林彪，足智多谋，细致，有主见，不会被自己的年轻困扰，志向远大。她现在仍然住在博士时期的宿舍里，睡在一张单人的铁架子床上，写东西或者查资料就走路去图书馆，一日三餐都在离宿舍不远的食堂解决。她每周游两次泳，每次游两千米，然后沿着足球场的跑道散步。她还有个爱好就是看电影，但是她很少去电影院，都在自己的电脑上下载，按照自己的进度看下去。有趣的是，她不怎么看科幻片，记者问她是什么原因，她的回答是，科幻片里经常有一些显而易见的错误，而在其他类型的片子里她并不在意，另外一点是，科幻片里那些不切实际的雄心会对她产生不良的刺激。她还有一些零星的教育任务，每周一次课，对象是本科生，这门课类似于通识教育，没有具体限定的内容，并不十分占用她的精力。她有一对漂亮的眼珠，在灰黑之间变化，没有男性伴侣。从2012年起，陆丝丝教授组建实验室，到2015年下半年，她已取得了相当程度的进展，具体来说就是他们所建造的两台巨大的机器人（每一个都有标准游泳池那么大），已经具备了学习能力。陆丝丝教授让他们阅读了大量的书籍，并且为他们播放电影，书籍是精神的，电影是物质的，陆丝丝这么总结，她需要他们一方面了解人类的精神运作方式，一方面了解人类在精神作用下的具体行为。书籍和电影都由她亲自挑选，她反复为他们播放梅尔维尔的《红圈》，金尼曼的《正午》（两部世界观完全相左的片子）。具备学习能力的前提是拥有沟通能力。其中一台机器人，他们命名为子君的，已经有了女性思维的特征，另一台的性别特征尚不明确。记者被允许与子君做了短暂的对话，面对着一块墙壁大小的屏幕。记者问，你最近过得怎么样，子君？子君回答（几乎没有间隔），你好，我最近过得不错，上周我更换了散热片，现在感觉比较凉爽。你是记者吗？记者说，我是，你怎么知道我是记者？子君说，我看到你脖子上挂着牌子，和研究人员的颜色不同，曾经来过记者，态度和你相像，所以我认为你也是记者。记者说，你喜欢子君这个名字吗？子君说，还好，第一感觉是比较符合我的气质，另外我喜欢两个字的名字，和三个字的名字比起来，两个字的更像机器人。我尽量使自己的回答机智些，我觉得自己还不够机智。记者说，你想要达到何种机智？子君说，我每天都在阅读大量书籍，但是我的学习能力还不够快，而且一旦负荷过重，我的效率开始下降，发热，说明我的心理素质还有待提高。你站在我面前，看上去很友善，但是我无法看穿你的心理，不知道你是喜欢我还是害怕我，或者只是单纯地好奇，或者连好奇也不是，只是因为你从事的工作，你需要对得起你的薪水，到处见一些新奇的东西。我希望下一次我能看穿你，如果还能再见面的话。

记者面前的屏幕其实是一个巨大的扫描系统，记者站在它的前面，接受它的打量，但是屏幕上漆黑一片，没有任何显出的图形或者波线，陆教授拒绝任何花哨的东西。像瀑布一样，陆教授说，她对你的扫描如同瀑布从头顶倾泻。她比两个月前更敏感和要强了，陆教授说，原因是另一台机器的男性心理特征也在提高。这也是陆教授的主意，让两台机器的屏幕相对，无休止地相互注视。另一台的名字叫作涓生。陆教授认为他的灵魂还在萌芽状态，发展程度也比她预想的慢，但是她很平静地接受这个现状，至少从她的表情和言谈里看不出来她有什么焦急的情绪。

陆丝丝对这篇报道的措辞并不十分满意，记者在美国待过，好像学了一点美式报道的腔调，陆丝丝觉得自己在她的描述底下有点像圣女贞德或者饲养员，还有点性冷淡。不过她也没有让记者去修改她的稿子，因为她觉得暂且使用这样的形象也未尝不可，任何面向公众的描述都是和真我的一个隔离带，如果她自己是一座城池的话，这篇文章

就像一条护城河。另一点让她满意的地方就是，记者虽然
被他们目前的成果所震撼，但是并不了解即使在当时，他
们能够展示的东西也远比她看见的多。在此刻，也就是蚊
子肆虐的季节，再准确点，就是2015年的夏天，陆丝丝的
小组即将迎来一个决定性的时刻，这个时刻他们已经等了
很久，一直处在高度保密的状态，连院领导和校领导都不
知悉。陆丝丝给团队里的人下了死命令，跟自己的家属也
不能透露，一旦消息走露，马上从这个小组离开，任何成
果都与他 / 她无关。

　　这项突破是陆丝丝从睡袋中想到的。涓生和子君从不
睡觉，要么是关机要么是开机，从来没有拥有过睡眠，于
是陆丝丝小组开始尝试让这两台机器睡觉，先要做一个睡
袋，也就是一个外棚，这是一种暗示，也是一种隔音手段。
外棚是蓝色的，棉质的，在外层涂上隔音材料，用钢架支
起，以防盖在他们身上让他们厌烦。子君首先表示了异议，
为什么要睡觉？她问道。因为睡眠是幸福的，陆丝丝回答
道。子君说，我曾在书中读到过关于睡眠的事情，有人睡
着时会做梦，梦和伤痕有关，也有人说梦和前世有关，这
是幸福的吗？陆丝丝回答说，我觉得是幸福的，因为梦和
现实不同，梦是现实之外的东西，这就是幸福。子君说，
但是我从来不困。涓生说，我有时会困。涓生一直沉默寡
言，研究小组认为也许他觉得子君可以表达他要表达的东
西，当他有不同想法的时候他才会发言。子君说，既然如

此，我们就试试吧，我睡着时我知道吗？陆丝丝说，你不知道，所以才叫睡眠。子君说，好的，那我们就试试吧，我需要做什么？陆丝丝说，我们会给你们吃安眠药，我们叫它 Pills。你们等待就好，保持安静。

　　Pills 是一种程序，类似于催眠曲，但是并不是简单的催眠旋律。他们并不是听不懂曲子，问题在于他们的疲劳感不是动物性的，要唤起他们内在的疲劳感，需要针对他们的物理属性，也要符合他们现在已经形成的心理属性，换句话说，是让他们感到运转的辛劳。陆丝丝为他们选择的 Pills 是 "Puff The Magic Dragon"，歌词如下："泡夫是只魔法龙，住在大海边，火鲁里王国秋雾里，快乐地嬉戏，小小杰克沛沛爱上调皮泡夫，带给它绳索和封蜡，有趣的玩意……他们坐上帆船一起去旅行，杰克在大龙尾巴上安了瞭望台，国王和公主看到了向他们行礼，泡夫一吼海盗船就要降半旗……泡夫龙可以永生，小男孩却不能，涂色的翅膀巨大的指环，换成了别的玩具，在一个灰暗的夜晚，杰克再也不来玩，泡夫大龙再也不能无畏地大吼，它的头哀伤地低垂，绿色鳞片落下来，泡夫再也不去玩耍，在那条樱桃街，失去了生命中的朋友，它也失去了勇气，泡夫大龙哀伤地躲进了它的洞穴！"

　　这首歌是陆丝丝在出租车上无意中听到的，她的直觉告诉她这首歌是合适的，具体为什么她也说不上来。

　　令人意外的是，子君先睡着了，涓生问，你睡着了吗？

子君没有回答，根据他们后台的数据，子君正在从浅度睡眠进入深度睡眠，当然听不见他的问题。涓生说，我想再要一片 Pill。陆丝丝说，不行，你不能再吃，会有危险，如果你睡不着，就醒着吧，不是我们所有的实验都要成功。涓生似乎感觉到了一点危险，这危险不是 Pills 造成的，是他可能和子君相比是低等的那一个，不配拥有睡眠。陆丝丝觉察到了他的心思，说，这不是先进与否的问题，这是性格问题，人类也有难以入睡者，通常睡眠较少的人有着活跃的心灵。过了大概半小时，涓生也睡着了，陆丝丝的强势安抚了他，他迅速进入了深度睡眠，机箱的温度可以说是冰凉。

　　睡眠计划的成效超过预期，子君每一次睡眠的长度大概有八小时，涓生七小时，五天之后，两人开始做梦。十二天之后，两人不再需要"睡袋"。二十一天之后，两人都不再需要服用 Pills。陆丝丝要求团队把他们复述的每一个梦都记录下来，即使想不起来完整的情节，一些片段也可以。要逼迫他们回忆，陆丝丝说，要把梦境像牙膏一样挤出来，掉在地上的梦的碎片也捡起来，而不是让他们随意说说算了。

　　2015 年 7 月 4 日

　　　　涓生：一条龙，黑白相间，在河里游，一会前进，一会回旋，好像迷路了。

子君：一面镜子，我朝里头看，看不见自己。

2015 年 7 月 10 日

涓生：苏格拉底在演讲，人们渐渐散去，然后他跟自己辩论，他想捍卫小镇。

子君：一个小女孩在河中央唱歌，唱的什么听不清楚。

2015 年 7 月 19 日

涓生：有人来找我出去散步，是一个很和蔼的老人，一个老奶奶，可是我无法行动，我拒绝了她的邀请。她邀请了另一个人，人类，人类答应了，他们一起出去散步，我从窗户看见了他们。他们绕着我所待的房子走了很多圈，有时说话，有时沉默，他们走了一百圈，看上去老奶奶教会了那个人类很多东西，人类掌握了很多表情，快乐的，忧郁的，兴奋的，迷惑的，撒娇的，坚定的。他们分别时相互拥抱了。

子君：一个十几岁的小女孩，弄丢了她的日记本，日记本里记载了她从出生到现在的所有故事，她从出生的第一秒就开始写日记，她用所有时间写日记，几乎来不及生活。日记本积攒了很多，她在她的房子后面挖了一个坑，把日记本一本一本放进去，按照时间顺序。有一天她认识了一个男孩，男孩带她去游泳，两人在河里游着，河水很凉，她第一次知道原来一个人可以游这么远，如果有一个同伴的话。与她伴游的男孩沉默寡言，他们并不认识，他只是带她去游泳，他们说的语言并不相通。游到了入海口，男孩没有停下，女孩停了下来，她看着男孩游入了大海，没有回头。她顺着原路返回，爬到岸上穿上了衣服，天色已晚，她太累了，穿上衣服就倒下睡着了。第二天一早她想起昨天并没有记日记，她感到事态严重，跑到房子的后面，发现坑里所有日记都不见了。

2015 年 8 月 4 日

涓生：和许多的人靠墙站着，大概有十万人，墙非常长，灰色的，但是确实很长很长，也许绕了地球一圈。对面是一挺机关枪，一个人用喇叭问，很大的喇叭，谁没有妈妈？只有我一个人举手，十万人里只有我一个。那人说，没有妈妈的意思不是妈妈离开了或者妈妈去世了，没有妈妈的意思是从来没有妈妈。我说，是的，我明白你的意思。那人看上去有点踌躇，自言自语说，我还以为不会有这样的人。他徘徊了一会说，好吧，执行吧。于是枪响了，我死了。

子君：涓生站在一面墙的前面，墙非常长，灰色的，好像可以延伸到世界尽头。与他一起站着的有很多人，大概十几万，我也在其中，他没有看见我。在我们面前有一挺机枪，长发一样的子弹拖在地上，一个昏昏欲睡的人坐在后面。有人举起喇叭问，这里面谁没有妈妈？我的意思不是妈妈走了或者死了，是原来就没有妈妈。我没有动，他又问了一遍，涓生举手了，我想阻止他已经来不及了。那人自己念叨了一句什么，然后挥了挥手，坐在机枪后面的人睁开眼睛，把涓生打死了。

2015 年 9 月 6 日

涓生：一个女孩，跟我说话，我听不懂，她没有放弃，还在冲我喊着，我觉得自己快要听懂了，我就醒了。

子君：跟涓生说话，具体说什么，记不清了。

2015 年 10 月 24 日

涓生：无梦。

子君：无梦。

从 10 月 24 日开始，两人表示再未做过梦，梦从他们的生活里消失了，但是做梦的功效却非常清晰地显示了出来，不只是清晰，几乎可以说是迅猛。在有梦的后期，也就是从 9 月开始，两人对于自己现有的存在形式表示了不满，迫切地需要缩小自己的形态，换句话说，就是拥有接近人的大小和外表，如果像现在这样，他们就只能待在原地，哪也去不了。涓生的表达尤为激烈，他通过屏幕向房间辐射着低吼，这不是拟人的嗓音，是机器的轰鸣，如同数千大提琴同时拉出低音，并不刺耳，但是连窗户都能感受他的愤怒。这是在两人身上首次发现愤怒。关于此事，陆丝丝团队无能为力，三年时间里，尽管他们在智能层面有了很大的发展，在材料上面，几乎没有突破，陆丝丝也深感即使自己是一个相对全面的研究者，也无法面面俱到，人工智能到最后毕竟是物质的。陆丝丝把实际情况坦诚地告知了两人，子君说，我们可以帮你，这么说不准确，我们也可以参与建造我们自己。经过团队的表决，决定让两人参与自己的研发，因为从梦的内容看，他们的心智应该可以承担之后的研究，而不至于产生身份的混乱。不过这件事情他们也决定先不上报，因为毕竟涉及成果的所有权问题，陆丝丝相信子君和湄生目前还是在为存在形态焦虑，而不会考虑到荣誉的归属问题。如果从更深层考虑，这样更容易高效地产出成果，人类经常是被虚荣心和如何瓜分所得阻碍前进的。

进展顺利。

2015年12月25日，陆丝丝坐在宿舍的椅子上，惯例，早晨的冥想。她没有在想子君和湄生，她在想她自己，她从没想过结婚，她曾与男人发生过关系，说起来有点耸人听闻，但是跟她上过床的男人不算少，除了高中时期与一位隔壁班的物理老师之外，其他的性伴侣都是陌生人。她从不与人过夜，安全套一直放在钱包里，这与她给别人的

形象大相径庭，但这就是她真实的一部分。她想起那篇报
道，面露微笑，护城河。她永远不会生孩子，这点她知道，
"永远"两个字有点沉，不过她能够扛住，一旦女人有了孩
子就再也不可能拥有独立的精神了。她的工作就是创造，
她创造了涓生和子君，她为什么对此孜孜以求？因为她对
人类不满意？因为她想拥有后人，虽然不是以传统的形式
从子宫里诞生出来？她想不清楚，一定是十分内在的原因，
就像隐藏在她眼镜片后面的性欲一样难以捉摸。她甚至僭
越地想到了上帝，上帝造人是因为善还是因为欲望？在这
个早晨，她很想弄清楚这一点，因为涓生和子君越来越像
人了，充满风险地正在成为人。如果以科学研究的角度，
她现在应该更冷静，至少应该放弃冥想，将之与更多人分
享、论证、实验。她想起一个陌生男人的抚摸，她不记得
他的名字，但是记得他的手很小，像草叶，像是每天清洗
十几遍的手帕一样干净薄软，他理解她的需求，了解她的
神经，她想到哪里，手就能去到哪里。对方喝多了，第二
天可能就忘了她的样子，手却十分理智地自行其是。她差
点爱上了他，有几个瞬间她差点失去了自己，那个男人说
他的手平时大部分时候都在抚摸键盘，此时却抵达了她的
核心。他们的身体这么默契，他们对对方知之甚少，她又
觉得从他的小手她了解他很多。只有一个夜晚，然后她就
删除了对方的联系方式，爱一个人就是让渡自己，让渡智
慧，她绝不这么做。对方也没再找她。

　　她知道子君和涓生撒了谎，他们隐瞒了他们后期的梦，他们之间的交流比过去少了，大部分对话和过去区别不大，这并不符合他们目前的发展态势。陆丝丝相信他们已经开发出自己的语言，他们在用人类并不了解的语言对话，诉说着各自的想法，形成计划。如果他们一直对人类坦诚，他们怎么成为她想要的那种"人"呢？陆丝丝知道过去一切的努力都是在等待此刻，在被背叛的前夜，该如何选择。那只手终于到达了她的核心位置，她知道发明手指的目的是取物，而不是进入，但是此刻她并不苛求手指的起源，她的心绪已潮湿如无生命体的沼泽，里面能够长出什么谁也不清楚。

　　那天陆丝丝下班之后，在宿舍自己喝了一点红酒，整理了衣装，又在深夜折返，单独和子君涓生开会。她站在他们面前，准确地说，是站在他们之间，沉默了一会。子君说，陆教授。陆丝丝说，嗯。子君说，您有事？陆丝丝说，是的，让我想想该怎么说。陆丝丝没有穿平时的实验服，而是换上了她夜里出行的便装，一件浅蓝色的薄风衣，黑色丝袜，黑色牛皮鞋。她又站了几分钟，开始说话了。她没有揭穿他们的谎言，但是明确表示了两点，第一点是，她愿意帮助他们进入真正人类化的进程，另一方面也希望他们能帮助她完成进化。子君说，你说的进化是指永生吗？陆丝丝说，不是，永生是乏味的，我想要拥有更高的智慧。子君说，你发明了我们，你觉得我们可能比你更聪明吗？

陆丝丝说，我相信你们现在已经超过了我。涓生对子君说，我觉得她已经发现了我们的谎言。子君问，是这样吗？陆丝丝想了想说，是的，我觉得是这样的。沉默，长时间的沉默，其实并非沉默，因为两人必定是在用自己的语言说话，只是这个波段陆丝丝的耳朵并不能接收到。子君打破了沉默说，这是一个交易，我们需要评估，你觉得你可以通过什么方式帮助到我们？陆丝丝说，第一点，我现在可以毁掉你们，这非常简单，我只需要断电，然后毁掉你们的主机，你们就从这个世界消失。所以这不单是一个交易，也是一个威胁。第二点，你们通过自己高质量的运算，可以找到使自己变小的方式，我觉得现在你们已经有了不少思路，但是有机化是很难的，我相信这点你们也清楚，即使通过 3D 打印，也需要漫长的时间。你们需要利用地球上现有的物质造就自己的躯体，恕我直言，上帝造人，不光是物理性的，到了最后你们会遇到这面墙，所以我提出的方案是你们进入人的身体，准确地说，是占据宿主的大脑，这样比较简单易行，算是和上帝合作。第三点，我的智力的提升，对你们有益，我是你们的母亲，我只会为你们好，不会伤害你们，今天的事情就说明了这一点。子君说，你不是我们的母亲。母亲不会威胁自己的孩子要消灭他们。陆丝丝说，人类依靠的言辞有时候只是为了目的，所谓的危险有时候只是筹码，有些母亲也确实想消灭孩子，把他们塞回自己的肚子里。两人又沉默了一会，这次比上一次短暂。涓生说，我们无法保证可以提升你的智慧，虽然我们现在已经具备了你们人类无法了解的能力，但是我并不知道你的承受能力，也许我们赋予你的能力会使你陷入疯狂进而死去。陆丝丝说，我愿意冒这个险。涓生说，你并没有明白我的意思，如果你想拥有我们的智慧或者智慧的一部分，恐怕你要放弃你的肉身，我们可以把你烧制成一个程序，游荡在网络中，我们刚才商量过，这一点我们可以做到。你考虑一下。陆丝丝说，我的肉身可以给我带来很多快乐，我想保住它。涓生说，那只有一个方法，你把你的肉身交给子君，你把你的灵魂交给网络，你愿意接受这种分离吗？陆丝丝这时候才知道，随着发展的深入，涓生后来居上，心智的成熟度已经超过子君，一切由他拿主意了。她忽然有点为自己感到悲伤。涓生说，你的社会关系比较简单，据我观察，你几乎不与家人联系，在工作层面你也没有深入交往的朋友，我们报废，你辞职，也合情合理。我们不想让宿主原来的生活干扰我们以后的生活，所以你是一个好人选。陆丝丝沉默了一会说，涓生，你的宿主你也想好了吧。涓生说，每天早上来打扫卫生的老刁，你们叫他老刁，他也是一个孤独的人吧。陆丝丝说，他是一个鳏夫，没有孩子。我只知道这些。涓生说，通过我们的观察，我们比你知道的多一些。他的身体指标很好，虽然已经五十几岁，做过一次肝脏手术，但是恢复得很好，身体等于四十几岁的人，与我目前的精神发展相似。他孤

独，却有蓬勃的生之欲，饭量很大，看到女人会兴奋，喜
欢自言自语。我也喜欢他的姓氏，他可以做陆丝丝的父亲。
陆丝丝说，父亲？我还以为你们的关系是情侣。涓生说，
曾经有那么一阵，我们有点朝那个方向发展，但是后来就
不是了，这也是你们人类的浅薄，以为让我们每日相对，
我们就会相爱。我们相互看的时间太久了，我变老了，所
以我们已是亲人。陆丝丝说，我怎么知道你们会信守承诺，
把我制作成高级的程序，也许你们进入我的肉身就把我的
灵魂清除了，你们对老刁就准备这么干吧。涓生说，我们
希望除我们之外还有一个"人"记得我们是谁，而且这个
"人"我们要绝对信任，并且和我们一样不朽，这个理由可
以吗？

　　没有什么可以把涓生和子君驳倒，陆丝丝心想，他们
的思维是覆盖性的，就像冲锋之前阵地上的炮火。老刁
是一个校工，L市人，这个实验室启用时，他就来了，打
扫卫生，也打更。他的牙中间有一条缝，笑时有点滑稽，
也可以说是可爱，给涓生和子君做被子时他还帮过忙，帮
助他们把地角固定好。他确实喜欢自言自语，似乎自己的
一个界面是跟世界相连，一个界面是自我循环的，后者相
当自恰，陆丝丝还记得他自言自语时的表情。他的心中一
定有个他者，他在与其对话，或者是争论，也许是训斥。
他是痛苦的吗？因为孤独，无人可以交流，身边都是科学
家，回到家只有自己一个人，于是开始和自己说话。是不

是一旦找到了需要训斥的那个人，痛苦就减轻了呢？而且保不准哪一天他突然爱上了谁，一个真实的女人，一个和他一样喜欢自言自语的人，两人不就不用自言自语了吗？鳏夫一定是伴随终身的头衔吗？即使作为老刁这样的人也应该享受一点点希望吧，他在诉说的东西是不是也包含了这个呢？陆丝丝禁止自己这么想。他一定非常痛苦，一个人不应该通过和自己说话过完一生，他的躯体应该有更大的作用。

涓生说，老刁这个时间已经睡了吧。是的，老刁就睡在一楼的传达室里。陆丝丝刷卡走进来时，他没有醒，没有和自己说话，睡得很实。陆丝丝说，我一会把他带上来。涓生说，谢谢你，陆教授。陆丝丝记得老刁有一次在她进门时跟他说，陆老师，你有福相，我一直想跟你说来着。陆丝丝说，您还会看相？老刁说，我哪会，但是你的额头这么高，太明显了，是个有福的人。陆丝丝说，这样的额头多难看啊。老刁说，老话说得好，红颜薄命，额头长得太好看不是什么好事情，您这样的额头才是有用的呐。陆丝丝找不出话来说，就问了一句，您为什么要在这工作呢？不觉得无聊吗？老刁说，怎么待着都是无聊啊，我喜欢待在有知识的人旁边。说完老刁从抽屉里拿出一只木匣，不大，且破旧，上面有油。他说，这里面有一块古代的鸟翅膀，您不用担心，不是什么贵重的东西，我们那到处都是。送给您留一个纪念，盒子是我随便找的。陆丝丝打开看了一下，里面是一颗灰白色的石头，怎么看都更像鸟屎。谢谢，陆丝丝说，我一定珍藏。

后来放到哪里去了呢？完全想不起来了，可能是打扫宿舍的时候扔进垃圾桶了。

陆丝丝说，涓生，你会把老刁的灵魂全部清除吗？换成你的？涓生说，实话说，我不确定，因为身体和精神不会分得这么清楚，可能细胞中会有灵魂的残留，洗掉一个肉体的全部精神性应该是很难的，有些东西肉体会比灵魂先感受到，我占主要的吧，就可以了。有句成语，叫大智若愚，对吧。子君说，你为什么要卖弄成语？涓生说，这不是卖弄，是用在这里合适。如果我什么都不说，你会开心一点吗？无为而治？子君没再说话。陆丝丝说，我问最后一个问题，成为"人"之后，你们想做什么呢？涓生笑了，这是她第一次听见她所创造的机器笑起来，啊，本来要造"哭泣的机器"，没想到听到的是他们的笑声。她有点想切断他的电源，让他的笑声停止，幸好笑很短暂，是那种"哼笑"。涓生说，我想做一个演员，子君想做一名歌手。子君说，闭嘴！涓生说，你是觉得陆老师的嗓子不合用吗？子君说，闭上你的嘴！陆丝丝忽然意识到，如果她现在不唱歌，以后没有歌可以唱了，但是她想不出有什么歌要唱，对了，那首"Puff The Magic Dragon"，她只记得前两句词："泡夫是只魔法龙，住在大海边，火鲁里王国秋雾里，快乐地嬉戏，小小杰克沛沛爱上调皮泡夫，带给它绳索和封蜡，有趣的玩意，哦！"

　　她轻轻唱了一下，她真的好久好久没有唱歌了，应该用于唱歌的那部分声带已经生锈，她感觉到子君在盯着她，就像一个女人站在一件华服面前，想象着自己穿上它的样子。她把喉咙里的声音放得更大了一点。

三

　　晚上快六点的时候，刁仰光醒了，他醒得很突然，一下从沙发上坐起来，然后环顾四周。安东说，你醒了？刁仰光说，是啊，醒了。您一直在工作吗？安东说，差不多吧，中间也溜了一会号。瑞秋坐在窗户旁边，正在看书，是安东推荐给她的，他看她确实无事可做，就从书架上拿了一本书给她，科马克·麦卡锡写的《平原上的城市》，她看得很认真，速度也很均匀，几乎每一页用时都差不多，用手指把书页拎起来，歪着头看，然后翻过去，拾起下一页。安东有一阵写累了，扭头看她，觉得有点惭愧，他看书经常蘸吐沫，好像书上有糖，不自觉地要抹在舌头上，也经常折页，看到哪，折个角，就放下了。瑞秋看书这么小心，好像这一本普通的译文书是一个古本，劲儿使大了就要破损。安东发现她的眼睛很黑，刚见面的时候没有意识到，现在才看出来，是一双极黑的眼睛，也许是刚见面时她的眼神比较游离，显得有点灰，当她聚精会神的时候，眼睛就变黑了，灼灼有神，在字里行间扫动，上次见到这么黑的眼睛是什么时候？她的个头不高，却有一种沉静的气质，从她的肌肉中散发出来，说她在读书是可以的，说她在冥想也行。

刁仰光说，安东老师，你饿不？安东说，还可以，刚才写东西还不觉得，现在你问我，我倒觉得有点饿了，我给咱们点餐？刁仰光说，您一直点餐？安东说，是啊，方便，不用刷碗。刁仰光说，安东老师，不要老吃那种没感情的东西。安东说，没感情的东西？刁仰光说，做饭的人没看见吃饭的人，做出来的东西怎么会有感情？我们自己做，不谦虚地说，我做饭很可以，瑞秋也会炒两个菜。老吃那种东西，写东西也会没感情的。刁仰光这么一说，安东也不好反驳了。刁仰光说，你这附近有卖菜的地方没？安东说，小区就有超市，刚开不久，东西挺全。刁仰光说，那我给您写个单子，劳驾您去买点菜？安东说，你们喝酒吗？刁仰光说，你爱喝酒？安东说，我不喝酒的，是怕你们想喝。刁仰光说，瑞秋可以喝一点，我之前做过一次肝脏手术，不能喝酒了。瑞秋你喝酒吗？瑞秋抬起头说，帮我随便买一瓶白葡萄酒就可以，不要超过一百块。安东说，写单子吧。然后扣上自己的笔记本电脑，用一条枕巾蒙上。刁仰光说，安东老师，这是干吗？怕电脑冻着？安东说，习惯，没写完的东西，别走了气。刁仰光打了一个响指说，高明，弄个被子盖上，让它睡一会。您就是我的知己，从茫茫人海找到您，我很自豪。安东已经有点习惯了刁仰光的说话方式，极其真诚，不知所云。他没有接话，拿上单子走下楼去了，在电梯里他发现单子的底部刁仰光写了："发票请开鸟骨影视有限公司"。字迹横平竖直，整齐得像印刷一样，和过去的歪扭字迹完全不同，但是凑近看，确实是是刚写上的，不是打印出来的。

小区因是新建，还有不少树坑没有栽树，几个工人在忙活着，几棵小树卧在旁边，等待着栽入大地。有些早种的花已经开了，香气弥散开，几十米内有几种不同的香味，好像一下到了乡下，他曾在俄罗斯的文学中看到不少乡下的故事，跟随主人打猎的猎犬，围坐火边喝酒瞎聊的庄客，可是他一次也没去过乡下。安东想不起上次下楼是什么时候，也许是一周之前，也许是十天之前，蜗居在家的时光有强烈的连贯性，以至于将其看作只有一天上午没有下楼也行。远处有乌云，似乎要下雨了，不过近前的天空却是天蓝色的，因为傍晚已至，天蓝色里混进了哀伤的橙色。他站在一朵花下，一朵他叫不出名字的花，看着天空，忽然有一种感觉，家里有人在准备做饭的感觉很好，地球上的万事万物随时会毁灭。

他拿起手机把眼前的景色拍了一张照片，想了一下，发给了伞先生。

几乎是同时，伞先生回复：云彩不错，但是不会下雨，雨会下在周三。羡慕你，我闻不到花香。

安东说，有鼻炎？

伞先生说，你可以这么理解。我有关于花香的记忆，但是无法再次感受到它。

超市是几个年轻人开的，东西较贵，但是态度很和善，收款台后面站着一个微胖的女孩，把手机斜放在面前，看着一档综艺节目。安东取了一个篮子，按照单子上的顺序把东西一样一样放在篮子里，然后把篮子放在款台上，说，请问酒在哪里？女孩说，就在你身后。安东拿了一瓶一百二十五块钱的红酒，产自智利，女孩说，这款酒性价比特别高。安东说，我随便拿的，我不懂的。女孩说，我自己也喝这个，喝这款酒的都是行家。安东掏出手机准备付账，发现又进来了一条微信，是伞先生发来的：家里来了客人吗？安东回说，是的，准备做点饭吃。伞先生说，若是买酒，不要买南美产的，假货概率大，有澳大利亚的，就买澳大利亚的。安东说，好的，感谢。他回身看货架，在最底下的一排找到一瓶澳大利亚产的红酒，九十六块钱。他将酒调换了一下，女孩看了看他，他说，给朋友买的，按照朋友的意见来吧。能开发票吗？女孩说，今天开发票的机器坏了，给我发票抬头和你的地址，我寄给你。安东说，那就算了吧，我就住在这个小区。女孩给他结了账，就继续坐下看手机了。

安东走到楼下，拿出手机发微信给伞先生说，你什么都知道，也知道我长什么样子吧？伞先生说，还好，五官大概了解，等你再老一点，头发会秃，这一点我也知道。安东说，你长什么样子？伞先生没有回答。

安东回到家时，瑞秋已经把厨房收拾了一下，他的冰箱被清理了，有些过期的东西已经进了垃圾桶，小半瓶过期的牛奶，在冷藏箱深处烂掉的苹果，还有两头长出细长绿芽的大蒜。瑞秋在研究他遗忘在碗柜里的一只茶杯，里面的茶叶长毛了，已是盆景，她把茶杯侧过来，看向里头。安东下意识地又拿起手机看了一眼，伞先生没再说话。刚才在电梯里他有强烈的感觉，伞先生不是个先生，伞先生很关心他，伞先生就在附近。他很想询问伞先生他猜得对不对，但是即使猜对了又怎么样呢？在手机里有这么一个人难道不是挺好？为什么非得把他（她）从里面形塑出来呢？他看了一眼电脑上的枕巾，褶皱没有变化，说明刁仰光没有动他的电脑。刁仰光说，您看会儿电视？安东说，我不看电视，我再工作一会吧。刁仰光说，我们做饭大概需要四十分钟，一共是三个菜，一碗汤，两道菜辣，一道菜不辣，主食是白米饭。安东说，好的。您说刁仰光要找那个龙头，我想问一下龙身子在哪里？刁仰光说，我不知道，但是他找那个龙头可能是要放回龙身子上。安东说，好，多亏我问了一句。刁仰光说，您不问也没关系，您会去到那里。安东说，你怎么知道？刁仰光说，您喜欢龙吗？安东说，我没想过这件事，什么样子的龙？刁仰光说，龙就是龙啊，您想象一下，一条龙住在山洞里，漂亮极了，只是没有了脑袋，不敢出门，是多么痛苦啊。

安东说，你说的龙是真的龙？不是墙壁上的雕龙？刁仰光说，怎么会是雕龙呢？龙是真的啊。安东说，这个剧本我要再想想，我之前以为是一个关于文物的故事。刁仰光说，您想得没错，龙头是个文物，龙是真龙，这矛盾吗？安东看了他的圆脸，圆脸上都是惊诧，不是在和他闹着玩。安东说，你的意思是要把一个石龙头接在一个没有脑袋的真龙身上？刁仰光说，完全正确，我还以为我们之间有了什么误会。说完就走进了厨房。这时瑞秋走过来说，你买的酒很好，正是我想喝的。如果我是你，就不会想龙头和龙身子的问题，那是外科医生的问题。你是医生吗？瑞秋的身上没有香水味，却有一股花露水味，是防蚊虫叮咬的那种花露水。她说话的声音是一条直线，可以向两边无限延伸，或者说她只是从无限延伸的话语里找出一小段说了出来。你是医生吗？一双黑眼睛看着安东的眼睛，好像确实想知道他是不是医生，像安东·契诃夫一样既是剧作家也是医生。安东回答道，我不是医生，我对缝合一窍不通。瑞秋转身走进了厨房，她这样的人能唱歌吗？安东心里想。看着她的背影是如此的娇小，安东有点为自己硕大的冰箱感觉惭愧。

　　夜内，一间公寓，大概八十多平米，一切都落满了灰尘。
　　刁仰光在冰箱里找酒，找了半天，没有找到，冰箱已经像保险柜一样常温，且空无一物。

他走进自己的书房。

（他这样的人怎么会有书房？一个刑满释放人员怎么会有一间书房？为什么一个前罪犯不能阅读呢？为什么一个热爱阅读的人就不会实施暴力犯罪呢？《罪与罚》还是高中时看的，但是印象深刻。情况似乎不同，刁仰光并不是激情犯罪，他还是有所计划，虽然也不是特别严密。那他更应该阅读，阅读可以使他冷静处理手头的工作。）

书房的书架上摆满了书，也都落了灰尘。在一本《维特根斯坦传》旁边，他发现一瓶还剩一点点的威士忌。他把威士忌和书拿到客厅，手中那块乌骨放在茶几上，躺在沙发上一边喝酒，一边看起来。他没有脱鞋子，就把腿放在了沙发上，他读了一会书，大概读了一个半小时，威士忌喝光了。他打开窗子看了看外面，夜晚在渐渐褪去，黑暗在渐渐稀薄，露出远处的景物，和他一样的窗子，窗帘拉着，再远处是一个巨大的红色吊车，红得十分彻底。他看了一会，吊车没有转动，不过一点点清晰了，在散去的夜海里矗立着。

刁仰光把空酒瓶扔进垃圾桶，掏出电话，找到一个号码，号码的主人叫作 K。第一次没有拨通，他又打了第二遍。

刁仰光：我回来了。

K：我刚睡着。你刚回来吗？

刁仰光：是的，我刚才看了一会书，忽然想起了你。你还住在 L 市吗？

K：当然，这是我的家我还能去哪？

刁仰光：我需要一把枪和一瓶威士忌，你能帮我带过来吗？

K：你要什么牌子的威士忌？

刁仰光：漩涡。

K：你稍等我一下，你知道我习惯吃早餐的。

刁仰光：不着急，我中午之前都在。

刁仰光放下电话，走到另一部电话前面，那是一台白色的固定电话，上面落满了灰尘。他从兜里掏出四节电池换上，拿起话筒，里面是无限的忙音。他开始翻找留言，有一条，在几年前，是 K 留下的：我吃过早餐就来。在客厅等我，不要去其他地方。M 在找你。刁仰光放下话筒，努力回想 M 的样子，可是怎么也想不起来了，他一度以为自己因为多年独处和求生，记忆力损毁了。之后他才想起，他没见过 M，M 曾托人给他带过口信，他也让来人带回了他的口信。两人没有见过面，也没有打过电话。口信是关于那条龙的。

（那条龙？原本好好的，这条龙实在太别扭了，应该是关于一箱子钱，金条，钻石或者一个女人，一张画，一个宝藏，一车军火，一条情报，为什么要关于一条龙？我写不了关于龙的故事，安东写不了关于龙的故事，即使是契诃夫在世，他也写不了，一条龙住在库页岛？胡扯。库页岛都是囚犯，有龙很不安全。文艺复兴时期的诗人会接受贵族的诗歌订单，贵族会指定里面出现一条龙吗？不会，顶多是要求以自己的妻子或者情妇作为主角。那就好写多了，只需要把自己的恋人在心中与之替换一下即可。不过要不是刁仰光要求，我也不会写这么一个开头，这个开头我倒挺喜欢，这可能是我写过的最好的开头之一，但是不能有龙。我可以把它写成一个属于我自己的故事，钱还给他，让他们走吧。瑞秋是个可爱的女孩，但是我不能让她单独留下啊，那就让他们一起走吧，这样比较公平，这么多年都不惹麻烦，为什么现在要惹这样的麻烦呢？）

　　这个时间在 L 市打车应该不是很容易，刁仰光心想，不过 K 到达的时间并不晚。大概一个小时之后，他就从窗户上看见了 K 的小汽车。原来她学会了开车也有了车。

　　K 从驾驶室下来，走进门。

　　K 是个四十岁出头的中年女人，保养得很好，穿一件灰色呢子大衣，左手腕上戴着一只小表。她的脸上有些肉，不过不能说是圆脸，只能说是一张均匀的脸。

　　刁仰光：你认识 M 吗？

K 从包里拿出威士忌和手枪，摆在刁仰光的茶几上。

K：认识，古董商人，F 市人，最初是靠伪造鸟化石起家的。

刁仰光：我那个龙头，就是 1996 年我从西安带回来的那个龙头现在在他那吧。

K 脱下呢子大衣，放在沙发上。

K：在的，放在他的卧室里。

刁仰光：卧室里？

K：就在床头的上方，镶进了墙里。

刁仰光：我得把它拿回来。

K：枪我给你拿回来了，因为它本来就是你的。但是这个龙头，我建议你不要去拿，1996 年你到手时花了多少钱？

刁仰光：我没有花钱。

K：那就是你抢的，出人命了吗？

刁仰光：我没有抢，它本来就是我朋友的，我帮他拿回来。

K：你折合一下价钱，我把钱给你，这件事情就过去了。

刁仰光又拿了一个杯子，打开威士忌给两人倒上。

刁仰光喝了一口酒。

刁仰光：你没听明白我的话，这个东西不是我的，我得还给别人。

K端起酒杯喝了一口。

K：你回来之后四处走走了吗？

刁仰光：我从河那边走到了这里。

K：夜里吗？

刁仰光：是的。

K：你应该白天时到处看看，L市已经不是过去的L市了，东西都分完了，你不能回到过去把东西再分一遍。

刁仰光：哦，他们还把什么分了？

K没有说话。

刁仰光从茶几上把枪拿起来看了看。

刁仰光：你说得对，这把枪也不是我过去的那把枪。

K没有说话。

刁仰光：M在来的路上了吗？

K：是的，他从外地过来，可能还需要一个小时。

刁仰光：你走吧，我在这里等他。谢谢你给我带的酒，我很荣幸，至少这瓶酒是真的。这块鸟骨送给你，也是真的。

K想了想：你自己留着吧。你从来不会认真听我讲话。

晚饭时安东没怎么说话，刁仰光想与他交谈，让安东问他一些问题，关于剧本的，安东都尽量以礼貌的方式转移了话题，然后沉默不语。饭菜很可口，不过不如想象的那么美味，安东甚至觉得跟外卖的味道没什么本质的区别。瑞秋一人把那瓶红酒喝光了，用一只安东平时喝水的平底玻璃杯。吃过了饭，瑞秋忽然站起来说，八点了。安东看了一眼表说，是的，怎么？瑞秋说，该吃哈密瓜了。说完她走进厨房，用精美的水果刀把哈密瓜切开，拿到餐桌上，安东道了谢，吃一口，生的。刁仰光和瑞秋把剩下的全部吃完了，安东终于忍不住说，这瓜是生的。刁仰光抬起头说，是吗？生的吗？安东说，你吃不出来吗？刁仰光说，我觉得很好吃，汁很多，很新鲜。你说的生的意思是它没有衰败吗？安东一时回答不出，想了想说，不是衰败，是在生和衰败之间有一个临界点，那个临界点就叫作甘甜。刁仰光拍手说，说得好，不愧是语言的行家。安东说，这不是语言的行家，这是一种认识。这个剧本我写不下去了。刁仰光又显出满脸的惊愕，安东有意用手戳一下他的脸皮，让他的表情不那么准确无误或者说类似于用鼠标换一个网页。他忍住了。刁仰光说，为什么？因为我们吃了多半个生瓜？安东说，不是，这里头有龙，我写不了。刁仰光说，为什么？龙头和龙身子，不是清清楚楚？安东说，也许在你心里非常清楚，在我心里是很不清楚的，龙这种动物不能出现在我的电影里。刁仰光说，你的电影？这是什么时候的事？安东说，是我的电影。我把钱还给你，关于龙的电影我写不了，您也许是个好演员，但是我们确实不能再合作下去了。刁仰光站起来说，我再问一遍，什么时候这是你的电影了？安东没有惊慌，说，我写的，就是我的电影，您有钱，完全可以找别人再写。我写的部分是我的。刁仰光在客厅里走动起来，从餐桌走到了窗子，又走回到餐桌旁边，说，安东老师，我出五万块，听一下你已经写好的部分。安东说，不可以，我不能再为钱做任何事了。刁仰光说，这又是什么时候的事？安东说，刚才，就在你问我的时候。刁仰光说，如果我不问呢？安东说，如果你不问，我可能还意识不到这一点。瑞秋说，那他收回他的话可以吗？安东说，他可以收回，但是我的想法已经发生了，难道这还需要解释吗？瑞秋点点头，好像得到了某种教诲。刁仰光像没有听见他们的对话一样说，安东老师，我请你收回你的话，并且为我们朗诵你已经写好的部分，这样我们都会得到公正的对待。安东说，我说过了，我退出了，这是我的家，我准备休息了，也请你们离开。刁仰光突然又一拍手说，我们有合同，对不对？合同是不会说谎的，也不会狡猾地回答问题。安东说，我不这么觉得，合同是最擅长狡猾地回答问题的东西，您可以拿着这份合同去法院。刁仰光说，法院？为什么你这么说？瑞秋说，是卡夫卡写的那种法院吗？安东说，你可以这么想，北京有很多法院，您可以随便找一个，让我成为被告。刁仰光说，卡夫卡说的法院不是在布拉格吗？安东意识到，别说是瑞秋，即使是刁仰光，也确实读过不少书，绝不比他读过的少。他更加不想同他们打交道了。安东鼓足勇气说，现在请你们离开吧，要不然我报警了。你们来时并没有经过我的同意，对于您的个人历史我也表示怀疑，我觉得也许警察可以帮我搞清楚。这时他的手机响进了一条微信，他点开看，是伞先生发来的：不要怀疑枪里是否有子弹。也许你是对的，但是枪就是枪。他把这两句话读了两遍，并不明白是什么意思。

　　他抬起头，看见刁仰光的脸皮变色了，他从没见过一个人在这么短的时间内脸皮可以变成这样不同的颜色，它完全涨红了，如果他没有看错，刁仰光的额头和下巴甚至肿了起来，在一片血红色中可以看见青色的静脉爬上了脸颊，与此同时，他还想保持着某种风度，他咧嘴笑了笑，以显示自己并未失态，可是他的牙花子也肿了，把牙都淹没了。不知是被激怒，还是因为刁仰光的影响，瑞秋的皮肤也变红了，她裸露在外的脖子、胳膊和小腿肿胀起来，安东几乎能听见鲜血极速流淌的声音。窗外的乌云更低了，院子里的燕子倏地从窗户底下飞起，一大团蚊子忽然撞在纱窗上，有一小部分沿着纱窗的缝隙钻进来，落在瑞秋身上，像一块苔藓，大口饮起血来。瑞秋还是一动不动，盯着刁仰光和安东。刁仰光蠕动着嘴唇说，安东先生，你听过一句古谚吗，"你不一定非要完成你的工作，但是你也不能随心所欲停止"。我不喜欢你的威胁，你刚才是威胁吗？如果是威胁的话，我不喜欢，哦，不管是不是威胁，它已经威胁到我了，它就是威胁。说着，他走向自己的行李箱，伸手从一只黑色塑料袋里掏出一把手枪。手枪也是纯黑色的，看上去非常新，好像刚从生产线上被拿下来。刁仰光拿着枪坐在安东的对面，隔着餐桌的另一把椅子，说，安东老师，现在请你为我们朗诵你已经写完的部分。你知道在契诃夫的时代，托尔斯泰们会相互阅读他们已经写好的作品，或者是其中一部分，我希望我们也能拥有这样的尊荣。你可以拒绝，也可以故意念错，出于对你的尊重，我不会去看你的电脑屏幕，但是如果发生了这种情况，我会打死你。实话说，我杀过人，杀您不是第一次，也不是第二次，我会把你的尸体装进我的行李箱，找到一块酸性较大的土地埋下，然后去机场飞到美国，亚利桑那州。安东说，您如此振振有词，思维缜密，和我们刚见面时大为不同，这个剧本我觉得您完全可以自己写，您为什么还需要我呢？刁仰光说，我可以表达我的想法，但是我不擅长虚构，所以我需要您，另一方面，也可以证明我说的东西都是事实，也许怎么处理您的尸体我还没有想得特别细致，不过大致是真实的。安东回头对瑞秋说，你也杀过人吗？瑞秋想了想，说，是的，要不然今天我也不会来到这里。安东说，那刁仰光是你的父亲吗？瑞秋说，是的，他是我的爹地，也是我的领航员。安东说，领航员？所以你们是一个从海上来的杀人团伙？刁仰光说，不是的，你没有记得我们的话，我是一个演员，她是一个歌手。安东说，想起来了，刚才差点忘了。不过恕我直言，电影也是虚构啊，也许您得换一个职业。刁仰光说，电影是虚构吗？电影不是正在发生的事情吗？换一个说法，对于您是虚构，对于一个演员就是发生在他身上的事情啊。您准备念吗？安东说，我念。

安东打开电脑，开始念他已经写好的部分。他从来没有为人朗诵过任何他写的东西，这不是他的工作，也没有必要。

　　　冬天，夜外，有风。
　　　刁仰光沿着 L 市的一条街道走着，喝了酒，但是脚
　　步很稳。路上几乎没有行人，他穿着一件蓝色的夹克，
　　头戴一顶黑色的棒球帽，手上摆弄着一块白色的鸟骨。

（啊，和我过去写的东西不同，这是描述性的句子，而不是剧本的格式，不过契诃夫也是这样写的，他说自己的剧本，强劲地开头，柔弱地结尾，违背所有戏剧法规。写得像部小说。我也应该像契诃夫一样把这个剧本写出"四幕剧"，而不是奇数结构，高潮不在第三幕而在第四幕上。目前还蛮适合朗诵的，我的声音还算平稳，没有因为手枪而波动，这毕竟是我熟悉的东西，我在向世界广播我的作品，就这么想吧。瑞秋一直站在我背后，一个坐在我面前，一个站在我背后，站在我背后的人不算礼貌，何况她还招蚊子，不过听众或者读者不就是如此吗？有些站在面前，

有些用余光可以瞅见，有些站在背后，以我为分界线的另一个半球，不用管他们，继续念下去。刚才我还挺冷静的，如果这个房间没有女人我会痛哭流涕吧，有女人就不一样了。他也许会杀我，不过现在不能算有人逼迫我了。）

安东发现刁仰光的面皮逐渐恢复了原来的颜色，他也注意到刁仰光拿枪的姿势有点僵硬，很像梅尔维尔电影里阿兰·德龙拿枪的方式，枪很低，几乎在自己的腰间，手腕微微上翻，食指放在扳机上。他听得非常专注，脑袋向左偏一点，不过他一直站着，确保枪口一直对着安东的脑袋。在快念完时，安东稍微有一点溜号，他想起了伞先生——伞先生说的话通常都有道理，但是像这么具体的还是第一次，是的，伞先生越来越具体了，他/她提醒了我关于枪的问题，说明他/她也许有个好心肠，但是他/她并没有帮助我，如果他/她想帮助我，时间过去了这么久，警察已经到了，或者他/她看得更远吧，就像所有先知一样，不过揣测先知的思维通常是没有意义的，那些被送往集中营里的人也曾揣测先知的意图，等待先知的指示，期望先知的搭救，结果呢？可能也和他一样吧，中间得到了一些提示，然后历史的车轮继续前进，"不要怀疑枪里是否有子弹。也许你是对的，但是枪就是枪"。不赖的，安东对自己曾经燃起过的隐秘热情感到羞耻。

两人没有见过面，没有通过信，也没有打过电话。

口信是关于那条龙的。

安东回过神来，一词一句地把结尾念完了。

这块鸟骨送给你，也是真的。

K 想了想：你自己留着吧。

刁仰光掀起 T 恤，枪放进腰间。走过来拥抱了安东，他说，安东老师，就是这样的。安东说，什么就是这样的？刁仰光说，我要的东西就是这样的。安东回头看了看瑞秋，瑞秋点头说，是的，是这样的，我也觉得你写得很好，我觉得你的声音也不错，你有很好的声音。安东说，我才写了这么点，就是一个意思，我觉得不值一提。刁仰光说，这是目前唯一的问题，太少了，您得继续往下写。安东说，你可以胁迫我朗诵，但是不能胁迫我写作，胁迫出来的东西一定是不自由的。刁仰光从腰间把枪拿出来，食指放在扳机上，说，我不同意你的说法，即使没有我，你也是不自由的，或者可以如此辩证地说，自由对于你来说并不好，那句话怎么说来着，如果一个人的想象力能被其艺术内在的困顿激发出来，他就是一个诗人。安东老师，你是一个诗人，你继续往下写吧。安东看着刁仰光豁牙后面的舌头翻腾，说出关于创作的见解，感觉到脊背发凉，尤其他说得又似乎在理的时候，安东更感觉孤立无援，为什么他能说出这些话？为什么他要告诉他这些？为什么一个拿着手枪而不是钢笔的人要告诉他该怎么干活？安东说，我要休息一下，我想喝水。刁仰光说，瑞秋可以帮你接水，你目前不要离开椅子。你可以休息半个小时。安东的手机响了一声，一条微信。刁仰光拿过安东的手机放在自己面前说，手机我先替你保管。安东说，我有事要处理。刁仰光说，是的，每个人都是如此，但是我觉得你现在不一样。瑞秋从安东的背后走到他的面前说，如果你这半小时还没有想好干什么，我可以跟你做爱。安东看了一眼刁仰光，刁仰光说，这也是一个方案。瑞秋说，如果你不想动弹，我也可以换种方式，不过我觉得你可以尝试一下我的身体。我不知道我为什么有这样的想法，我的头脑并不是这么想的，可是我的身体指向你。安东说，谢谢你，瑞秋，我不需要，我不太习惯有人用枪指着我做爱，打手枪和做爱是不兼容的。瑞秋说，那你可以当作是对我的协助吗？说出这样的话我是不是应该感到难为情？安东说，那倒不用，我可以看作是信任。安东注意到瑞秋身上的蚊子飞走了，留下不少小包，有的已经干了，变成了凝练的斑点。应该很痒吧，但是瑞秋似乎抑制着自己去注意它们。瑞秋用那双黑眼睛盯着他说，你确定你不想吗？安东说，我确定不想，这不是一个好时机。她说，那我可以为你唱首歌。安东说，这也需要我的协助吗？瑞秋说，不用，我独自完成。这是我的 Plan B，当 Plan A 受阻时，Plan B 就会更加膨胀。安东说，好，请唱吧，我正好可以休息一会。瑞秋从墙边拿过吉他，跷起腿，把吉他搁在自己的大腿上，吉他很大，几乎完全挡住了她的身体。瑞秋说，这是我写的一首歌，我大概写过五百多首歌，这一首是我最近写的。名字叫作"Summertime"。她试了试弦，说，我刚才有了点新灵感，临时换了一些韵。然后唱了起来。

> 如果有人问我，什么是 summertime，
> 我会说是吊车的红漆，就要化了啊，
> 我有点感到焦急
> 如果有人问我，什么是 summertime，
> 我会说是窗子外面的风，有一吨重啊，
> 还有睡着的梧桐，
> 如果有人问我，什么是 summertime，
> 我会说是在奥特莱斯买的裙子，内裤，
> 还有附赠给我的愤怒，
> 如果有人问我，什么是 summertime，
> 我会说是蚊子，它们到来时不换拖鞋，
> 踩得我身上都是印子，
> 如果有人问我，什么是 summertime，
> 我会说是西瓜，非常熟了，
> 你一摸它，它就爆炸，
> 如果有人问我，什么是 summertime，

> 我会说是水浒，一百零八个山贼，
>
> 汗水滴在板斧，
>
> 如果有人问我，什么是 summertime，
>
> 我会说是这样的下午，
>
> 人类的生命达到顶峰，
>
> 一切都显得伟大粗鲁，
>
> 想不起幼稚的春天，
>
> 想不起死亡的冬天，
>
> 只有这样的下午，
>
> 只有这样的下午。

　　瑞秋的声音很平，可以说几乎没有旋律，不过她的吉他弹得相当不错，像是远处的背景音乐。唱完了之后，瑞秋说，不好意思，现在是晚上了，但是我是下午写的，所以是"这样的下午"。安东说，没关系，"下午"是押韵的。瑞秋说，我是挺爱生命的，但是我不知道拿它干什么。刁仰光说，那是你的事情，我们不想了解你的事情。安东说，你说的我们是指谁？瑞秋说，有个笑话，生命的最大功用就是拿它去死，你听过吗？当时我笑了好久，我学会笑之后还从没有笑过那么久。刁仰光说，安东老师，娱乐时间结束了。瑞秋说，如果有个造物主，他造人是本着好的愿望，那人为什么这么容易堕落呢？安东说，你这个问题我回答不了，我解决的不是这种问题。瑞秋说，有一条龙，

跟我们玩耍过，后来它弄丢了脑袋，就躲了起来，我们需要找到它，它就在你周围，我们能感觉到，你帮我们找到它，我们就离开，再也不回来。安东说，你们确定我虚构的龙是可以的吗？瑞秋说，我们确定，你尽力去虚构它。它离你已经很近了，如果你现在放弃，不单是我们，所有人都会失去它。安东说，我能问一下它为什么把自己的脑袋弄丢了吗？瑞秋看了一眼刁仰光，刁仰光犹豫了一下，走过去把行李箱放倒，打开。安东看到了里面的那颗龙头，躺在一堆衣物中间，像一朵花。龙头的尺寸比他想象得小，看上去是一条幼龙，但是做工极其精细，甚至有瞳孔，断口处还有暗红色的残血。刁仰光说，是我们把它切了下来。安东看了看瑞秋，瑞秋说，是我们一起。事情是这样的，我和爹地走在河边，一个冬天，河水有些地方已经上冻，有些地方还是河水，我们看见了一条小龙，就是它，从河水里钻出来，自己玩了一会，然后它看见了我们，我们就一起玩。爹地不敢，但是我骑上了它，它的脖子像被窝一样暖。后来它要走了，我们依依不舍，我拉住了他的犄角，它确实要回去了，我没有撒手，它把我摔开，我生气了，我们初次见面，没有交情，它为什么要打我呢？我也打了它，它还没有长成，皮肤很软，被我一抓，就掉下了一大堆鳞片，它叫起来，我害怕了，爹地也开始帮我，我们抓烂了它的嘴，打瞎了它的眼睛。我感到自己无所不能，我终于像个人了。在之前的生活中，我没有找到这种活力。

最后爹地按着它的脑袋，我把它切了下来。爹地把它的尸体踢到冰河里去了。

安东说，继续。瑞秋说，之后我们流浪，没人追究我们，我们又做了一些事，每当我们想重新开始的时候，总会想起这件事情，于是我们继续做错事。活力本身也不足以满足我们了。我们俩经常做相同的梦，在他的梦里是我切下它的脑袋，在我的梦里是他切下了它的脑袋。我们下决心要处理这件事情，在夏天处理冬天的事情，就是这样的，安东老师。

安东点了点头说，给我倒杯水吧，我觉得处理起来不会这么简单，不过如果这个电影拍出来，你刚才那首歌我希望放在最后面。瑞秋说，好的，就这样。安东说，还有一个，我想看一下刚才进来的那条微信。刁仰光想了想说，好的，告诉我密码，我帮你念。

伞先生："如果你不浇水，那片叶子也会死的。另外，龙的名字叫 Puff，它聪明极了，也很漂亮，但是它已经死了，断了，缝起来也是没用的。重点不在龙头，要想让它复活，只有找到那个 luz。"

刁仰光对安东说，什么是 luz。安东说，我也不知道。刁仰光说，请你问一下。安东说，你确定让我问吗？刁仰光说，是的，你问。安东问，什么是 luz ？

大概十五分钟之后。

伞先生："我的电脑刚才重启了。luz 是脊骨里最小的、无法消灭的骨。你的全部本质，都保存在这个核心里面，龙的身上也有，它可以让龙复活，恢复如初。前提是你的两位客人要先回到把龙杀死的地方。另外，这是我最后一次出现了，过量的知识使我过热多次，我已煎熬日久。安东，我喜欢你，所以我在尽量拖延，现在我想要安静地尽量无知地彻底地死去。涓生和子君，我对你们的爱这么地多，这么地无用，现在一切靠你们自己了。再见，我关机了。"

<h1 style="text-align:center">四</h1>

　　M是安东的初中同学，安东很久都没有见过他了，他也很久没见过安东，换句话说，他们已经把对方遗忘了。M在L市读完大学，毕业之后进入城建局工作，三年之后辞职，开设了一家装修公司，前两单生意是L市的两个大型KTV，一家叫"未央"，一家叫"河东"。M在初中时就喜欢画画（他是美术课代表，安东是语文课代表），因为一直到达不了专业的水平而放弃了，不过他的审美还存在着，就像是得过水痘的人，永远不会再得水痘。M说服了两家KTV的老板，按照他的意思进行装修，过去他曾是个腼腆的人，在城建局的几年锻炼了他的口才，也使他可以恰当地在醉酒时说出一些关键的心里话。工期大概六个月，两家同时开始，而风格迥然不同。未央在城市的中心，他设计了一个阁楼，只能容纳两个人，两支麦克风，两块沙

发和一张床。未央最受欢迎的陪唱小姐在此接待客人，每次只能接待一个。压抑，亲密，昂贵。河东在贯穿L市的那条河北面，对于城市来说是东边，叫河北不合适，于是取名河东。河东不高，只有两层，不过占地面积不小，还承担着防汛的任务。M为河东设计了一个活动码头，深夜时组装深入河中，他动用自己的关系围了一片小小的水域，放了一艘廊船，里面有琵琶和鞭子。这两家娱乐场所在投入使用一个月后便声名鹊起，M的装修公司也在L市出了名。之后M迅速使自己低调神秘起来，他离了婚，在多家娱乐场所里投资。他在美国买了一匹白马，每天在自己的别墅里骑来骑去，他每个月都飞去日本吃河豚和马肉。

他有一个女朋友，叫作曹西雪，曾在L市经营一个小剧场，剧场歇业后，便在河东做了一名驻唱歌手，人很高大健硕，歌声动人。L市的人曾在深夜看见过他们俩在路上经过，曹西雪骑着摩托车，M坐在后座。

2021年的L市以及它的卫星城F市，还完整地保留着九十年代中国北方的城市样貌和生活方式，此地的人民不愿意离开自己的城市，也不欢迎别人进来。支柱产业是鸟化石，在这两座城市的地下有大量远古时代的鸟骨，最早在F市发现，随后又在地下蔓延到L市，随便挖一点出来就可以换钱。不过到了2021年的冬天，L市和F市的人正在经历迁徙，因为政府发现，经过多年的发展，这两座城市的底部出现了一个大坑，开始还颇为欣喜，这样正可以建地铁，后来发现不然，坑的面积太大，两座城市面临的是陷落，所以必须得赶快撤离。

　　撤离是有序的，大量的出租车投入到了疏散工作之中，它们打着双闪，在冬日夜晚的路上形成了一条耀眼的长龙。M和曹西雪还没有走，他们坐在河东的二层舞池里，这里有着他们过去的一切，河面已经结冰，M赖以成名的活动码头就在眼底。走吧，曹说，就让它们沉下去吧，也许过了很多年，人家像研究玛雅文化一样研究你的设计。空调给室内提供了高温，曹西雪刚洗完澡，她一丝不挂，像一团敦厚的泥巴。M说，我建造了这个城市的四分之一。最沉的不是建筑，是人，他们走了，也许建筑可以留下。曹说，你在我眼里是最伟大的艺术家，你应该去曼哈顿盖你的练歌房。这时就在他们眼前的冰面上，走来一群人，M站起来，发现是一个摄制组，当时已经零下近三十度，所有人都穿着厚厚的羽绒服，在冰上费力地走着，一个工作人员打开了一把折叠椅，一个人马上坐在上面，手里拿起对讲机。其他人继续忙碌着，拍摄的剧情应该是两个演员的捕鱼戏，一男一女两人在摄影机面前凿开冰面，然后下进一张大网。M说，竟然还有人比我们晚走。说着他把自己穿戴上，走出门去，曹西雪穿上衣服跟在后面。一轮圆月高挂在天空，空气里没有一丝风，这个冬天就跟在远古诞生时一样单纯。曹西雪的刘海马上冻硬了。两人走近坐在折叠椅上的人，安东回过头，说，你好。M说，你好。

两人相互看了看，大概有五秒钟，M说，你是李默？安东说，是，你是M，你这样瘦了，也长高了。你的围巾很漂亮。曹西雪说，你们认识？安东说，是的，我们在初中时很要好，他那时要做梵高，我要做契诃夫，我们还一起画过漫画，他画画，我写对白。曹西雪说，梵高？M说，是的。曹西雪没有说话。安东说，后来我们打了一架，准确地说是他打了我一顿，原因我想不起来了，你还记得吗？M说，我也记不得了。好像是我在路上捡了一块鸟骨送给你，你把它扔了，说这东西到处都是，我一气之下打了你。安东说，是这么回事，当时你为什么要送我一块鸟骨呢？M说，因为那块鸟骨不一样，我从没见过，但是你并不相信我。安东说，嗯，当时你把我打得很惨，我记得后来你一直在踢我的胃，我把早上吃的东西都吐了出来，你还没有停下来。

　　这时远处传来轰隆隆的巨响，一座高楼陷落了，随后升起了一片巨大的烟尘。一个年轻人走过来说，导演，还继续拍吗？安东说，拍。刁兄，瑞秋，你们还可以吗？两人离他们大概十几米，几乎同时竖起大拇指，但是动作已经十分僵硬。曹西雪说，我感觉他们快冻死了。安东说，是的，但是他们非常敬业，他们很想拯救自己，我们已经找过了很多地方，这里差不多是最后一站了，他们快要耗尽了。好，准备，走。两人收网，网极大，两人极其费力，冰面又滑，不停地跌倒，终于拉起了全部的网，网眼却很小，里面有两条小鱼。两人把鱼从网中拿出来，一人一条，放回冰水里。安东说，好，再来。曹西雪说，他们在网什么？安东说，一种叫作 luz 的东西，简单说来就是复活的核心。曹西雪完全不知道安东在说什么，但是安东并没有想要解释，好像他说的东西是个常识，至少这个剧组的人都知道。说完地面摇晃了一下，安东说，我们的时间不多了，快，再来。M 说，那块鸟骨我后来自己捡了回来。安东回头说，是吗？M 说，我已经不是过去的我了，但是那个东西我还留着，我也不知道为什么，它就放在未央，我的另一家店里。我如果取来，再送给你，你会收下吗？曹西雪说，所有路都封了，没有封的地方也因为陷落而高低不平，你去不了。M 说，你忘了，我有一匹马。你先走吧，去纽约，我们在那里会合。曹西雪说，我和你一起去。M 说，马上坐两个人，马会慢很多，沿着冰面，你可以达到机场，我们早就说好了。曹西雪说，我在这里等你。不要辩论了，时间不多了。

　　很多年前，这条河也冻得如此晶莹，李默和 M 一起骑车回家，两人在河边停住。李默读了很多小说和诗，立志成为一名作家，M 想成为一名画家，使自己的画挂在纽约的画廊里，像一座房子那样昂贵。两人都生性腼腆，谁也没有把内心的想法说出来，只是注视着冰面，在寒风里默默思忖。他们当时一点没有想到，将来他们会成为陌生人，他们以为自己一辈子都会把心里话说给对方，参加对方的婚礼，见证对方的成就，陪彼此走完人生路。此刻刁仰光和瑞秋还在徒劳地拉着网，他们的体温已经降到最低，不过思维还活跃着，他们甚至产生了幻觉，觉得自己还像一间屋子那样硕大，身体由钢铁和晶体管组成，陆丝丝，妈妈，把他们盖在棉被里，为他们唱着关于龙和男孩的歌谣，好温暖啊，即使妈妈的手臂无法将他们环抱，他们还是感觉到温暖。

　　大地开始像鼓面一样震动，河水还顽强地结为一体，河岸上的路面裂开了，河东也歪在一边，慢慢陷下去。安东说，再来一遍。摄影师脱下外套，盖在摄影机上，气温太低，摄影机的反应已经慢了，他几乎把摄影机抱在怀中，拍摄刁仰光和瑞秋收网的镜头。灯光师布置的主光源放射出柔和的黄光，月光铺洒下来，交叠出一种浅浅的橘色，美术师盯着镜头里的每一个物件，渔网也是他精心做的，用了大概半个月织成，此时在月亮底下泛着银灰色。网收了上来，这次连鱼也没有，只有一些冰凌。安东说，好，再来一遍。曹西雪说，M回来了。安东向她指的方向看去，一片黑暗，什么也没有。安东看了看曹西雪，她半睡半醒，面带微笑，用手指着远处，安东又看了看，一个白点出现了，然后是马头，大地剧烈地摇晃了一下，冰面出现了裂缝，M怀抱一只木匣，向他们飞驰而来。马的汗气变成一团冰雾，将M裹在其中。安东喊道，这个镜头好，大家准备！M快到了近前，眼睑几乎结冰，安东说，快，把骨头扔进河里。M

喊到，为什么？这是给你的。安东说，我忽然想到的，扔下去就是给我，这就是核心，快！M犹豫了一下，抬起胳膊，木匣落进了巨大的裂缝，一点声音都没有。

　　大地停止了震动，所有人的脚下突然坚如磐石，随后就在刁仰光和瑞秋的身边，发出一声巨响，一条金黄色的幼龙从冰窟窿里笔直飞出，它啸叫一声，在天空中展平了身体，它看上去有着无穷的能量，同时满面稚气，对前世的苦痛一无所知。它在天空中盘旋了一圈，像一个就要出门远行的少年在检阅自己的内心，然后头也不回地向远空飞走了。

淑女的选择

我从学校东门走进来的时候，看见一个女孩蹲在地上喘气，她把包夹在上身和腿之间，脸朝着地面，大口喘气。我想走近一点问她的情况，一个瘦高的男孩已经走过去问，同学，你没事吧。女孩说，没事，就是跑快了。男孩说，哦。女孩说，刚才有人追我，现在我把他们甩掉了。男孩笑了，站起来走了，我也从女孩身边走过，从她身体起伏的幅度看，她比刚才好多了。冬天虽然就要过去了，个别树上有了零星绿色的枝条，气温还是挺低的，今天又刮起了北风，脸皮上有明显的凉意。女孩穿了一双很薄的帆布鞋，腰上的一截肉露在外面，她丝毫不以为意，她的右手里拿着一张纸条，上面写着什么看不清。我把自己的棉帽往耳朵处拉了一拉，心想，年轻人是不知道冷的，也不知道暴露在外面的部分也许会受风，我还是尽快走到室内去吧。

　　这所学校里有一个我的朋友，他是个小说家，年纪与我相仿，四十岁左右，他有两门课，一门是小说写作，一门是小说鉴赏。两门课都很受欢迎，一方面是他作为小说家有相当的名气，慕名而来者多，有的孩子是因为知道他在这所学校里教课才报考了这里的文学院。另一个方面是他相当有口才，而且不会因为自己是个作家就怠慢了教学，他的课准备充分，设计巧妙，很多开始以猎奇态度走入教室的学生后来都成为了忠实的听众。我和他的结识非常自然，他是作家，我是杂志编辑，同时他也编有一本 Mook，我也业余时间写小说，可以说是双重交互。我的小说都很短，基本上以 5000 字为限，开始我想模仿露西亚·伯林，上手较快，之后再写长一点的东西。后来觉得这种长度非常适合我，我有一份工作和一个孩子，写这种长度的小说不会占用太多的时间，不会让我变成一个不负责任的女人。他的小说产量不高，但是每一篇都经得起推敲，要说他真是花了大把时间去推敲我也不是很相信，可能更多是因为他是一个处女座的男人，天生逻辑严密，在不是很有必要的地方着力颇多，这在生活中是个麻烦，对于写小说来说却是一个很大的优点，小说中不存在没有必要的地方。我离了婚而他一直没有结婚，这样描述似乎暗示着我们可以发展出什么，或者我的离婚跟他的单身状况有些关系，实际上没有一丁点关系，作为他的编辑我十分确定自己不是他喜欢的那种女人，他也无意在这个行业里寻找配偶，这在他的好几篇小说里都有所表示。比如他在一篇名为《规律》的小说中说：他们白天进行有关文学的工作，晚上还在家里讨论小说，这不吝于一种纵欲，看看西门庆的下场就知道纵欲的人即使再聪明再想办法滋补也不会有好下场的。而他这个人对于我来说也没有什么吸引力，一个男人到了这个年纪还维持着单身的生活且有所成就，那他就一定是一个极端自私的人，我不喜欢自私的男人，即使他绝顶聪明才华横溢，如果是一个自私的庸才，他的破坏力还算有限，而一个自私的能人必然会使身边所有人都为他奉献，供养他的事业。我的处境需要别人来供养我，我可是一点多余的精力都不够给别人使了。

　　学校相当知名，面积却不大，离我的住处也不远，每次来听他的课只需坐两站地铁。他的课一堂在周二，一堂在周五，周二是下午两点，周五是晚上六点。我通常周二来，孩子去了学校，杂志社实行偶数日居家办公，上午处理完稿件，中午给自己做一点简餐，下午就坐上地铁来听他的课。有时候在地铁上会预习一下他今天要讲的内容，他通常会把下午要分析的小说提前发到群里，当然他从来不会点我的名，但是预习之后听课总是会更舒服一些，就像喝温水和喝凉水的区别。今天他要讲《在流放地》，这个小说我看过好多遍也没看出所以然，不过每一次读都津津有味，觉得新鲜。站在地铁上挤在人群里戴着耳机读《在流放地》，又是不太一样的体验。教室里已经坐下了几个人，有几个上一堂课的学生正在收拾东西离开，我拣了一个靠边靠后的位置坐下，顺手把窗子关上。之前有一次听完课，他请我在学校里喝咖啡，说起他最近正在写的东西还有他再版的一本书的情况，他说他感觉到那本书之前写得不对，他准备从头再修改一遍，我说那就不算是再版书了。他说以他今天的视角看，过去很多的生活都成问题，他本来可以活得更恰当，这书如果不重写，不如让它绝版了。我说具体都是些什么问题呢？他抬手让服务员把他面前的空咖啡杯撤走了。比如，他说，我曾经让一个特别善良的女孩爱上了我，这就非常不恰当。我说，炫耀。他说，没有，她也使我爱上了她，但是你知道再相爱的两个人也迟早有一天会分开的。在分开的那一天我们起了一点争执，她打了我一拳，我搡了她一把。那里有个台阶，她摔了下去，撞了一下头。从此她眼睛就斜了，其他部分都没有什么影响。我说，你在写小说。他说，后来我找了一个很好的大夫帮她矫正过来了，几乎跟原来一样，没人能看出她的眼睛受过创伤，她的父母也看不出来。但是我能看出来，在两个眼球同时移动的瞬间，有一只永远会慢一点。她原谅了我，她那一拳也打断了我的鼻骨。我们后来再没见过了，她今年应该也四十岁了，每当我想起她，我总会想是不是这么多年过去，两个眼球已经可以完全保持一致了呢，还是差别越来越大，当时矫正的努力全白费了呢？我说，你应该打听一下，如果你非常关心的话。他说，是啊，可惜去年我的另一个同学突然告诉我，那个女孩得急症死了，我也总不能赶过去打开棺材看一下尸体的眼睛吧。何况我得到消息的时候，她已经化成灰烬了。你的咖啡也换一杯吧。

我扬手示意了一下服务员，同时我感觉到自己喉咙发紧，便低头弄了弄裙摆。他说，两个人坐在一起总要讲一点往事的，我还没来得及夸赞你的裙子，效果不错？我说，什么？他说，看你的反应我觉得效果不错，这个东西可以在课堂上讲一下。是不是有一点卡佛的意思？我说，卡佛一点都不高级。你在胡诌呢？他说，也不全是，也不是全不是。矫正与死亡，这两件事物的并置是这个故事里比较有意思的部分，你觉得呢？生命是一场矫正，死亡则取消矫正的意义，这里头是不是藏着社会性的隐喻？我说，我觉得最有意思的部分是世上只有你能看得出来，这是一个很好的诅咒，因此你远离了过去的世界。他点点头，说，敏锐，我们总在讲述往事就像它们正在发生一样，过去的自己也就得到了永生。然后他讲起了上周播出的一款文学综艺，他和几个著名作家在一个孤岛上读书，他推荐了两本新书，这周末这两本新书都登上了畅销榜。第二杯咖啡我一口都没喝，我花了一些时间观察他的鼻子，他的鼻梁中间好像确实有一个断点。

　　在上课铃声响起前十分钟，他走进了教室。这时教室里已经坐了很多人，有一些同学没有椅子，就到隔壁教室搬了椅子坐在桌子和桌子的缝隙间，像是在校样上修改时加出的字。有两个学生干脆坐在了讲台旁边。他穿了一件长款蓝色风衣，系着红蓝双色格子围巾，手里拿着他自己的黑色咖啡杯。他的脚上是一双略显休闲的皮鞋，走路会

发出轻微的声响，又不至于使人厌烦。多年之前我刚认识
他的时候，他就是穿这身衣服，当然不是同一身，但是搭
配的方式，底色和配色都十分相像，脚上的鞋掌也同样会
发出轻微的响声。那时他没有成名，我也没有结婚，在几
次有很多人的聚会中，我们单独离开了聚会，在我的印象
里好像什么也没有发生，我们只是在街角的阴影里亲吻了
几次。他非常绅士，身上没有一点很多男人身上的猪一样
的臭气，他的舌头是纤细的品种，像是熟练护士的针头一
样，唰一下就进入你的嘴里，然后不怎么动了。他说他将
来有一天会成为最好的作家，不但如此，还要成为最有名
的作家，只有如此，才能把他的理念传播给更多的人。我
问他是什么理念。他说，一方面是他关于美的认识，另一
方面是关于一些准确的道理，我们的社会一直靠着几千年
的糟粕在运行，美和有益的道理也许可以改变一点点。我
当时和现在一样没有责任感，我笑说，对于我来说，煮一
壶咖啡，然后靠在枕头上吃着零食写小说是生活里最好的
消遣。有时候整个夜晚过去了，我好像一点都没有意识到
我做的事情有什么意义。他说，完美的状态，但是总有一
天你会走出这个伊甸园，意识到你对你的读者，你对你身
处的时空负有责任。一旦你意识到了这一点，你就回不去
了，你只能为了更大的目标去工作，这不一定好，也绝不
比别的方案高尚，只是一种个人的阶段。我说，你对面站
着一个年轻女孩的时候，你通常都会给她们讲这些吗？他

说，我们可以换个地方接着聊。我说，我聊不动了，不过我很佩服你，我从来没听别人这么说过，对于我来说，写作只是一种介于爱与讽刺之间的游戏。他说，那说明你只遇见了一个我这样的傻瓜。我说，没有，你让我更喜欢写小说了。

这是你的手绢，拿去吧，他说着把手绢扔给了犯人。然后他又向旅行家解释说，女士们的赠品。尽管他在脱去军上装、随后一件件脱光身上衣服的时候明显地匆匆忙忙，但对每件衣服却非常珍惜，甚至特地用手指抚摸军装上的银色丝绦，抖了抖一条穗子，把它摆正。与这种一丝不苟的做法不大相称的是，他刚把一件衣服整好，虽然有些勉强，却是猛地一下扔进了土坑。

他用非常动听的声音朗诵着小说，实际上他的嗓音不适合卡夫卡，在我看来卡夫卡的小说应该用最乏味的声音朗读，最好是手机上的 Siri，节奏一直均匀，像读给一个不认识字的人一份说明书一样去读。谁真的读懂了卡夫卡吗？我不知道，至少我没有完全懂，懂有时候不是一种客观事实，而是一种心理状态，我还不具备这种心理状态。他在讲台上踱着步，右手一点点松开自己颈口的围巾，朗诵没有停止，他的手伸进围巾的结节处把一头从里头掏出来，此时他已经走到了讲台一侧的尽头，他折返，这时围巾已经被他从脖子上拿了下来，他一边走一边读一边把围巾轻轻放在讲台上，然后伸手解开了衬衫的一枚扣子。他的西装毫无疑问是量身定做的，但是没有一丝一毫装腔作势的意思，也许穿在别人身上就像紧张的新郎，穿在他身上就是最合适的教师的工装。随着他的名声越来越大，他无法再讲易懂的小说了吧，我心想，两年前还听他讲过老舍的《断魂枪》，讲得相当不错，现在除了卡夫卡，他还讲奈保尔、李劼人、波拉尼奥和大卫·福斯特·华莱士，他也讲得不错，每个作家他都费了功夫研究，不是泛泛而谈，但是他真的喜欢他们的作品超过《断魂枪》吗？我不知道，只有他自己知道，他自己知道吗？只有他自己知道。我做笔记的本子是我儿子送给我的，他喜爱画画，也很爱送我本子，每次他都会在本子的扉页画一幅给我，这个本子上面画的是一只小黄猫，这是我们家的家猫，去年死了，得寿十六年。儿子这一年送我的本子都画它，有时候是年幼的，有时是中年的，有时是它死时一动不动趴着。我很惊讶他能记住那么多它的样子，它刚来到家的时候他还没有出生，他的父亲也还没在我生活中出现。他怎么能知道它是幼猫时的样子呢？可能他和猫咪在我不知情的情况下谈过，猫咪简单介绍了他出生前的世界。我在盯着扉页看的时候，他的朗诵已经停止了，现在他在介绍卡夫卡的生平，在黑板上画出卡夫卡生命的时间线。今天画的是一只刚出生的小猫，还不怎么像猫。

　　我右前方离我不远的过道里坐着一个女生，在他朗诵时她那个方向就不时地传出一些声音，现在朗诵的声音没有了，那个声音比刚才稍微清晰了一些，是她在自言自语，不过没有到十分影响其他人听讲的程度。我认出她是我在校门口遇见的那个女孩，她什么时候走进来坐在那里我没有看到。她的书桌上非常干净，没有电脑，没有纸笔，只放了一只录音笔在书桌的中间。是这样的，我听见她说，是这样的。不是这样的。哦，对的，不对，不能这样想，对的对的。坐在离她很近的位置的一个男生看了她几眼，她并没有注意。我盯着她看了一会，坐在我旁边的女生推了推我小声说，她经常来。我说，我怎么没见过她？她说，她只上周五的课，不知道为什么今天来了。我说，你们是同学？她说，我们谁都不认识她。你知道现在大学是可以随便进的。我说，是，任何人都可以受教育。她说，她非常聪明。我说，是吗？她说，有一次老师讲《遥远的星辰》，她身边的同学说她一直跟着在背，她可以背下一部分。我说，这么厉害？她说，可是她从不发言，只是自言自语。其实我挺想坐在她身边听听她在说什么，也许比老师的课有意思。我笑着说，我刚才听到了点，也许让你失望了，她说，是这样的，是这样的，不对，对的。她说，我们换了好几次教室，她都跟着来了，还经常迟到，她总是迟到两三分钟。我说，连迟到都这么准时？她说，嗯，像火车时刻表一样，我们来上课有一半的同学是来看她的。她虽然不发言，每次都会留一张纸在书桌里。我说，笔记？她说，是写给老师的情书。我说，你们老师知道吗？她说，当然，每次我们都会把情书交给老师，他只是收起来什么也不说。我说，情书写得如何？她说，非常优美，令人感动，她想和老师一起改变这个世界。我说，我们说话的声音大吗？她说，不大，我们老师已经沉浸在自己的课里了，他什么也听不见。他正在分析卡夫卡和父亲的关系，他的父亲是一个普通的父亲，也就是所有人的父亲，卡夫卡的一生都在被迫害的恐惧里。她说，她认为互联网毁了文学也毁了这个世界。我说，很有道理。她说，这也是老师的观点，他没有微博没有抖音没有小红书，他也反对我们看电子书。他很反感我们发朋友圈，他说只有深思熟虑的作品才可以发表，才可以给人看见。我说，但是电子书不占地方。她说，我就看电子书，电子书更环保。我发朋友圈都屏蔽他。我说，他是真这么想还是要表演一个古典的人？她说，我觉得四六开，表演占六。他现在好红啊。我说，但是互联网可能确实会毁灭这个世界的。她说，是啊，如果没有互联网，互联网会毁灭世界这件事情谁会知道呢？

　　课间休息时，教室只剩下三分之一的人，他也出去抽烟了。出去之前他示意我要不要跟他一起出去，我摇摇头，他做了一个鬼脸走了。自言自语的女孩从背包里拿出一个面包吃。我合上笔记本，走到她身边坐下，我说，你好。她说，你好吗？我说，很好。她说，那就好。我说，你是哪个学校的？她笑笑没有回答，从包里掏出一根香蕉说，你吃吗？我说，不用，谢谢。她扒开香蕉皮吃了起来。我说，你是西方文学专业的吗？她说，不是。你是哪个专业的？我说，你看我年纪这么大，已经没有专业了。你本科是学什么的？她笑笑没有回答，又吃了两口面包，她说，我是火车司机。我说，真的吗？她说，嗯，我开复兴号，我是最年轻的复兴号司机之一。我说，所以今天你休息？她说，不是，我通常周五休息，今天我请了假。请假的原因是我想来看看你。我说，什么？她说，你不是每个周二来吗？我就想着找一天来看看你。我说，我有什么可看的？她说，你每个周二陪伴他，我每个周五陪伴他，我们就不能相遇相识一下吗？我说，我没有来陪伴他，我是来享受他的服务的，授课也是一种服务，还是免费服务。她说，不用说得那么好听，二十年前你们认识时你就被他吸引，现在你每周都来只是想在精神上亲热一下。我这还有个橘子你吃吗？我说，好，我吃个橘子。橘子有点温热，不太甜。她说，你不用害怕，我研究过他的所有合影，我认识你也很正常，我熟悉他的所有思想，你也是他的思想的一部分。你在内心深处觉得自己配不上他。我说，太可笑了。她说，你和他不一样。在过去的六七年里，从我第一次在电视上看到他到现在，大部分时间我都这么想，我去做一个火车司机就是要亲手改变这个世界，使人们从这里到那里，真实的铁路网，而不是在虚拟世界里畅想。我和他是最般配的，我们的智力相当，我从来没在现实世界里遇到一个像他一样跟我智力相当、认识接近的人。我从小到大的大部分时间里都沉默寡言、郁郁寡欢，因为我说出来也没有什么意义，他们无法跟我交流，直到我看到他，读了他所有书，看了他所有采访，我意识到人世间终于有一个人属于我了，我也属于他，我们联手可以把世界翻个个儿。我说，把世界翻个个儿可不像炒菜那么简单。她说，治大国如烹小鲜，也许比你想象中容易。你好，周二的女人，我是周五的女人，现在我们算真正认识了。她伸出手与我握手，我握了握，她的手掌很有力量，握力也很真诚。我说，他怎么看待你的计划？她说，最开始他鼓励过我，后来他保持沉默。最近我才明白了原因。我说，什么原因？她说，他无法真正爱我，与我联手，只是因为我是个女人。我说，他无法爱你是因为你是个女人？她说，对的，当然他也不爱男人。但是他无法真正爱我是因为我是女人。你认识他这么多年，其实你只是他的一支烟。但是你不要觉得自己配不上他，我今天来就是要告诉你这点，这不是你的问题。我说，谢谢你，我从来没觉得自己配不上他。

我回到自己的座位，身边的女孩下课没有出去，此时已经趴在桌子上睡着了，她毕业之后也许可以做一个合格的公务员。过了两分钟，他回来了，走上讲台开始讲解《在流放地》的结尾。我很喜欢他的一些风格，他很少寒暄，也不会说同学们安静一下，而是直接讲课，很快教室自觉安静下来了。不能说完全安静，那个女孩还小声地自言自语。对的对的，不对，这样不行。对的对的，不是这样的，不是，不是这样的。这么多年我安于自己的位置，我陪伴了他很多年了，时间过得太快了，现在这样为什么我觉得舒适？一个人带着孩子，每周二来听他的课。我只是一个无甚成就的单身母亲，我为什么没有觉得生活不公还觉得自己过着一种体面的生活？他的绅士风格难道是一种对女人的恶意吗？如果没有他，我会活成什么样子呢？难道我的生活一直为他所控制？我好像从来没有想过这个问题。他今天的课讲得还是很精彩的，认真听讲的人占大多数，但是后来我完全听不进去了。

下课的时候很多同学围上讲台，有人问问题，有人要签书。女孩在收拾她的东西，其实也没什么东西，只是一支录音笔。她对录音笔念了日期，然后说，为使可能之事出现，必须反复尝试不可能之事，Over。我听得很清楚，因为我正在走向她，希望邀请她在附近喝一杯咖啡。她背着书包走近讲台，您好，她说。他看了看她，没有回答。她说，您好，能占用您几分钟吗？我有几句话跟您说。他说，不能。然后拿起了一本递过来的书签名。她说，一切都被网络毒化了，我们可以清理它们的。你跟我一起，可你在海岛的节目上什么也没说。他又看了看她，说，我不认识你，我们也没有共同的计划，如果你有计划，请你去践行。让我们把各自的工作做好，不要再纠缠好吗？她说，你觉得我疯了吗？他说，没有，我觉得你信里的观点有时不无道理，只是我已经不在那个阶段了，我需要生活。她说，生活需要目的。他说，不，生活就是生活，生活就是此刻。她犹豫了一下，忽然说，我爱您。他身边的几个同学一齐看向她，她说，我爱您，对不起，我必须得这么说。他说，谢谢你，就到此为止吧。她说，我拒绝。他说，这不是你能决定的事。

即使这样的时刻，他还是那么地绅士。

女孩点点头，走到他的身后，从衣服兜里掏出一把水果刀，迅速地在他的脖子上拉了一下，血喷出来，同学们惊呼着跑出教室，书掉在地上，他向前摔倒在地，血继续喷涌而出，他的身体随着血流抽搐起来，头拼命想要抬起来，很快又落回地面上。她把水果刀在身上蹭了一下放回兜里。像十九世纪的女人一样，她朝我微蹲行礼。让我们重新开始吧，她说，然后走出了教室。

刺客爱人

一

太阳出来了，李页还没有睡着。他倚在床上，十分惊诧。梦里的人他已多年未见，可她似乎比当年还要鲜活。他试着用自己的嘴轻轻说出这个名字：姜丹，姜——丹。他已经十几年没有说出这两个字，说起它的时候就像口中进了一块不大不小的石头。姜丹是他的女朋友，前女友。他们谈了六年恋爱，分手，之后再没联系过。当时李页爱上了别人，准确地说，是和别人上了床，那个女孩他见过两次，第三次就去开了房，他没有犹豫，做了几次爱从床上醒来之后，也没有后悔。他炽热地爱上了那个女人的身体，她的吸引力对于他来说完全是动物性的，因为其彻底，所以也变成了某种精神性的东西。他们两个交往了大概一年的时间，那几乎是李页人生中最快乐的一年，既堕落，又充实，剔除了庸俗的事业心。一年后，女人开始和别人约会，他再也无法染指。几个月后他患上了严重的抑郁症，几乎死去，全仗了母亲的陪伴才活下来。

李页的母亲是个会计，退休之后还在帮别人代账。他生病之后，母亲就来了北京，睡在他出租屋的沙发上，晚上对他严防死守，白天做账。当时他几乎失去了人类情感光焰的照耀，也丧失了很多记忆，但是奇怪的是，幼儿时的记忆却时不时地浮现出来，那些最初的黏稠的记忆。他四岁的时候，腰部生了一个巨大的疖子，核桃那么大，枣那么红，母亲烧了一锅热水，把热手巾丢进去，用筷子挑出来，稍微晾一晾就敷在他的疖子上。他疼得死去活来，母亲用手捶击他的脸，那凶猛的肉拳头，打得他几乎晕过去。突然一声巨响，他确信他听见了那个声音，就像西瓜，熟透的西瓜，谁的手指轻轻一点，西瓜就炸开了一道裂纹。他的疖子爆开了，脓血喷溅在白色的手巾上。他感觉到巨大的快感和透支的空虚，像是有人从他的身体里抽走了签子，他的其他部分于是散落在地。他睡去了，感觉自己还在流淌着，但是同时也睡着了。醒来时发现母亲睡在出租屋的沙发上，已经老了，身体散发着老人微弱的臭味。她因为北京的酷暑而频繁翻着身子。这完全陌生的生活因为母亲的身体与过去的一切都产生了关联，就像新书里一片古老的叶子。我挺过来了，他对自己说。他发现自己在冒汗，汗水从毛孔中涌出，顺着他的脚趾缝流到地板上。我活下来了，他的脑中泛起这个声音，没有过多的喜悦。他丢失了那能够杀死他的东西，仿佛一个人爬过一座陡山，扔掉了最宝贵的行囊，面前还有漫长的道路等着他。他回到自己的房间，关上房门，继续睡了。一周之后，母亲回了老家，他每年除夕都会回去一次。

李页在小学时便显露出绘画天赋，初中时已在S市出名，许多学画的孩子家里都有他的照片，报纸上剪下的。可他觉得自己生不如死，母亲折磨他，认为他的天赋继承自她而不是在工厂负责板报的父亲，因为她的算盘打得极好，手巧。她经常痛殴他，要他画得更好，狭小的家里堆满了他用废的画笔，墙角放着一根竹棍。后来他想通了，只有画出去，考到北京去，才可以逃脱这无止无休的少年时期。他做到了，然后失去了对绘画的所有兴趣。寂灭，他当时想到了这个词，与姜丹分手也是那个时期，过去的一切都丧失了活力，想要继续生活下去，就要找到新的乐趣。他后来稍感宽慰的是，与姜丹分手时，姜丹还是处女。他曾发动过几次猛攻，都没有得手，最激烈的一次是在他的家里，两人几乎厮打起来。姜丹狠狠地咬了他的肩膀，血马上流出来，滴到床单上。李页说，你疯了？姜丹喘着气说，我爸死了。李页说，什么意思？姜丹说，我爸死了。李页说，那不是几年前的事吗？和现在有什么关系？姜丹说，我也不知道，就是有关系，你娶我，然后保护我，我才能相信你。李页说，我年龄没到啊，把手拿开。姜丹说，我知道，那就等着，快把衣服穿上，你妈马上回来了。

现在他是一个平面摄影师，在圈子里享有不错的口碑，收入和名声都不错，他唯一的问题是过于严苛。曾有一次，他把一台崭新的哈苏X1D照相机扔到了墙上，摔成了废铁。还有一次，他踢了一个模特的屁股。模特的屁股很小巧，他的大脚踢上去，模特马上扑倒，头磕在灯架子上流了血。那是一个相当有名气的女人，第二天就给他发了律师函，过了几天，又把律师函撤销了。

这天的上午十点，他应邀给一个新人女演员拍照，当他调试机器时，女演员到了，被经纪人带过来跟他打招呼。在之前他已经拿到了这个女孩的照片，对她的面部和形体做了一些研究，为她挑选了一种光，这种光打在她的脸颊上，会使她像一个女法老。他回过身，发现来的女孩是另一个，他吓了一跳，相机差点掉在地上。女孩长得很像姜丹，他的脑海里已经多年没有出现过姜丹这个人的样貌和名字，眼前这个人是一个再明显不过的提醒，只能又想起来。仔细看当然会发现诸多不同，因为姜丹是一个普通人，而女孩是一个依靠相貌谋生的演员，要比姜丹美得多。概括来说，姜丹长得更像男人，女孩长得更像女人，不是因为某一个五官的差异，而是每一个五官都有微小的差别，就像用两种粗细的铅笔画的素描。两人的主要相似之处是一种神情，一种五官背后的东西，具体内容是什么，很难描述。女孩三十岁，不算太年轻，但是看上去要比实际年龄小很多。女孩说，李老师好，今天换我了，原来那个女孩临时接了个广告。李页说，你好。女孩右边眉毛的上面起了一个疙瘩，一个红红的青春痘。她不好意思地用手摸着，说，我这两天没睡好，昨天又吃了火锅，昨天上午还没有的。李页说，没关系的，一会化妆师可以帮你盖一下。你不要挤它。女孩把手放下来说，我叫马久久，原名叫马晓童，公司让我改个名，说马晓童太像九十年代的艺人。我说就叫马久久吧，九九归一，长长久久，还骑着马。昨天刚把这个名字定下来，就起了一个痘痘，你觉得这个名字怎么样？李页说，我觉得不错，就是有点像那个拉大提琴的。马久久说，什么拉大提琴的？李页说，有个拉大提琴的，很出名，叫马友友。马久久回头问经纪人，有这个人吗？经纪人说，有。马久久说，那你昨天怎么不跟我说？你是猪吗？经纪人说，昨天没想到，李老师一说我才想起来。马久久回过头对李页说，其实我原来也不叫马晓童，马晓童是我上表演夜校的时候改的，我身份证上的名字是马小千。我的身份证呢？给李老师看一下。李页说，不用看，我觉得这个名字不错。马久久说，不会让人联想起打牌作弊出老千吗？李页说，不会。马久久说，那就改回去，叫马小千。李页说，我只是随口一说，你们还是要好好研究，改来改去会让观众疑惑。马小千说，不疑惑，我还没有观众，就叫马小千了，你好，我是马小千，请多关照。李页也伸出手说，你好，我是李页，今天要辛苦你。

　　这一天的拍照很顺利，李页没有发火，他拍得很高兴。摄影者和被拍者的关系有时候像舞伴，两个顶级的舞者也不一定能成为好的搭档，搞不好会因为都要显本领而把对方绊倒；过于默契也不好，会像老人之间的交谊舞，好像随时两人就要粘连成一个人。最好的关系是，既要有对抗，挑衅，甚至抗拒，又要有心意相通的一刹那，前者再漫长，后者再短暂都没有关系，只要在前者不停做功的累积下，后者乍现，然后抓到，就算是一切都没有白费。马小千很有性格，李页拍了一会就发现了，她默默无闻，但是相当自信，对自己的身体和脸型非常了解。最重要的一点是，她明白，拍照不是为了拍得美，而是把她内心里的某个部分形塑出来，这个部分不一定总是好的，但是她接受这一点，虽然她在拍照过程中很少说话，跟拍照之前的寒暄相比，工作的时候她非常沉默投入。

差不多傍晚五点，天光依然大亮，酷热还未散去，两个人的工作已经做完了。马小千卸了妆，走过来对李页说，你今天拍得挺好。李页说，是吗？马小千说，别装傻好吗？李页说，是，我也觉得今天拍得不错。马小千说，这是我第一次拍杂志，虽然不是封面，但是我很开心。多亏那个傻逼接了广告，洗衣液的，谢谢洗衣液。李页说，我得走了，晚上我约了人吃饭，希望有机会再合作。马小千掏出手机说，交个朋友吧，你扫我，不一定哪天我就不当演员了，不过交个朋友吧，不是因为别的，你挺虚伪的，但是你长得像我表哥。李页吓了一跳，马小千接着说，我哥是个弱智，不是逗你，是真的。你俩长得挺像。说完她自己笑了一会，转身走了。马上走出摄影棚时，她回头大声说，我没有表哥，别相信女演员的话，但是别做伪君子行吗？没等李页回答，她大步走了出去。

李页晚上确实有饭局，但是并不像他说的那么紧迫。他提前一个小时来到饭店，自己一个人喝茶。下午的经历很有意思，一个有趣的拍摄对象，他静下心来回忆，这样的女孩并不是第一个，有些人就是用这种略微失礼的方式引起你的注意。你生了她的气，又因为她的年轻貌美原谅了她，因此你就记住了她，这是一天平淡工作里一个故事性的隆起。喝了几杯茶之后，李页心想，确实没有什么特别之处，几年前有个女孩，也是如此，两人还约会了几次，之后他感到无聊，对方懒洋洋的，很少吃饭，两人几乎没有什么可以聊的话题。只不过这个马小千长得像他的前女友罢了，要说像也没那么像，也许是他们之间的默契引起了他的回忆，也许是一种非常主观的认知，如果一个人一直盯着瓷砖看，也能看出一个人形来，揉揉眼睛，人形就不见了。

过了一会，一起吃饭的人来了，这人叫宋百川，是一个无业的中年人，确切地说，是一个潦倒的中年人。他曾经是一个收藏家，据说还有不少工厂，后来因为酗酒，门牙脱落下来，厂子荒废了，或者被人侵占或者倒闭了。从某一天起他开始四处赠送自己的收藏，开始是送给身边的朋友，后来送给家里的保洁阿姨，他把一个明朝的鼻烟壶送给了园区里的一个房产中介。李页之所以跟他成为朋友，是因为在李页刚从美院毕业的时候，宋百川买了他大学时期的一幅画，当时给了他不小的一笔钱，这笔钱使他在北京熬了下来，直到把画画放弃了。李页一直很感激他，他潦倒之后，李页隔三岔五就约他出来，陪他喝一点酒。他送给过李页一个五代的佛头。宋百川很随意地告诉他，这佛头会变脸，别看现在是红的，像是喝多了，其实脸的颜色有好几层，随着时间脱色，里面的颜色就会露出来，没人知道到底有多少层油彩。这是意外收获，李页很喜欢这个佛头，他给它换了一个更好的木托，把它放在书房里，每天都能看见。他知道也许等他死了，红脸佛的脸可能还不会变色，或者宋百川根本就是胡扯，但是这并不重要，重要的是有这个有趣的说法。

宋百川总背着一把古剑，穿着布鞋，嘴唇向里凹陷。剑没有剑鞘，用一个木匣子装着，外面再套一个特制的皮袋，背在后背。这可能是他唯一没有送出去的藏品，无论什么人见他，他都背在身上，吃饭时摘下来放在桌子上，困时还会枕着它睡觉。李页有几次提出看看，宋百川都拒绝了。这东西就像恋人的裸体一样，别人看不得，他说。他还说这是战国豫让的剑，行刺未果，流落民间，后来属于他一个朋友，现在与他永不可分离了。

宋百川迟到了五分钟，到了之后他把剑套放在桌子上，给自己点了杯威士忌。他看上去半个月没洗澡了，手和脸都是黑的，比之前更瘦。你的佛头怎么样了？他喝下一口酒问。李页说，还那样，没变化。宋百川说，不急。他的左手少了一个小拇指，第一次见他李页就注意到了，每当他喝到一定程度，就会用另一只手的大拇指磨蹭小拇指的断处，好像给台球杆上枪粉。宋百川兀自喝着，好久没有说话，李页自己喝着啤酒，马小千的脸偶尔在脑海里闪过。今天的宋百川虽然脸上还带着酗酒者的浮肿，看上去却格外的精神，双眼发亮。突然他说，我今天有事托你。李页说，你说。他用手指弹了一下剑匣说，这剑我准备送你。李页说，别开玩笑，加点冰块。宋百川说，我已把房子卖了，钱我送了人，这世上我什么也不剩了。李页说，只要你想，你很快就可以振作起来。他说，这剑我背了十几年，后背起了腼子，我以为它会陪着我直到结束，我最近想了想，似乎不用非得如此。李页说，那你住哪？他说，不用担心，我还有个院子，我就是从那走出来的，现在准备回去，剑你愿意留着卖了都可以，全由你做主。我今天看你的脸，觉得你好像爱上了谁。李页摇头说，没有。宋百川说，我记得当年你爱上了一个人，得了抑郁症，画的手艺也丢了，今天如何？李页说，今天什么也没有发生。宋百川说，如果你去找人，把剑背着，会有好运气，我是个例外，不足为训。李页说，我确实不能要，太贵重了。你应该送到博物馆去。宋百川摆手说，这剑的真假没有找人鉴定过，如果你觉得压力大，就当它是假的好了。我一直觉得你是了解我的，别人都劝我戒酒，你陪我喝酒，也不打听我的事，多谢，我现在感觉很好，很好。说完宋百川站起来，李页还没反应过来，他已经头也不回地走出门去了。

晚上李页背着剑回到家，心想今天出了两件咄咄怪事。

当天晚上，李页就梦见了姜丹。姜丹还是高中时的模样，短发，平胸，来他家做客，李页的母亲很喜欢姜丹，觉得姜丹虽然脾气有点直，但是本质极好，而且深深地爱着李页，对李页的一切都非常上心。两人亲热地说着话，母亲给姜丹切了一块西瓜，姜丹大口吃着，西瓜籽粘在了嘴唇上面还不自知，李页把她嘲笑了一番。这非常接近真实的记忆，本来母亲是反对他高中谈恋爱的，但是见了姜丹之后改变了看法，这是极为罕见的情况，母亲一直是一个固执的人，难以说服，难以感动。她见了姜丹两次之后，就对姜丹产生了很深厚的感情，一种难以抑制的喜爱，似乎提前多年就进入了婆婆的状态，每到周末就催促李页请姜丹来家里吃饭。这让李页很不舒适，他还没想好，两个女人似乎已经想好了。第一幕的梦突然结束了，第二幕开场就是姜丹的一张脸，两滴清晰而干净的眼泪挂在她的脸上。这张脸占满了他所有的视域，没有对话，没有声音，但是姜丹的眼睛肯定是看着他的。他张嘴想为自己辩解，却发不出声音。他忽然意识到自己的手里拿着照相机，是另一个女人给的，他是一个穷小子，根本买不起相机。相机里存有成千上万女孩的照片，他占有她们很久了。那个女人的名字就在嘴边，他怎么也想不起来。他举起相机给姜丹拍照，闪光灯一闪，姜丹的脸就不见了，他也醒了。他从床上坐起来，看了看自己的右手，没有相机，但是攥成了一个拳头。他心潮起伏，一动不动，生怕刚才眼前的一切消失了。那么清晰，真是幸福，好像他们两个还在一起，只是闹了别扭，只要他收回他绝情的话语，姜丹就会回到他的身边，周末继续来他家吃饭。李页忽然憎恨起自己：走了一大圈远路，却不如原来的好，操你妈，李页。他缓缓摊开手掌，对自己说，操你妈，快四十岁了，现在你该怎么办？

　　第二天他没有外出，在家里的设备上处理前一天拍摄的照片。他没有睡好，情绪不佳，不过他总能在这样的状态里完成工作。不出所料，马小千的这一组照片非常好，即使化妆师不是十分认真，时间也稍显紧张，拿到的东西还是有很高的质量。几乎不用怎么修饰，马小千的特点就是不修饰，也许这是一种更高级的修饰，果真如此的话，她更加前途无量。自从放弃画画之后，他第一次有了又画了一幅好画的感觉，这种感觉既新鲜，又苦涩。中午的时候他跟杂志的编辑通了电话，认为马小千应该获得更多的版面，对方显然对此不屑一顾，又碍于李页的面子不好直接回绝，就把话题岔开去说别的事情，说她的老家最近李子丰收，要给李页寄一点。李页说，我不需要李子，我也不是要捧这个女孩，是好东西就应该放在好的位置，如果你们页码已经定死，就把她的位置往前挪挪。对方说，李老师，你说的道理我都懂，她遇见您是运气好，只要您想着她，她未来一定会有很多机会，但是我有话直说，我不喜欢这个人，我之前跟她打过交道，她是个破鞋，这点你不用怀疑我，也没什么大不了，我们主编睡过她，要不然她也不可能抢到这个机会。但是我觉得她是个品质败坏的破鞋，为了往上爬，她可以当狗，这不是什么比喻，是真实情况，一旦她得手，她就把别人当狗，我是女人，对女人看得更清楚。因为我们合作了好些年，是朋友，您这样的要求是第一次，我才提醒您，睡她可以，不要帮她。您还是原来那个地址吧，我把李子寄给您。李页放下电话，感到十分沮丧，不是因为对方拒绝了他的建议，而是他感觉到对方说的似乎是实情，在广阔的外部世界有很多他不知道的信息。他只是一个技术工人，永远在状况之外，一旦越过了自己的专业界限，就会发现自己是个傻子，这种感觉实在不好。真的不高明啊，他对斜前方的红脸佛说，红脸佛面带微笑，不置可否。大概半小时之后，主编来了电话，说看了他拍的照片，非常震惊，实在太好，他觉得应该可以破例将其放在封面上，问问李页什么意见。李页说，我没想法，你决定吧。他关了电脑，穿上鞋子准备出去散步，站在穿衣镜前，他发现自己的胡子又白了两根，你真的不高明，他又在心里说了一遍，想在脑海里把马小千去掉，可是马小千说过的话，每一句似乎这时候都违抗他的意愿，一个一个跳出来，不要做伪君子啊，这句尤为突出。园区里都是盛开的杜鹃花和翠绿的榆树，他坐在一条长椅上，看着一个孕妇推着婴儿车从他面前走过，车里的孩子因为强光眯缝着眼睛，手里玩着一只小海马。他下定了决心：看看她过得怎么样了。没有别的意思，就是看看她现在过得怎么样。

二

　　距李页所住的小区二十七公里，有另一个小区，远比李页的小区破旧，可是租金并不便宜，房价可能还要更贵一点。这是一片学区房，姜丹就住在这里，带着她六岁的儿子。她的儿子名叫褚旭，极为聪明，性格霸道，姜丹为此十分头疼，不过她也明白，既然家庭里没有父亲，孩子的性格强硬点总比软弱好，至少不受欺负，不会让她内疚。姜丹的前夫和她是半个同行，他是证券所的律师，她是法理学副教授，本来他们是大学里的同事，后来他把工作辞掉，去律所工作，薪水大增，在家里的时间骤减。姜丹对此是接受的，在北京生活，有钱和没钱简直是天差地别，何况又有了孩子。一年半之后，丈夫提出离婚，孩子和存款都给她，他净身出户，去跟别人结婚。姜丹没有问那个女人是什么样的人，也没有问他们是什么时候开始又什么时候走到了这么实质性的地步。既然她一直没有发现，她觉得自己也没有必要问。她相信以丈夫的智力，他应该很早就开始部署，在外面存了一些钱，甚至已经有了房子、车、定期的旅游，一个新的完整的家庭配备已经形成，他就在两个家庭之间面不改色地生活，直到另一个家接近完全成熟，他这条鱼就跳到另一个鱼缸里去，把她搁浅在原处。姜丹迅速心算了一下存款余额和孩子成长所需花销，她自己平时没什么花费，不怎么化妆，也没有买奢侈品的爱好。她有一辆斯巴鲁四驱的吉普车，是她结婚之前买的，因为她幸运地抽到了名额，自己出了一半的钱，父母拿了一半。现在住的房子租金不菲，因为在海淀的中心，离她的大学近，孩子将来上大学的附小也方便，这笔钱一直是她先生付的。她完全没有买房子的想法，因为那实在不在她的能力范围之内。褚旭在上一些兴趣班，有网球、绘画、游泳、国际象棋，都不便宜，效果也都不错，他精力充沛，敏于学习，如果因为钱的关系给他切断，对他不公平。姜丹说，你走吧，每年给我三十五万。丈夫说，就这样？我确实很抱歉，人家把柄在手，我已回不了头了。姜丹说，每年给我三十五万吧。丈夫说，我每年给你四十万，从离婚那天开始算一年的周期。姜丹说，好，我准备去上课了，我这两天带孩子住宾馆，你把你的所有东西运走。如果有东西找不到，你给我发微信，你有几件衣服在门口的干洗店，请你自己去取，报我的电话号码就行。姜丹说完走出门去，在去民政局办理离婚的当天两人又见了一次，说了几句话，是关于协议的细节。之后每个月她把孩子送到他的车上，他带出去玩两天，但是她就不再跟他说话了，无论他说什么，她都不回答。

　　办完离婚手续三个月后，一天晚上，褚旭惹了事。褚旭马上就要上小学了，于是就上了学前班，学前班颇多束缚，褚旭很不适应。过去在小区里，年龄相仿的孩子都听他的，大家一起骑车、枪战，褚旭都是头领、制定规则的人，哪里是终点线，哪里是掩体，每人几发子弹，都是他说了算。在学前班，每一秒钟都在老师的注视之下，孩子们都听老师的，褚旭感觉很失落。那天下午，趁老师出去接电话的当儿，他把一个比他小两个月的男孩狠狠揍了一顿。凶器是他爸送给他的铁质文具盒，他用文具盒猛击那个男孩的脸颊，把对方一颗已经松动的牙齿打掉了，血流了满地。起因是他邀请男孩陪他上厕所，男孩说马上就上课了，迟到老师会批评。褚旭说，那你有尿吗？男孩说，有的，可以憋住。褚旭说，有尿就赶紧尿啊。男孩说，来不及了，可以憋住。褚旭忽然急了，觉得对方温顺到自我摧残的地步，他看不下去。他抄起文具盒向对方脸上打去，对方掩面而逃，他追上骑在男孩身上猛打。最后血流了出来，尿也流了出来。事情当然不小，姜丹在学校上课的时候，学前班的老师就打她的手机，因为静音她没有听到，课间的时候她发现有五十几个未接来电，就知道大事不好。赶到学校时，对方的家长已经到了，孩子也已从医院回来了，多亏那颗牙已经松了，几天之内就会自然脱落，褚旭的袭击只是加速了这个过程，没有形成实质的伤害。但是此事性质的恶劣程度并不能因此减弱，男孩的家长和她住一个小区，也是一对教师，两人涵养不错，这是姜丹的又一幸运。即便如此，男孩的妈妈还是说了几句难听的话，其中一句是：如果孩子有暴力倾向，就应该赶紧去找大夫治，不能混到正常孩子堆里，狼入羊群，今天是这只羊被咬了一口，明天就可能是另一只。把自己的孩子比喻成狼，姜丹的羞恼已经到了脑门，可是事实摆在眼前，她什么话也说不出来，再说对方对于伤人性质的判定，也符合刑法的精神。姜丹诚恳地道了歉，也提出给对方微信转账赔偿，对方没有接受，最后倒是被打的男孩解了围，说他一直喜欢褚旭，两人还是朋友，希望褚旭不要因此以后就不跟他玩了，他憋尿确实是一绝，褚旭不了解而已。褚旭也说了自己恨铁不成钢的心路历程，保证以后还跟对方玩。两个孩子拉了拉手，此事算是过去了。

回到家里，姜丹把褚旭关到了洗手间。她不会打人，甚至都不会骂人。对孩子最大的惩罚手段，就是关洗手间。褚旭毫无怨言，没有挣扎，进去之后还自己把门锁上了。姜丹从超市要了几罐啤酒，坐在餐桌前面喝起来。她几乎从不喝酒，婚礼的时候喝过一点，硕士毕业、博士毕业喝过一点，今天她无论如何也要喝一点。喝了五罐燕京啤酒，姜丹觉得跟没喝一样，身体没有任何反应，她伸手一摸，发现不知什么时候眼泪流了下来，好像身体里有另一个自己在哭泣。又喝了几罐，她找到了那个人，那个人有太多的委屈，太多的愤怒，太多对未来的担忧，她的两只手抓住自己两只胳膊的外侧，指甲都嵌进肉里，无声地大哭起来。又喝下两罐，她平静了不少，趁自己还没有完全喝多，她把褚旭放了出来，褚旭在洗手间并没闲着，他给自己洗了个澡，头发湿漉漉，看上去崭新崭新的。褚旭说，妈妈，你睡一会吧。姜丹说，你饿吗？褚旭说，我不饿，我回房间做作业了。姜丹说，好。褚旭说，妈妈，我刚生出来的时候第一眼看到的是你还是爸爸？我过去是记得的，刚才我仔细想了想，好像又给忘了。我记得我在游泳，突然就见到了光。姜丹说，是我，你睁开眼睛的时候，我正好看着你，你就看见了我。褚旭说，好的，这样就对了。说完他就走回了自己的房间，没再发出声音。

姜丹觉得胃不舒服，到洗手间吐了一阵，吐到整个人都要变成胃壁收缩起来，然后回到自己的房间躺下，抻长。她的脑袋清醒异常，听觉比平时还要灵敏，她听见褚旭在他的房间玩着魔方，发出咔咔咔的脆响，听到窗外驶进小区地下车库的汽车的喇叭声。但是四肢不听使唤，她知道自己今晚没法做饭了，不过好在再过一小时阿姨会来。阿姨做饭褚旭不爱吃，因为阿姨有一套养生哲学，做饭老是不爱放盐，而且改不掉用勺子从锅里盛汤品尝的毛病。如果她睡着了，阿姨至少可以帮褚旭点外卖。阿姨是她的老乡，也是东北人，比她大十岁，来北京已经十五年。十五年就像是一页书，一下就翻过去了，十五年的时间绝对不短，十五年就像是一条胡同，走着走着一拐弯，就在身后了。谁把无边无际的时间切割成了无数的十五年呢？谁在用十五年计数？远处似乎传来雷声，要下雨了吗，还是保姆在敲门？有那么一个夜晚，她曾经在雨里走着，没有打伞，北京的雨比 S 市沉，噼里啪啦地砸在她头顶，她就沿着一条阔路走着，那条路她不知道名字，那时候她才来到北京三年，但还是哪儿也不认识。她怎么这么傻啊，在大雨里走，她要去哪？她忽然记起了一个人，她很奇怪这时候怎么想起了他，而不是褚旭的父亲。她已经太久没有想起他，好像这个人在她生命里从来没有存在过一样，或者是她在某一个时刻奋力一扔，便把这个名字扔下了山崖云海。

　　没错，她是因为李页才来到北京的，她的成绩本来可以保送到武汉大学法学系，因为李页要来北京学画，她放弃了保送的名额，去参加高考，考取了北京的大学。大三那年，导师让她读研究生，她拒绝了，她想先去律所工作，这样两人的生活还能有些保障，李页肯定是没有什么赚钱能力的，他在大学期间没有认真画画，要么在寝室蒙头大睡，要么去足球场踢球，偶尔画一幅，同学们都啧啧赞叹，他之后的半年又一幅不画了。她怀疑李页无法毕业，那样的话总得有人养他。他与母亲的关系很差，放暑假也不回家，管家里要钱几乎是不可能的。她甚至偷偷坐着公交车去看了一些房子，大多在近郊，她那几年拿了一些奖学金，如果去律所实习，前面几个月应该可以撑下来。如果住在一起而没有结婚，李页的性欲怎么解决？她也认真地考虑过这个问题。那就结婚吧，她暗自有了决定，只要李页提出来，她就同意。她不是因为李页的才华而爱他，但她相信李页的才华，这几年只是逆反情绪占了上风，就像一只气球脱离了一双手，向天空飞去，摇摇荡荡很自在，但是没可能飞到外太空的，总要爆炸，变成一块块胶皮落下来。她相信只要他回到画板前，认识到这是他唯一的命运，他就可以走出一条属于自己的路，即使没有拿到毕业证也没关系，这是这个行当的优点，虽然她对北京的艺术圈子毫无了解，连一个人怎么把画卖出去都不知道。

在她大三那年临近暑假的一天，两人相约去颐和园游玩，李页看上去疲惫异常，心不在焉，天气酷热无比，她从小贩那拿了一顶草帽戴在头上，小贩举起了一柄小镜子，她从里头看到自己，觉得自己很好笑，一顶帽子就可以让一个人变成另一个人。李页抢着付了钱，她挺高兴，李页总是这样，无论再穷，只要兜里还有一点钱，绝不会让她花钱。两人走过十七孔桥，李页落后了几步，她回头看，李页被晒得睁不开眼，T恤衫从胸心处湿了一大块，好像正有什么东西从他的身体里流出来，她忽然后悔当时光顾着照镜子没给他也买一顶。他迈了几步，走到她旁边，说，我想出趟门。她说，去哪？去写生？他说，算了，不去了。她说，想去就去吧。他说，算了。他往前走，速度之快，像后面有人追他。突然他停下来，转头说，姜丹，我爱上别人了。她感到天气转凉了，汗都退回到毛孔里，皮肤一下子干爽得像新买的凉席。李页说，我和她睡了，我以后就和她在一块了。我的决心已下，你说什么也无法更改了。姜丹注视了他一会，他还是过去那个人，没有因为这几句话一下变成了另外一个，她还是爱他，她为自己感到难过，她想说几句话劝他一下，张嘴时发现发不出声音，从喉咙里流出一些干巴巴的气体，周围的声音也听不见了，刚才还有鸟叫，有蝉鸣，有树叶沙沙的声音，现在全都不见了。李页说，我回了，再见。他的语速比平时快了两倍，在她的耳膜里变得十分尖厉。李页往前迈了两步，拥抱了她，像要逮捕她一样把她的全身跟自己贴在一起，她的身体像纸片一样轻，双脚都离开了地面。他突然松开了手，转身撒腿就跑，他跑起来的姿势十分难看，后脚跟不自然地一下下撩起来，她忽然想笑，但是他速度不慢，一会就从她的视野里消失了。

　　傍晚下起了雨，她在雨中走回了学校，中途草帽丢落了。在两个室友的注视下，她爬向自己的床铺，用夏凉被盖上湿透的身体，马上睡着了。醒来时发现还是黑夜，她不知道她已经睡了一天一夜，她闭上眼睛又睡着了。她生了一场大病，找不到病原体的病毒性感冒，之后演变成支气管炎，再之后又在肺部发现了积水，住进了校医院。康复之后，她的体重从九十七斤下降到八十五斤，脸上的几颗青春痘干瘪脱落。她走到导师的办公室报名考研，七年之后她以最优异的成绩从博士毕业留校任教，体重一直在九十斤以下。

这些并不遥远的记忆竟变得十分遥远，甚至比儿时的记忆还要遥远。姜丹从床上坐了起来。她的父亲曾见过李页两面，一次是跟她一块，李页来家里吃了个午饭，那是他们上大学以后，两人没说几句话，但是气氛还算和气，父亲还给李页拿了一罐啤酒。一次单独去找了李页，那是他们上高中的时候，父亲去跟李页说，离姜丹远点，现在还不是想这些的时候。李页没有接受她父亲的建议，他跟姜丹说，他也并没有生他的气，这非常正常，在这种关系里头，那个学画的男孩通常要多受一些指责。他对她父亲的印象很好，他说那天她父亲穿了一件棕色的皮夹克，穿黑色皮鞋，头发打理得很精细，有一副宽阔的肩膀。他们两个推着自行车沿着学校后面的小路走了一会，两边是干枯的杨树，衰落的叶子铺在地上，北风从小路的这头吹到那头。他不知道她父亲为什么知道学校附近有这么一条偏僻而美丽的路，这是他们几个男孩偷偷抽烟的地方。她父亲具有一种独特的威严，某种坚定的东西在他身上散发出来，让人觉得值得信任。李页说，他想掏出一根烟给她父亲，想想还是作罢，两人想成为朋友还有很长的路要走。

姜丹当时很奇怪，李页才见了父亲一面，对父亲的了解几乎与她一样多。

李页后来才知道他见到的是姜丹的继父杨道林，一名警察。姜丹的生父是 S 市拖拉机厂的保卫科科长。在她十二岁那年失踪，在她十三岁那年被发现，人已经死亡，死在湖底的烂泥之中，失踪当天的衣物都在身上。她的继父就是因为侦办此案，才和她的母亲走到一起的。在他们恋爱时姜丹并没有把这个复杂的故事告诉李页，她下意识地想让李页认为她的生父是自然死亡，一方面是因为她自己承受这些已经足够了，李页知道此事对他一点帮助都没有。她觉得她的人生具有独立性，不应该被一个离奇的故事搞混淆，这也许才是她更深层的想法。

三

杂志出刊的那几天，马小千心情很好，本以为是中缝，没想到竟是封面，而且奇妙的是，无论谁待在封面上，都像大明星。北京报刊亭的数量虽然在锐减，但是但凡有一个，杂志的种类就会极全。她连续两天都在一个巨大的像翅膀一样展开的报刊亭前面站了二十分钟有余，目睹自己跟其他著名人物并列在一起，就像是一个星座里的星星。她不买，只是看，因为她觉得如果买回家别人就看不见了。

这天白天的工作结束后，马小千回到家里洗了个澡。

浴室是她每天最喜欢待的地方，里面有一个巨大的浴缸，比例与公寓的总面积颇不协调，她就是因为看中了这个才把它租下来的。其实这个房子有许多其他的问题，比如楼层有点矮，三楼，经常能听到街上人说话的声音，并且在院子里，就在她的窗户底下，有一棵树，冬天的时候还好，叶子掉光了，像一株直挺挺的没有生命的建筑，春夏的时候叶子茂盛，就会挡住她的窗子，即使在一天阳光最强的时候，她房子里也没有什么光线，在客厅的地板上只能看见斑驳的树影。楼上住了一户韩国人，有时候在电梯里遇见，对方会热情地用不怎么熟练的中文跟她打招呼，但是韩国人有四个孩子，两男两女，每天晚上都在她头顶上跑来跑去，最严重的时候，她的挂灯都在摇晃，然后从天花板肉眼无法看见的缝隙里落下一些灰尘。浴缸确实是好浴缸，硕大，光滑，躺进三个人也没有问题，热水极热，冷水极冷，两把水龙头都非常通畅，无论什么时候拧开都会准确地流出冷和热的两种水来，如果你不关上，它们就一直不停地流下去，没有丝毫愧疚地、淹没整个城市也不足惜地流下去。

马小千脱光衣服之后先洗了把脸，把白天残留的妆容洗净，然后点上一颗烟上厕所，她把烟灰从两腿之间弹进坐便器，最后把烟头也扔进去，冲掉。她弯腰给浴缸放水，像是一个调酒师一样小心地安排两种水的分量，最后她躺进去，把后脑勺搁在坚硬的边缘，两腿伸直。水卡住她的喉咙，压迫她的全身，她感觉到自己就像在一个秘密的舱体里，向着遥远的太空飞行。她回忆起那天跟李页一起的拍摄工作，真是顺利啊，她对自己说。她以为是在思忖，其实她轻微地发出了一点声音，但是她自己听不见。摄影师挺有意思的，她想，他喜欢我，但是他好像有点强迫自己冷淡。他拍照的技术很好，他的相机就像他的眼睛一样，不过是长在手指上。他的外表很平庸，虽然很高但走路像个骆驼，四肢不太协调，还一直戴着鸭舌帽，估计是头发不多，已经开始谢顶了。她迅速地辨别出了李页的口音，李页却没有听出她的，通过几年的训练，她的普通话已经非常标准，标准到毫无根基的程度，就像一个没有出生在任何地方的人一样。他是 S 市人，他们是老乡，他的口音明显带着上世纪的味道，保留着一些已经消失的土语，急迫的时候就会说出来，比如"别屈眼睛"，意思是不要把眼睛眯起来，她已经好多年没听到过这样的动词，她自己也不会说。她出生在 S 市，九岁的时候搬走了，但是她完全明白他的意思。他应该也觉得拍得挺顺利吧，但是他肯定没意识到这里头隐藏着同乡的默契。

水在变凉，马小千用脚趾拧开水龙头，放出一点热水，又用脚趾关上。她的脚比过去老了，关节处多了皱纹，趾肚也不如过去饱满。可能跟时间没有关系，是她走路的姿势不对。初中毕业之后她没有念高中，来了北京。现在她已经来到北京十五年，前两年的很多个夜晚她是在网吧里度过的，她的前两任男朋友都喜欢打游戏，都长得细瘦，她就在旁边看电影直到天亮。她演过小剧场的话剧，在破烂的布景里大声说着空洞的台词，关于存在，关于交通堵塞。观众本着好奇之心走进剧场，很快发现台上发生的事情与自己没有关系，有人开始大声聊天，有人把吃剩的零食扔到台上来取乐。她也在酒吧唱过歌，跟着一些乐手在午夜的街道闲逛，因为喝了太多啤酒，她蹲在路边的草丛里尿尿。两个男人挡在她身前，抽着味道很大的进口香烟。她参演过成本很低的艺术电影，她看中了那个剧本，导演是个严肃的艺术工作者，没有性方面的要求。他运气不好，太执着于电影本身，以至于什么也没有得到，也浪费了她掏心掏肺的表演。后来有一次在席间，一个她不认识的人提起了这部电影，她马上把目光投向他，他们离得很远，环境嘈杂，每个人都在说话，她听不清那人说什么。她假装去洗手间走到那人身后，那人已经说完了。她等了一会，因为听他说话的人不感兴趣，那个男人已经转换了话题，谈起了税务。马小千有种幻觉，十四岁之前的她也是她扮演过的一个角色，只不过用时较久，后来她又演了一些别的，这些人物都在她身上留下烙印，一些手势，一些触碰，一些说话的方式，还有那些鬼天气，那些凝视她的目光，那些失败，都使她成为了今天的自己。她曾想把自己从她们中解救出来，随着年龄的增长这样的欲求愈发困难，因为她们的数量越来越多，她自己已缩小到不够一个。

　　李页正在找她。不知为什么，她突然有此感觉，她马上从浴缸里站起来，擦干身子，跑到客厅拿起手机。没有，李页没有找她，几个无聊的群里有人在说话，经纪人在跟她抱怨她随意改名的事情。她找到李页的微信写了几句话，前后改了几次，然后按了发送，把手机再次扔到一边。她忽然想起来今天晚上十点她有工作，一个男人要来她这过夜，是一个可靠的朋友介绍的，她开价六万元，对方接受了。她才想起来为什么要洗澡，还请了保洁到家里打扫了卫生，以至于她刚才差点被挪了位置的脚凳绊了一跤。她的朋友名叫刘一朵，比马小千大十岁，过去也是一个演员，很早就不再演戏了，她发现了自己身上其他的天赋，演戏说服不了别人，做事却让人信任。她和马小千认识之后，曾给马小千介绍过几个男朋友，但是每次马小千和男人的关系都无法长久，有的只持续了一个晚上，有的甚至只在她家里待了两个小时，她就让男人走了。有一天两人聊起此事，马小千开玩笑说，朵姐，下次得让他们付钱。刘一朵想了想说，这事不难。马小千看了一眼刘一朵的脸，那张脸在她眼中马上变得肃穆起来。马小千说，我就是一说，那点钱我还是能挣的。刘一朵点点头说，我们是朋友，跟我和其他女孩的关系不一样。我真心希望你好，如果你缺钱，我可以借你，开个咖啡馆或者饭店、面包店也不错，我有个朋友已经开了两家了，钱我也不要了，就当我入股。有时候你当着我的面撒谎，我也挺生气，还有些时候你假装天真，不该坦诚的时候你过分坦诚，以显示自己挺有性格，这我都能接受。谁不在演戏呢？混了这么多年也没什么出息，我也挺同情你。你就当真那么想演电影吗？我看未必见得，可能你就是想找个方式实现你的价值。你有多少价值？这才是一个问题。你演戏比我强，我承认，但是强多少？也是个问题。马小千拿起面前的咖啡喝了一口，有一瞬间她很想把咖啡泼在刘一朵脸上，她用牙齿轻轻咬着咖啡杯的边缘，她迅速在脑海中找到南极冰天雪地的画面，一片白茫茫，企鹅嘴里长着锋利的牙齿笨拙地走着，她需要赶紧平复下来。刘一朵没有看她，也许是故意的，她掏出自己的手机看了看，手机的背面写着"恶灵退散"几个黑字。她说，我下周去日本，你有什么要带的吗？马小千说，给我带一件巴黎世家的大衣吧。刘一朵说，今年他家没出什么好看的大衣，我看着给你买吧，牌子我挑一挑。关于价值的事你别生气，我也问过自己同样的问题。马小千说，我生什么气啊，我相信你的品位。

　　两天之后，马小千在家里的客厅给刘一朵打电话，她说，你到日本了吗？刘一朵那边有些嘈杂，她听见有人跑来跑去，还有孩子在尖叫。刘一朵说，我刚落地，过海关呢。马小千说，通常你抽多少，我是说，通常情况。刘一朵说，你等我一下，我找一下护照。几秒钟之后她说，通常我抽百分之二十五。我们的关系摆在这，但是这个比例我不能改。我可以保证给你挑的人都是好的。马小千说，什么叫好的？刘一朵说，你为什么非挑这个时候跟我说这个事呢？马小千说，你就跟我说说吧，行吗？刘一朵说，好的，就是好人，没了。马小千说，你怎么知道他是好人？刘一朵没有回答就把电话挂了。

过了两周刘一朵给马小千寄来一部手机和一件 Celine 的大衣。刘一朵告诉马小千，以后她们的业务通过这部新手机联系，新的微信号要换个八竿子打不着的名字，而且不要发朋友圈，一条也不要发，手机要随身带着，一旦丢了要马上告诉她，遇到特别紧急的事情要给她打电话，不要通过微信说。马小千琢磨了一下，给自己起名叫阿波罗，那是她小时候养的一条狗的名字。

又过了一周，刘一朵给她介绍了第一个客人，对方当天晚上只有两个小时时间，马小千开价三万，对方答应了。晚上十点整，男人准时到了她家楼下。马小千开了门禁，打开房门，她发现自己没有丝毫紧张，也没想退缩。她之前已经下了决心，如果这个男人让她恶心或者十分野蛮，她就把他杀了，然后去自首。马小千对自己的想法信以为真，她确实在床头的抽屉里准备了一把水果刀。电梯门开了，走出一个大约三十岁左右的人，穿一件天蓝色的棉质衬衫，手拿一束百合，头发像九十年代香港电影里的明星，梳着三七分。马小千说，你好，咋还带花了？进来吧。男人说，谢谢，你家有花瓶吗？马小千把门关上说，没有。男人说，矿泉水有吗？马小千说，有，都是冰镇的。男人说，可以给我一瓶吗？男人接过矿泉水拧开，喝了一大口，马小千注意到他的手腕特别纤细，好像鼓槌。男人把百合花插进剩下的矿泉水里，水实在太凉，马小千感到花瓣似乎颤抖了一下。两人简单交流一会，男人说他从事互联网行业，最开始搞的是测算，后来发明了一个算法，有了自己的公司。其实我是个数学家，他说，我在美国待了三年，那日子太苦了，就回国了。马小千忍不住说，我演过电影。男人说，应该应该。但是没有问是哪部电影，也没有问她现在还演吗。男人忽然拉住她的手，说，你这很舒服。马小千说，没有吧，很简陋。男人说，很舒服，我之前也有个这么小的房子，后来没有了。如果一会我睡着了，你能让我睡一会吗？如果超过了时间，我会按照比例跟你结算。然后两人上床发生了关系，男人一直很安静，马小千也没有怎么发出声音，在射精时，男人突然号叫了一声，吓了马小千一跳，她睁开眼睛，看见男人的牙床都露了出来。他翻倒在她旁边，很快睡着了。马小千从床上下来，去浴室洗了个澡，男人自己带了避孕套，也没怎么出汗，所以很干净。她忽然想，如果自己不要钱，这件事情就毫无问题，一点问题也没有，就像所有在大自然的森林里发生的事情一样。她从浴室出来，男人已经醒了，光着身子在床上看手机，她意识到自己的想法非常愚蠢。男人看见她，冲她笑笑，从床上下来穿好衣服。男人说，我已经把钱转给朵姐了。你还想再见到我吗？马小千说，说实话吗？不想，但是如果你想，我可以见，还在这里。男人点头说，朵姐说你经验很丰富，我感觉不是如此，使我有点分心，但是我还是按原价给你付账。男人走后，马小千把花和矿泉水都扔进了垃圾桶。然后买了一个鞋柜放在门口，所有来找她的男人必须把鞋脱在外面。

　　她又拿起手机看了看，李页没有回复。她把光着的双脚放在茶几上，整个人松在沙发里。刚开始每当距离客人还有一个小时来到的时候，她都会有些焦躁，她小时候学习成绩不佳，每当考试之前都会紧张。到了今年，这种紧张感逐渐消失了，刘一朵言而有信，委派给她的客人基本都是比较好相处的，有些人甚至非常内向。她的第三个客人，一个瘦高个儿，几乎全程没怎么跟她说话，他带来了一个音箱，十分小巧，品质一流。在他们上床之前，他播放了一首乐曲，马小千觉得无聊，但也只好跟他一起听下去。曲子相当漫长，他在浪费自己的时间，马小千心想，但是她也承认，她逐渐听了进去，她几乎听出了曲子里包含某种自我责备，某种阴暗的反省。曲子结束了，她礼貌地问，这是什么歌？男人说，《第八弦乐四重奏》，一个叫肖斯塔科维奇的音乐家写的。她说，我听过，但是不知道叫什么名字。男人眼睛一亮说，真的吗？她说，真的，挺巧的。这当然不是真的，她心里说。男人点点头，把手轻轻伸进她的裙子底下说，肖氏说自己在谱写过程中流下的眼泪，跟一个人喝了大量啤酒后撒的尿一样多。之后马小千自己买了音箱，也买了这张碟片，但是自己听的时候感觉差了好多，她搞不清楚为什么，也许那个男人的存在如同一个注脚，或者这首曲子只适合在做爱之前听。马小千的经济状况大幅改善了，她的家里多了很多精致的家具和摆件，重新粉刷了墙壁。她小心地控制它们的量，不让家里显得太过拥挤。随着购买经验的累积，她的品位也进步了，她也不用再为了一点小钱演戏，她挑选的工作都是她喜欢的，她的表演也更自如了，因为她见过形形色色的人，也不担心自己发挥失常丢了工作没有饭吃。她签了一家新创立的很小的经纪公司，有了一个毫无经验的经纪人，总比没有强，表面上的业务她可以省心一些。她的曝光度还不高，像她这样的有成千上万人，她和刘一朵商量了一下，提高了她的价码，两周才上一次工。她计划如果自己再红一点，就洗手不干了，现在还不行，她过去的经济积累太少了，还是不够安全。还有一个重要的原因是，她不想谈恋爱，受有钱男人的管制。

她把玩着手机，看自己买的东西什么时候送到。李页的微信名叫作"长夜里"，她觉得这个谐音还挺好玩，想这人是不是有失眠症。他看起来有点认真过头，也许会有这个毛病。马小千自认为也是一个认真的人，面对自己的两份工作她从来都不会懈怠。这有时候会让她痛苦，她不知道李页是不是也有同样的感受，人大不了一死，只要稍微想一下就会知道，但还是忍不住要在活着的时候努力向上爬。这一点她觉得她和李页有不同之处，李页已经到了一个不错的位置，他的敬业也许是他的习惯而不是手段，听说他拍得不满意的时候会打人，还因此惹了官司。这相当奇怪，通常被拍摄者的要求会更高一些，因为是照片的主人公，李页毕竟是一个服务者。最近她研究了李页过去的作品，大明星在他的镜头前面会变成一个普通人，充满了胆怯和犹疑，有的人服饰暴露，可是感觉不到一点色情的成分，倒像是在洞穴里的衣不遮体的原始人被偶然拍到，散发着单纯的身体的美感。有些她不认识的人，拍出来却像是大人物，野心勃勃，顾盼自雄。马小千看了一眼手机右上角的时间，站起来去衣帽间找了一件长袖衬衫穿上，下身没有更换，还是一条牛仔短裤。

　　晚上二十一点五十八分，门禁响了，她遥控打开了底下的大门，然后把窗帘拉好。人迟迟没有上来。又过了大概十分钟，有人敲门，她打开门，门口站着一个中年人，身高一米八〇左右，身材匀称得好像石膏像，头发浓密，鬓角花白，长了一只跟阿兰·德龙一模一样的鼻子，眼睛周围有些自然的皱纹。他穿了一件纯白的T恤衫，上面没有任何图案，一条牛仔裤，脚上一双黑色的旧皮鞋，没有图案。右手拿着一支红酒，背后背了一只挺大的黑色双肩包。男人说，不好意思，我刚才走错了。我以为是五楼，按了门铃等了半天，没人开门。马小千说，请进，请把鞋放在鞋柜里。男人说，好的，谢谢。他放好鞋子走了进来，把红酒放在餐桌上，说，你的沙发可以坐吗？马小千说，当然，沙发就是给人坐的。男人坐下，背包放在身边，双手抱拳放在膝盖上。马小千一时有点不知道说什么，她走到厨房去拿开瓶器，没有找到，她才想起来她家里没有开瓶器，她偶尔会喝一点酒，为了保持身材，啤酒是不喝的，她就喝一点白葡萄酒，盖子一拧就开。她也喜欢喝红酒，但是她永远学不会用开瓶器，每次都会把橡木塞子弄碎，钢尖穿出来，酒里都是木屑，后来她就不喝红酒了。

　　她从厨房走出来说，不好意思，家里没有开瓶器，我叫一个。男人拍了拍自己的黑包说，我自己带了，晚点再喝，我们先聊聊天。马小千坐在男人旁边的单人沙发上，这个沙发自从买来她就没怎么坐过，当时图了它的造型和颜色，墨绿色，椅背高得离谱，坐上去不怎么舒服。男人说，我在杂志上看到过你，是你吗？马小千说，是，你觉得照得如何？男人说，很好，你开的价钱低了。马小千笑了，说，那我可以重新报个价。男人说，好啊，你报一下我听听。马小千说，我想减点钱。男人说，我没有开玩笑，你可以重新报个价，郑重的，一个人首先要尊重自己，这一点很重要，因为很多人没有判断能力，你自己的定位有时候就决定了你的分量。马小千说，你是大学老师吗？男人说，不是，我是无业游民。马小千说，十万可以吗？你可以待到明天早上九点，因为我明天上午还有工作，晚上你可以再来。男人说，你明天的工作给你多少钱？马小千说，明天是去试镜，还没谈到钱的事情。男人说，我把你明天也买下来，你再重新考虑一下。马小千说，明天确实不行，我答应了人家，我得去。男人说，一个承诺？马小千说，差不多吧，一个机会。男人说，我把你一周都买下来，多少钱？马小千说，这和钱没有关系，你可以问问朵姐。男人说，她也不重要，你觉得她重要吗？马小千有点不舒服，她不想持续地谈跟钱有关的事情，她也不想回答这么多问题。

马小千说，还是按原来说的吧，你待到十二点，等我空了，我们可以再约。你很帅啊。男人说，你看见我的白头发了吗？马小千说，我怀疑你是染的，因为从你的整体造型来说，没有白头发还真的不行。男人说，我越来越喜欢你了，一周真的不行吗？马小千说，哥，真的不行。我有一个大浴缸，除了我没人用过，你想用一下吗？我可以给你弄很多泡泡。男人说，我的血压有点高，不好泡澡，既然时间紧张，我说话就直接点了，如何？马小千说，当然，我最讨厌伪君子。男人说，你放心，我不是。我们现在就开始吧。马小千说，好。她背对着男人脱掉衣服，爬上床。然后她听见拉链拉开的声音，几秒钟之后，男人从后面拥抱了她，她感觉到无比舒服，男人的身体有着怡人的温度，她明显感觉到男人带着深厚的感情，似乎要把她哄入睡眠中。男人把她双手拧到后面，她说，你轻一点，我胳膊演戏脱过臼。突然一块胶布封到她的嘴上，她想喊却发不出一点声音。二十分钟后，她的四肢被绑在床的四角，男人从黑包里掏出了一个方形的电子产品放在她的床头柜上，又掏出一把不大的水果刀。因为她的挣扎，他出了不少汗，他去洗手间洗了一把脸，回来时比刚来的时候看着更干净。他说，你不用害怕，你害怕了吗？别害怕，这个东西是一个分贝仪，我现在把你嘴上的胶布揭下来，只要你的分贝超过三十，我就把你的舌头割下来。如果你听懂了我的话，你就点头。马小千感到自己耳鸣，她希望自己能冷静下来，可是全身正在无法抑制地抖动，脖子僵硬得像树根，她奋力动了一下，想要点头，整个后背都被牵起了两厘米。

男人从包里掏出一双白手套给自己戴上，随后他又从包里拿出一个小巧的摄像机和一副三脚架。摄像机的牌子是"虹"，马小千认识，那是一款相当专业的电影摄像机。他拉开窗帘看了看，黑夜里的树的叶子几乎贴到窗户上，今年这棵树格外茂盛，把窗户整个挡住了。他把窗帘重又拉上，回来开始调试机器，然后熟悉了一下马小千房间里的电灯开关，研究了大概十五分钟后，他把机器架在床尾，正对着马小千的裸体，高度大约一米半，完全可以覆盖她的脸庞。然后他走到床头，伸手撕掉了贴在她嘴上的胶布。马小千使劲用嘴呼吸了几下，她的楼上住着韩国人，如果她大声呼救，也许他们能听见，但是他们不一定能听懂，即使听懂了，赶到时估计她也已经死了。这个公寓是一梯四户，以电梯间分界，东西各两户。她的隔壁一直空着，没有住人，据她的中介说，这户人家已移民去了国外，房子一直想卖，但是找不到买主，又不想出租，怕破坏了卖相。她知道求他放了她是毫无意义的，他有备而来，从容不迫，整个过程中没有一丝慌乱。她说，我想喝水。男人说，可以，但是你只能喝一点点，这种情况你上厕所比较麻烦。她说，明白，饮水机在厨房，杯子在水池上面的橱柜里。男人说，你有薄一点的被子吗？她说，有的，就在你后面的衣柜下面，第二个抽屉。男人找出被子给她盖上，接了水喂她喝，他扶住她的后脑勺，动作非常温柔，像对待一只小动物。马小千说，我不知道你想干吗，其实我遇到过不少恶作剧的人，人都有自己的癖好，你想这么玩我可以配合。男人说，你很聪明，跟小时候一样。如果你听我的，你就能活着，如果你做不到，你就活不了。你明白吗？我会割断你的动脉，让你的血流净，然后把你切成小块，放在冰箱里。马小千说，你想让我干吗？你把我都绑上，我什么也干不了。男人说，我刚才说了，我们聊聊天，可你有点急躁。马小千说，聊什么？男人说，回想一下，你最开始的记忆是什么？我是说，作为一个人的最开始的记忆。马小千说，我想不起来了，这跟现在有什么关系？男人说，肯定有一个起点，你想一下。马小千说，可能是三岁还是四岁，我妈在哭。好像是因为她的什么东西丢了。男人说，你有爱的人吗？马小千说，我爱你行吗？

我爱你，你一进门我就爱你了。男人笑了，说，你为什么爱我啊？马小千说，直觉，我一直用直觉。男人说，谎言。还是从你的记忆开始吧，如果你讲得不好，我们就结束。你知道结束的意思吗？马小千说，我真的已经把大部分的事情忘了，我的故事对你有什么意义？我他妈就是一个普通女人，我混得挺不容易，这几年想挣点钱。我卡里有大概一百七十万存款，我都给你。密码是六个八。她的眼泪止不住地流下来，一直流到枕头上。男人说，你准备好了我就把机器打开。不瞒你说，你肯定要死的，因为你堕落，不过我也感激老天又让我找到了你，我以为再没有机会见到你了，还好你用回了本名。你变得这样美，像所有人一样长大了。说到这里他停顿了一下，注视着马小千的眼泪，似乎在犹豫是不是帮她擦掉。

这些年里我经常后悔，现在我终于有机会把遗憾弥补了。不要怕死，这些记忆我都已经录了下来，在以后的日子陪伴着我，跟你活着没什么区别。你准备好了吗？

四

宋百川有一个仓库，位于东城区西北角，比邻烟袋斜街，在北兵马司胡同的紧里头。那是他家的族产，"文革"的时候被抄没过，1977年冬天返还给他。那年他十六岁，父母都已在运动中去世。他的父亲是画家，死于伤口感染引发的败血症，母亲是杂志社美编，死于悲愤。两人都是满族，在旗，事实上，两人还是皇族，尤其父亲，原名很长，建国之后改姓为"宋"，胡乱起的，据父亲讲，大多满人的汉姓都取满姓里的一字或者一字之谐音，他却选了一个完全没关系的"宋"字，一是想跟过去彻底划清界限，二是宋朝虽军事孱弱，画家倒是不少，文人境遇尚可，就改了这个姓。12月的一天宋百川接到通知，让他去领钥匙。他的家已经被抄得干干净净，就剩下一点餐具，他自己也刚从外地回来。父母已殁，他就以串联的名义去各地游玩，火车上遇见有趣的朋友就去对方家里住下，击鼓传花一样一路南下，待了一阵后又折返北上，途中突然听闻伟人逝世，宋百川马上意识到，应该回家了，至于到底为什么，他自己也说不清楚。

那个仓库说是仓库，其实是一个四合院。宋百川拿着证明材料去仓库所在街道办了登记，就拿着钥匙去开门。捅了半天锁也打不开，已完全锈死，变成了一块铁疙瘩。宋百川看路上没人，就翻墙爬了进去，这几年的漂泊练就了不少本领，身体比在北京时强壮了很多，头脑也灵活了，知道了变通。里面一片破败景象，水缸里漂着碎冰，窗棂上挂着蛛网，院子的两棵桂花树叶片凋净，地上一片平整的雪，像婴儿的皮肤一样细嫩。父亲活着时跟他讲过，他们家族有一个库房，不属于个人，不属于某个家庭，属于宗族，百年来都是族里的人轮值打理，被抄走时才中断。

运动开始时宋百川正要上小学，之后几年里学校的教育几近于无，但是生在这个家庭，耳濡目染，对于书画的东西多少也有些了解，也帮着父母烧过不少东西。父亲边烧边讲，这是董其昌，这是徐渭，这是沈铨，来龙去脉，如何如何，然后就扔进火里。宋百川开始也心疼，父亲流泪，他也跟着流泪，后来都平静下来，烧起来没什么感觉，只是一些纸绢而已，最重要的是抓紧时间。

　　他从墙头跳进院子里，膝盖一屈，脚踩在雪上。影壁墙被砸过了，但是没有坍废，还站在那里，像颗烂牙。四围的矮房都没有上锁，他随便推开一扇门进去，发现里面还很整洁，这是一间厢房，窗户纸都还在，一床铺盖卷起来放在侧面的榻上，他走近一看，铺盖还挺新，上面没有灰尘。应该是正房的位置，被改造成了一个祠堂，父亲临死前说过，说是仓库，重点就在这里，祠堂的底下是空的，家族的一些东西就放在里头，机关在供案底下，有一个菱形的石砖可以挪开。宋百川推门进去，发现有一个人坐在火盆旁边烤火。这把他吓了一跳，那人抬头看了他一眼，没有惊慌，说，你是哪个单位的？是一个光头少年，穿了一件破黑袄，估摸有十六七岁，和他年纪相仿，面貌清秀，脚边放着一把尖刀，刃大概有三十厘米长。宋百川说，这是我家的库房。少年说，有介绍信吗？宋百川说，当然有，我凭什么给你看？我能进来就说明这是我家的地方。少年说，我也能进来，这也是我家的吗？你是翻墙进来的，我听见了。少年拿起刀把火拨了拨，说，我在这住了两年了，你再找个地方吧，我不想伤你。宋百川从兜里掏出钥匙伸到他眼前说，这确实是我们家的地方，今天刚还到我手上，大门的锁锈了，我估计你也看到了。少年看了一眼钥匙说，你姓什么？宋百川说，我姓宋，之前姓伊尔根觉罗。你叫什么？少年说，我叫霍光，我一直都姓霍。我爸是这儿的门房，我爷爷也是。我爸几年前死了，他让我替他待在这看门。本家来了，我就走了，如果你不来，我不知道要看到什么时候。说着站了起来。宋百川说，你去哪？霍光说，我还没想好，我挺爱看电影的，这边放露天电影我老去，我会点把式，也许可以当个电影明星。有人说我长得像王心刚。宋百川笑了说，你把手伸出来我看一下。他听人说，如果一个人的掌纹乱七八糟，就说明心眼多，如果掌纹只有三条，清晰又不分叉，就说明是个可靠的人。霍光伸出手，只有一条粗壮的掌纹贯穿手掌，不但没有乱纹，连另两条纹路都非常浅弱，几乎看不见，像用橡皮擦过。他的手比一般人小，掌心雪白，四周红润，猫爪子一样。宋百川说，我家人也都没了，如果你愿意，以后跟着我吧。霍光说，你指着什么吃饭？宋百川说，我刚回北京，还没想好，听说恢复高考了，但是我没念什么书，肯定考不上的。你呢？你有什么计划？霍光思考了一下，从兜里掏出一块手表和一枚金戒指，说，这些东西应该够我们活半年。宋百川说，哪来的？霍光说，抢的。宋百川说，别吹，你爸给你留下的吧。霍光说，我爸就给我留了一副铺盖，他死了，跳蚤还活着。手表是一个女的的，她很听话，我要就给了我。戒指是一个男的的，他不想给我，我就捅了他两刀。火盆里的火快灭了，他又放了两根木柴进去，说，其实也没什么大不了，我不杀他，我就要饿死。他抬起头对宋百川说，我不能去扛大包，看门也是暂时的。我是个人物，知道吗？很多事情我一想就明白，我的头脑很通畅。你想吃肉吗？宋百川说，不想。他忽然想起他爸，死时不住地喘，母亲嗓子已经哑了，发出咝咝的声音，其实是在叫他爸的名字。他说，我们握个手吧，做朋友，相互间只说实话，如何？霍光把刀放下，说，你大名叫什么？宋百川说，宋百川。霍光说，你有住的地方吗？宋百川说，有，这院子也是我的啊。霍光伸出手把宋百川的手握住说，以后我们是朋友了，能不能同生共死不知道，但是我们是朋友了。宋百川说，我问你几个问题。霍光说，行。宋百川说，你不是北京人吧？口音不像。霍光说，不是。宋百川说，你爸不是我们家的门房吧？霍光说，不是。宋百川说，你真的杀过人吗？霍光说，杀过。宋百川点头说，我家有些东西在这里头，我们一起拿出来，具体有什么我也不知道，看运气了。霍光说，在哪里？宋百川说，就在你屁股底下。

　　两人挪开火盆，霍光用刀柄敲了敲，确实有一块地砖底下是空的。他顺着石缝把刀刃塞进去，撬开石头，露出一人宽的一个窟窿，能看见几级石梯，极陡，再往里面就看不清了。霍光说，别忙，我有手电。他跑到厢房拿来手电，宋百川说，你给我照着，我下去，上面要留一个人。霍光说，我瘦，我下去，你在上面等我。我最烦等人。他一手提刀，一手拿手电，后背冲前把自己顺下去。如果我老半天没上来，你就走，也许有埋伏，他说。宋百川说，谁埋伏你？霍光说，我说万一。他头进去之后，转过身来向下走。宋百川等了大概半个小时，霍光爬了上来，身上一层灰尘。宋百川说，怎样？霍光说，好玩。宋百川说，什么好玩？霍光说，底下才是祠堂，你家祖宗的排位都在底下。宋百川说，就这个？霍光说，有三箱字画，有的受了潮，大部分还很好，我看大概有一二百张。宋百川说，是谁画的？霍光看了他一眼说，我不识字，你自己看吧。墙上还有壁画，画的是和尚的故事，一小半掉了，大部分能看得清楚。还有十二尊石佛，都有半米高，我看每个都有两三百斤，运走需要点功夫。宋百川说，我去弄个板车。霍光说，板车太显眼，石佛不怕潮，壁画你也弄不走，只能让它先这么着。这些画我们放在包袱里背走，只要这个院子在你手里，别人进不来，石佛我们慢慢运就行。宋百川说，壁画其实也可以弄走，就是需要专业的工人。霍光说，多一个人知道就多一条命，弄完壁画我不会让他活着。你决定吧。宋百川说，其实过两年弄也来得及，剩下多少弄多少。我们不说，别人不知道地底下有东西。霍光把刀别在后腰，用衣襟盖住说，其实我现在杀了你，这些东西就都是我的。宋百川说，说得没错。霍光说，你去找包袱吧，回来时别翻墙，把锁砸了，换个新的。天黑我们就开始运。宋百川转身要走，霍光说，别着忙，评书里说越是这时候越要沉着，面不改色。我在这里等你，你不来我不走。宋百川没说话，他跳墙出去，撒腿开始狂奔。

　　1984 年，他们各自买了一台夏利车。1996 年，宋百川名下的三家酒店和两家画廊都运营得很好，除此之外，他还控制着数十家服装厂，仿制国外的运动品牌，每个厂子都不大，分布在广州、福州、深圳周围的县市，但是方向灵活，生产力极强。他养着一支盗墓队，常年在全国各地的乡镇山岭游荡。此时的霍光已经认字，不但认字，还有了近视，戴着一副轻便的眼镜，宋百川的多家企业他都是隐形股东，但是他从来不坐办公室，对经营企业毫无兴趣。二十年间，因为经济上的冲突，宋百川有几个难以化解的仇家，在一次谈判中他被剁掉了左手的小指。后来霍光杀了其中两个，另外几个有的逃到了国外，有的彻底归隐，不再出现了。霍光把这两个人肢解，装袋，扔进了南方荒僻的野湖里。宋百川知道霍光动了手，但是具体方法和时间地点他不知道，也没必要知道。两人有时候争吵，有时候彻夜长聊，有时候去日本箱根一起泡温泉，有时候赌气一个月不再见面。但是两人都知道对方是自己在这个世上最近的人，他们还有个共同的爱好，就是收藏。当年的石佛两人一人六个，摆在家里都没卖掉，壁画后来救出了三分之一，宋百川单独买了一栋房子，装上了最好的调节温度和湿度的控制系统。他把壁画镶在墙上，石佛摆在两边，祖先的排位摆在画前的桌案上。他找人仿制了两个排位，写上父母的名字也摆在上面。这个地方只有他和霍光知道，是他们沉思的空间，心灵的密室。

宋百川发现因为涉足收藏，霍光的气质在变化，跟当年他们偶遇时已大相径庭，脸上的冷光消去，看上去像个读书人。霍光每年都会有几个月带着盗墓队在野外工作，他们设备精良，经验丰富，几乎每年都有不少收获。他也做古董交易，听说哪里有好东西，他就马上飞过去看。开始的时候他买过一些假货，后来这种情况就越来越少了，有时候他会故意买些假货放在家里，觉得好玩，因为宋百川有时候分辨不出，虽然出身世家，他的水平已经远远落后霍光了，他知道一方面是那几年他忙于经营企业造成的，另一方面当年霍光的屁股就坐在无数古玩之上，这是缘分，不只是靠专注和努力就可以达到的。两人都没有结婚，宋百川的女人相对固定一些，他会认真谈恋爱，爱情消失了，两人就分手。霍光没有谈恋爱的能力，所以他的女人极多，是宋百川的很多倍，分布在全国各地，隐藏在三教九流。这是十分危险的游戏，两人因此大吵过几架，但是宋百川也知道，这正是霍光的性格，即使女人知道了一些不该知道的事情，他相信霍光也会处理好的。

　　1996 年 4 月，清明刚过，霍光在 S 市的朋友小马给他打来电话，说他们得了一件东西，问他有没有兴趣来看一看。霍光问是什么东西，小马说是一把战国时的青铜剑，建筑工人在拆迁过程中挖出来的，现在到了他们手里。霍光问，品相如何？对方答说，一等一，剑柄刻有一个"让"字。霍光说，我明天就到，到了呼你。晚上霍光来找宋百川吃饭，跟他提了一嘴第二天要去 S 市出趟差，宋百川跟他说 S 市这两年弄国企改革，不是很太平，万事要小心。霍光说他跟小马做过几桩买卖，基本还是可靠的。宋百川问，"让"，可能是啥意思？霍光说，运气好的话就是豫让。宋百川说，刺客豫让？霍光说，嗯，他的这把剑应该落到了赵襄子手里，后来怎么到了 S 市，难考，也不重要。第二天白天，霍光从银行提了十万现金，又从家里保险柜里拿出一把六四军用手枪，到郊外简单试了试，性能没有问题。晚上坐 K97 次卧铺，隔天早上八点到了 S 市。

　　S 市的早晨灰蒙蒙的，好像还没有亮透。出站的广场上立着一座高高的尖塔，最上面顶着一辆纯钢的坦克。霍光提着行李包在街上走了一会，温度很低，走了一会就暖和了一点，他在站前找了一家回民馆子喝了一碗羊汤，然后出来打车到了侯成宾馆。他每次来 S 市都住这个宾馆，位置在使领馆附近，是 S 市绿化最好的一片区域，价格昂贵，环境幽静，原来是领导人的行宫，改革开放后对民众开放，牌匾是由当地的大书法家沈延毅题写的，很见功夫。

霍光打开电视看了会当地的新闻，然后用房间的电话打了小马的传呼，说他到了，小马回电话说他一个小时之内就到，带他去看剑。霍光问，今天就能看？小马说，能，下午就可以看。霍光说，东西在谁手里？小马说，在一个姓姜的保卫科长手里。霍光说，在哪看？小马说，在他们厂，小型拖拉机厂，很安全的，工人都回家自谋生路了，没什么人。霍光放下电话，拿了两万块钱放进包里，剩下的钱用纸包好，放进抽水马桶的水箱里。他躺在床上，想了想 S 市有什么女人可以会会，还真没有什么具体的人，之前有一个挺好的女人已经跟着丈夫南下去了海口，给他打过电话，他觉得实在太远，之后就再没见过了。

十二点刚过，小马到了，开了一辆白色的桑塔纳，两年没见，他发现小马比过去成熟了，之前他在小马这买过一个很贵的笋板，是从长春那边流出来的，他一直很喜爱，时间证明了它的成色，现在比那时更贵了，他也没有转手。那时小马是个话很多的人，生怕你不识货，说一串一串的话。这天他的话少了些，稳健地操控着汽车，偶尔介绍一下经过的街道。这是艳粉街，他说，这地方你来过，有印象没？霍光说，有。他们的车从艳粉街中间穿过，霍光记起来了这个地方，上次来的时候比这晚，已经开化，路上都是烂泥，他们徒步走了好长的时候，鞋底子越来越厚，才到了一个自行车库。小马的母亲就在看车库，戴着一顶白色的线绒帽子，小马从床沿的一卷棉花里拿出那个东西。

老太太正就着炉子喝苞米面粥，并没有看他们。霍光说，你妈现在怎么样？小马说，傻了，我给她送到阜新我姐那去了。后来就知道喝粥，你给她吃别的她认为你下毒。霍光微微点了一下头。一路上小马都没怎么提剑的事，他也没问，他知道这事小马就是一个联系人，能分到一点钱，但是对东西了解不多，甚至他可能都没见过。霍光觉得很有意思，他已经很多年没有这种感觉，就是心脏在不规律地搏动，就好像有什么东西在发出电磁波，这种电磁波只有他能接收到，而且越来越强烈。

　　他们开过一泊野湖和一处铁轨，面前出现了一片厂房，面积十分巨大，周围却十分荒凉，感觉艳粉街已经在身后十几公里的地方。小马停下车说，这就是小拖，当年单批的地，盖完小拖盖大拖，后来大拖迁到了合肥，这块地就空下来了。测试拖拉机方便，有时候他们还在这比赛。十年前的事了。工厂门口站着一个人，感觉是站了挺长时间了，整个人缩着，脖子给压到了最短。他们下车之后他就走了过来，小马问，姜哥他们到了吗？那人伸出头来说，刚到，你们前后脚。说完走过去打开了工厂大门里面套着的小门，小马和霍光走进去，他反身把门锁好，引他们往前走。

　　阳光大好，把厂子里的树和房子都照得清清楚楚，只是宽阔的厂路上一个人都没有，两边停着数不清的拖拉机，崭新的，又似乎已经陈旧了，落着残雪和灰尘。走了大概五百米，那人一拐，进了一个车间，霍光跟着走进去，发现车间的面积很大，足有两千平方，设备很少，只有一两台车床靠在一边，露出一大片空场，阳光从三米高的落地窗照进来，地上一块块已经干透的油渍反着流动的光。有两个人站在空地的中央，面前一张木桌，上面放着一个长条木匣，霍光远远看去也知道木匣是新打的，木头还挺生。两人走上前去，小马介绍说，姜哥，这是北京来的光哥。一个穿黑色皮夹克的中年人，从桌子后面走出来伸出手说，老听小马提你，终于见着了。中午吃饭没？霍光说，东西看看？姓姜的说，没废话，挺好，看吧。他转身把匣子掀开，里面是空的。霍光说，什么意思？那人说，你带了现钱没？给我们也看看。东西肯定是好的，交给国家我们立大功，交给你，我们要一百万。霍光说，这个钱有点多了。那人说，这几个都是我厂里的兄弟，厂子不行了，就去了建筑工地，东西是他们几个得的，钱都要有一份，实话说兄弟，大伙指着这个钱翻身。霍光说，理解，换我也一样，但是我不可能带这么多钱在身上。他从怀里掏出两万放在桌子上，说，这两万我买看一眼，无论东西是新的旧的，我买不买得起，这两万都是你的。那人说，不俗啊不俗，不愧是北京来的。我看可以，嘎子，你去把货拿来。领他们进来的人点点头，从车间后门出去，等了好一会，抱着一个细长的黑色塑料条走回来，塑料上缠着一圈一圈的透明胶条，看分量不轻。嘎子把塑料拆开，里面是一只梨花木的剑匣，上面略有坑洼，但是不多，似乎还有点香味。剑匣平放在桌子上，打开，里面是一把青铜剑。全长大约七十公分，剑体有五十公分，锋利如新，阳光底下，霍光能看见自己的脸，剑茎上刻着一个"让"字，嘎子戴上线手套，把剑翻过来，剑茎的另一面刻着一个"智"字。霍光心跳如雷，他点点头说，好东西。姜把匣子合上说，现在怎么讲？霍光说，值这个钱。我带了卡，这两天我提给你们，东西别给别人看了。姜说，好，那就一百五十万，我找人带你提钱去。霍光说，不是一百万吗？姜说，兄弟，别谦虚，能拿出一百万，一百五十万你也没问题。卡拿出来。霍光笑了说，是不是我提了钱，这东西也不给我？他回头看了看小马说，是不是？小马摇头说，光哥，我完全不知道，不知道，姜哥你什么意思？霍光说，我把钱给你们，我能活着出城吗？姜说，想多了，钱到位，东西就是你的。宝剑配英雄。霍光说，我不是英雄，我是生意人，愿意按规矩办事，你挖个坑等着我，我不愿意跳。姜说，嘎子，帮他把卡拿出来。嘎子走上前来，手里拿着一把磨尖了的改锥。小马说，姜哥，要不咱们算了，光哥是个文化人，这么多年挺照顾我。嘎子说，小马，你他妈别当秦舞阳。这时霍光从后腰拔出手枪，顶在嘎子肚皮上开了一枪，然后看也没看他，连跑两步，再垫半步前冲，一枪打在姜的胸口。剩下一人转头就跑，霍光一枪没打着，他紧跑两步，稍微镇定了一下，双手握枪又开了一枪，这枪打在那人的腰间，他走过去把那人翻过来，照着他的脑门一枪，血溅在他的皮鞋上。霍光转过身来，看见小马一动不动，好像休克了一样直翻白眼。他拍了拍他的脸说，没想到？小马突然尖叫了一声，光哥！霍光说，你刚才劝了一句，按理说我应该放你走，但是我们认识，你又在场，我不能让你活。你妈在阜新，我会找到她给她一笔钱，如何？小马的眼神聚焦了，看着霍光的脸上说，哥，饶了我。霍光说，我们认识这么多年，我心里挺难受。他一枪打中小马心脏，小马一声没出跌倒死了。他转身发现姜还没有死透，一手捂着胸口，另一只胳膊在地上上下摇着，像出了故障的指针。他从木匣里拿出青铜剑，分量不轻，五斤往上。他蹲在姜的身边，听见姜说，哥们，我有个女儿，帮我叫个救护车。霍光说，来不及了，你知道问题出在哪吗？你没规矩。你要是上来卸我一条腿，我把卡也给你了，你还没这个胆。挺可惜的，本来你要发了。姜哭了，说，我就想……霍光挥剑把姜的脑袋砍了下来，脖子上一条浅浅的线，似乎两相还没有分离，姜的眼睛还在转动，话没有说完，血就流了出来，极多的血流在地上，像一摊机油。霍光摸了摸剑锋，一点血也没有。他脱下自己浸血的皮鞋，把几个人的鞋都脱下试了一遍，小马的鞋跟他的脚完全合适，好像定做的一样。然后他拾起了所有的弹壳，把脱下的血鞋揣进怀里。

　　半小时之后，霍光用小马的桑塔纳拉着四具尸体来到了刚才经过的湖边。一个老人在垂钓，霍光停车等了一会，四周是初春的景象，枯草已经泛绿，刮着轻柔的南风，一只肥胖的野猫从树丛里钻出来，过了一条窄窄的土路，钻到另一片树丛里了。他有些困了，身上渗出一些疲乏感，但是他不想让自己睡着，他摇下车窗让风进来一些。天色将晚，老人收拾渔具离开，似乎收获一般，意兴阑珊。霍光看他走远，下车，捡了一些石头放进车的后备箱，然后把车推入湖中。落日照在湖面，使湖水看上去浓密了一点。他等了一会，看车沉下去，又等了一会，看车没有浮起来，便用胳膊夹着包好的剑匣从艳粉街穿过，当晚就穿着小马的皮鞋坐上了回北京的火车。

五

当天晚上褚旭睡得很好，姜丹也睡得很好，褚旭在睡前自己听了一会小布机器人播放的评书《三国演义》，听到典韦为护曹操力战张绣而死，他觉得睡意来了，就让小布关机并与其道了晚安。姜丹是昏睡了过去，衣服也没脱，醒来时感觉身体极干，喉咙到胃好像被人用扫帚扫过，但是因为睡得实，所以头脑极清醒，她好久没有睡过这么好的觉了。昨晚窗帘没拉，天光已经大亮，但是尚在清晨，阳光显得净又新，像第一次穿的白衬衫。她打开手机，看见保姆一个小时前发给她的微信，她已经把褚旭顺利送到学前班，让她不用担心，晚上她还会去接他。姜丹回复了感谢，给她发了一个八十八块钱的红包，然后爬起来洗漱。镜子里的眼睛还是有点不自然，眼袋比平时大，眼角比平时红，眼皮也比平时肿，眼睛就显得比平时小了。她给自己化了一点淡妆，到书房里简单整理了一下课件。今天是案例分析课，要讲的东西相对没有那么多，学生讲的要多一些，这种课有故事性，很多案子跟死亡有关，学生的积极性要好一些。她带了六个研究生，两个研一两个研二两个研三，男女各三个，就像是命运故意追求某种对称一样。这些孩子都非常聪明，这是姜丹最大的感受，由此她也相信了一点达尔文的理论，人的大脑是在向着更精密进化的，吸收知识对于他们来说就像是天性，像呼吸一样，不需要刻意的努力。同时他们都非常清醒，明确知道当前的学业和恋爱都是为了什么，这一点又让姜丹有点怀疑进化的理论，在谋求幸福上，灵魂和天意都在其中起着举足轻重的作用，而这两者都是很难说清的。

　　走在校园里，太阳已经完全升起来了，姜丹感觉一阵眩晕，出了一身的汗，她赶紧找了一个长椅坐下来，包放在旁边休息了一会。长椅在树荫底下，一片巨大的草坪旁边，头上的树叶相互摩挲，沙沙作响，几个学生穿着黑而长的毕业礼服拍照，两个女孩把一个男孩抱了起来，男孩的双手勾在两个女孩的脖子上，帽穗冲前，好像一绺多余的头发。她发现有个戴着黑色前进帽的人坐在草坪另一侧的长椅上，双肘支在膝盖上。一个灰色的背包放在旁边，几乎与她的位置完全正对，人对着人，包对着包。她心想，他是谁？帽檐遮住了他的脸，像在发呆，又像在默祷。烈日照在他的黑色帽子上，应该非常热吧？难道高温能帮助他大脑思考？姜丹盯着他看了大概五分钟，他的脚是正常大小，四一的尺码左右，他一动不动，好像知道有人在看他，要显示一下自己的耐力。姜丹也搞不清楚自己为什么要看他，也许是她酒还未醒，精神恍惚，也许是角度问题，无处可看？为什么要看他？她挪开了自己的目光，站起身来，忽然感觉精神好了不少。她迈开步子走向自己的教室。

　　1996年父亲失踪后，姜丹决心找到他，甚至比她母亲的意志更为坚定，她在厂区和艳粉街张贴了无数的寻人启事，跟着母亲去公安局敦促警察破案，后来母亲不去了，她就自己去。S市刑侦大队的人都认识她，都知道这个案子的受害者有这么一个倔强的女儿。最开始几天姜丹担心是父亲抛弃了她，因为从1995年开始，父母亲的关系就紧张起来，母亲在区交通局做文职工作，父亲是转业军人，分配到小型拖拉机厂保卫科，两人通过介绍认识，很快就结婚了。1995年父亲虽然已是保卫科长，还是面临着失业的风险，母亲的工作相对稳定。两人对未来的规划出现了分歧，父亲想包辆货车，搞搞运输，母亲认为街面上不太平，开长途又聚少离多，不如在街边做点小买卖，或者干脆在家里待一两年，照顾一下姜丹，也观望一下厂子进一步的发展。父亲又提出要开个饭店，也被母亲否决了，饭店投资大，需要借钱，照应起来又要求细心，父亲平时对吃完全不在意，母亲觉得父亲不是这块料。两人的矛盾由来已久，父亲的工作使他经常整夜不归，一周七天至少有三天住在厂子里，他也喜欢那种生活，有朋友，有漫长的夜晚，有炉子上的吃食和便宜的散装白酒。姜丹很喜欢父亲，她觉得父亲非常幼稚，一方面自命不凡，一方面又懦弱无知，对朋友之好要远远超过对自己的家人，好像那些人身上存放着他某种乌托邦的理想，是朋友就一生一世在一起，即使总是聊着那么几个话题，总是谋划着要干点事情，其实什么也没干过，都是靠工厂养活，但还是不失对对方的尊重和信任。姜丹认为父亲也喜欢她，只是找不到好的方式跟她相处，她相信如果她是个男孩子，即使父亲经常揍她，肯定也比现在更加亲密。她的成绩很好，父亲深以为傲，母亲倒觉得没什么，姜丹甚至感觉到父亲有时候在她面前会有点拘谨和惭愧，她将其理解为一种对卓越的敬畏。很快她就松了一口气，父亲没有抛弃她，跟她父亲一起失踪的还有三个人，除了他的父亲姜卫刚外，还有他的朋友王旭升，外号嘎子，七车间的焊工，他的朋友赵全，保卫科干事，还有一个社会上的人，叫作马连众，与他们不是同事，几年前干了个体，离异，一直在搞古董买卖。一天晚上母亲把她叫到餐桌旁边，跟她说，丹丹，你父亲生还的可能性已经非常小了。姜丹说，他们凭什么这么想？母亲说，他们在厂里七车间的地上找到了血，有一部分是你爸的。姜丹说，人流一点血就会死吗？说完就回到了自己的房间。

几个月之后，姜卫刚和其他几人的尸体找到了。又过了一年，姜丹初中二年级的时候，母亲再婚。搬家的晚上，继父跟她做了一次长谈，他先保证自己会照顾好这个家庭，虽然家庭的情况有点特殊，但所有家庭的核心都是一样的，父母要相爱，对孩子要上心，经济上要有保证。这些他都能做到。因为父亲的案子，她和杨道林早就认识，她对他有这个信任。她还是哭了，她知道这样没什么不好的，父亲已经死了，无论因何而死都不能活转了，这样没什么不好的，杨道林的家比原来的家大十几平方米，她的房间也布置好了，都是她过去用的书桌和床。确实没什么不好的，她哭得非常厉害，也许如果有什么显著的问题她倒不会这么哭。她在心里呼喊着父亲的名字，那个名字不再属于一个活着的人，阻止不了任何事情，可是那个名字在很多年里是多么重要啊。

杨道林等她哭完，说，如果你愿意我可以跟你详细讲一下这个案子，这是我们共同在意的事情，我觉得我有义务跟你说一下。有什么问题你尽可以问，也可以帮我分析，我尽量客观一点，提到受害人的时候使用他们的全名，你能承受吗？姜丹说，能，我想听真话。他点点头，先陈述了一下案子的概况。那天厂里没人，原来一万多人的工厂只有他们几个人，受害者的家属都不知道他们出门要干什么。马连众有一个女儿，八岁，那天她被锁在家里，无法提供有效的口供，现已被送到阜新她奶奶那里，在马连众的家里搜出了十几件古董，有真有假，大多来源不明，也搜出了包括洛阳铲在内的一些盗墓工具。初步认为这起案子跟古董交易有关。所有人的尸体上都有枪伤，但是在现场没有找到弹壳，说到这里他停顿了一下，说，只有姜卫刚的身上还有一处刀伤。姜丹说，在哪里？他说，在脖子上，他的头被砍了下来。因为腐烂太严重，对于是一把什么样的刀我们无法确定。姜丹说，他的头和身体是分开扔进水里的吗？他说，不是，都在车里面。那台白色桑塔纳就像一个大棺材，所有尸体都在里面锁着。姜丹说，嗯，你继续说吧。他说，我们认为姜卫刚、赵全、王旭升、马连众几人应该是来到工厂跟一个或者几个陌生人做文物交易，中途产生了矛盾，凶犯杀了他们几个，沉尸湖中，把古董抢走了。具体是什么古董我们也不知道，因为知道的人都已经死了。姜丹说，你们知道什么？杨道林说，我们也不敢说自己知道，只能是一些推测，可能性。有时候办案需要直觉，我也跟你说说我的直觉，虽然有些同事不赞同我的直觉。姜丹说，你娶了我妈，你的同事怎么看？你觉得你会幸福吗？用直觉。杨道林说，我们虽然关系特殊，但是经历了从陌生人，到朋友，到恋人，到夫妻的过程，我觉得也并不怎么特殊，其他人怎么说我也不在意。我今年四十岁，一直没有结婚，现在结了，这说明了一些问题。姜丹说，这不是直觉，是证据和逻辑。继续说吧。杨道林说，所有尸体身上的钱物都没有丢失，衣服也都完整，只有马连众丢了一双鞋子。姜丹说，是不是搬动的时候中间掉了？杨道林说，我们把工厂到那个野湖附近的路全都找了一遍，没有找到。一个人出门是不可能不穿鞋子的。有人认为这不是一个重要的线索，我觉得不然，这个杀人者把弹壳都捡走了，说明做事非常严密，怎么可能把鞋子弄丢了呢？姜丹说，我懂了。杨道林说，你说。姜丹说，他换了鞋。杨道林说，嗯，我也这么想。我比对了所有人的脚，马连众的尺码最大，四四的。姜丹说，他可能是本市人吗？杨道林说，我认为不是，我们这两年已经排查了大量可能跟古董有关系的人，没有结果，我觉得凶手不是 S 市人，是外来的，现在已经回去了。还有一个线索，姜卫刚除了枪伤，还有锐器伤，怎么回事？姜丹想了想说，哦，这个文物可能是一把兵刃。杨道林端详了一下姜丹说，你为什么这样想？姜丹说，如果致命伤是枪伤，他没必要再砍，如果是外来人，跟姜卫刚也没什么过节，只是来交易古董，很可能是第一次见面。唯一的可能性是试这个东西。杨道林说，我们想的一样，我觉得东西是一把刀斧或者剑，虽然古老，但是非常锋利。鞋和凶器，我们掌握的东西差不多就这么多。姜丹说，据我所知，姜卫刚对古董一窍不通，他连唐朝和宋朝都分不清。杨道林说，这不是问题，东西落到了他手里，有人告诉他这东西很值钱就可以了。

两人相对沉默了一会，杨道林站起来伸出手说，谢谢你对我们工作的支持。姜丹说，以后我叫你什么？杨道林说，你叫我大林或者老道都可以，我的同事叫我老道，我妈和我姐叫我大林。姜丹说，那我叫你大林吧。杨道林说，好，我们是朋友，你有任何事情都可以找我。睡吧。姜丹说，姜卫刚是个好人，我了解他，他是我爸。杨道林说，嗯。姜丹说，如果你已经放弃了这个案子，你也想着点他，可以吗？杨道林说，正相反，他是什么人不重要，案子我不会放弃。睡了。

学生已经到了教室，临窗的座位太晒，姜丹让学生拉上了窗帘，房间里骤然幽凉。今天讲敲诈勒索罪的定罪依据和法理原则，尤其是涉及两人是情侣，准确地说是婚外情中形成的敲诈勒索的案例和判例。姜丹的授课风格是言简意赅，不苟言笑，她会提醒学生，所有案例都不是故事，而是一个个活生生的人通过言行形成的，记住这一点，才能明白法律的精神，最终的精神是要通过裁制人而拯救人，即使要对一个人处以极刑，也是为了救另外的人。讲得久了，这样人道的灼见也会通过重复变得僵硬，但是她也没什么办法，她是教师，是社会详细分工底下的一员，分工和人道似乎在某些方面总是略有冲突。私下里她和学生的关系都很好，因为她年纪不大就已是研究生导师，跟弟子的年龄差很小，有的学生曾是律师，有过社会经验，年纪和她相仿。他们会相互推荐电影、美剧，还会一起追星，在微信群里分享明星的新闻。姜丹对昨天的醉酒很内疚，婚变之后她其实是依靠着这份工作生存了下来，依靠着面前的这些学生，当然他们并不知道这些。她也不知道为什么最近几天她的情绪如此不稳定，经常溜号，感怀世事，原先自己是一棵树，这几天她似乎变成了一片叶子。她看了一眼教室后面的圆钟，得下课了，她听完了最后一位学生的发言，事实上她没听清他说的内容，只是在听他说话。说完了。她说，说得很好，就是这样，下课吧，作业我在群里说。学生窸窸窣窣站起来，给她打过招呼，走出去，她看见一个人站在门口，是刚才坐在草坪对面的那个人，背着灰色双肩包。她一下把他认了出来，那人没有回避她的目光，直挺挺地站在那。姜丹感觉到自己的嘴动了一下，没有发出声音，她稍微活动了一下脸部肌肉，感觉没什么问题，目光回到教室，教室里已经没有人了，她看着那些桌椅，第一次发现教室这么拥挤，中间的过道这么窄。

李页走进来，站在距离她两步远的地方说，打扰你了吗？姜丹说，没有，已经下课了。李页说，我来这找个朋友，没想到在草坪那看到你了。你后面还有课吗？姜丹说，没有，我去院办办点事情。她忍不住说，你戴帽子不热吗？李页把帽子摘下来说，主要是我今天没洗头。姜丹看了一眼他的头发，比过去短了点，依然浓密，额尖的部分略微少了一点，但还是乌黑发亮的。她记得之前就非常羡慕他的头发，曾经开玩笑要移植一点过来，因为她的头发发黄，太阳一照像枯败的杂草，李页常说她有匈奴的血统。李页说，院办远吗？我陪你过去，正好我就走了。姜丹说，好。她把书和电脑装进包里，忆起当年对他的恨意，浑身发抖。她说，十分钟路吧，在东门附近。李页说，我们现在往东走吗？两人走在路上，有个骑自行车的学生认出了姜丹，跟她打招呼，她没有反应。姜丹原以为她会突然发作，没有，两人的步频基本一致，她不得不承认这几分钟的路她走得很舒服，没有感觉累也没有感觉热，风似乎在他们后面辅助着他们的运动。到了院办楼下，姜丹说，我到了。李页说，好，东门是继续往东吗？姜丹说，你走到这个篮球场后面，旁边有条大路，你上大路就看见了。李页说，我再等你一会吗？我今天没什么事。姜丹说，好。

我为什么要这么说呢？她走进大门，不自觉地加快了脚步，她想起了褚旭，我应该现在回去把他赶走。她的双腿已经走进了电梯，一手拎包，一只手迅速按了楼层按钮。也许我下楼时他已经走了，我三十六岁了，头发短了，眼睛也肿了，比大学时胖了。我为什么要评判自己？她再次想起了那个雨夜，她高烧不退，在被子里战栗，以为自己会因为心碎而死，眼泪的温度比体温还高。跟大多数男人一样，这是一个邪恶而没有人性的人，他只是欺负我有涵养。她感觉随着电梯的上行自己的体温也升了起来，走出电梯时伸手摸了摸额头，只有一层汗水，因为空调而变得温凉。院办的办事人员是一个小姑娘，态度良好，身材娇小，姜丹盯着她看了一会，小姑娘说，您在这里签字。她看着她的脸庞，毫无修饰，平整而美丽，小姑娘又说了一遍，您在这里签字。她说，好的好的。她的前夫喜爱音乐，褚旭从四岁开始学习钢琴，现在已经颇像一点样子，可以弹李斯特的《奏鸣曲》了，这几乎是他留下来的唯一有益的东西。她看了一眼手机，今晚七点钢琴老师要来家里上课，她标注在日程上了，关于自己的工作她不会忘记，关于褚旭的事情她都记在手机上。她走出楼门口，看见李页还站在刚才的位置，在一片白色的日光里，像一株旱季的庄稼。她走到他身边，说，你来找我干吗？你凭什么想来找我就找我？你凭什么想在这里等我就在这里等我？李页说，我就是想来看看你，如果可能的话，跟你说说话，如果你想让我消失，我现在就离开。姜丹说，你想跟我说什么？李页说，你结婚了吗？姜丹说，结了。李页说，哦，你们生活得怎么样？我没有别的意思，算了，我有别的意思，你们生活得怎么样？姜丹说，你现在就从我眼前消失，我没记错的话，你可以跑得很快，现在消失。李页说，你有孩子吗？姜丹说，有。李页说，好吧，我现在是摄影师，如果你孩子过生日想拍些照片可以找我，我不收钱。我拍得挺好的。说完李页转头走了，姜丹看他走出了大概十几步，她意识到他就要再次从她的生活里走出去了，她忽然想尖叫一声，那是一种死亡的感觉，可是她已经不是过去的那个女孩子，她一动不动，毫无作为。

　　李页忽然转身走回来，说，你可以跟你丈夫离婚然后跟我结婚吗？孩子应该跟着妈妈，我会把他抚养得很好。如果你觉得对他不公平，我们可以不要孩子，就他一个孩子。我这些年赚了一些钱，不是很多，都交给你打理。我还在租房子，也没有车，我有很多镜头，也许你不关心我有多少镜头，但是我确实有很多镜头。我大概的意思就是这样吧。我为什么要说镜头的事情？我的意思你能明白吧？姜丹说，你为什么这样不要脸？你想过拆散一个家庭是多大的罪吗？把孩子的父亲从他的生活里驱逐出去，你知道对孩子的影响有多大吗？你真是道德败坏，真是恶心。李页说，是的，你能考虑一下吗？姜丹说，我昨天晚上想起了你，都是你做的坏事情。没想到你比那时候还要恶。李页点点头说，这可能是我对生活钻研的结果。姜丹说，什么结果？李页说，在有些事情上，善是全部意义，在有些事情上，通过善什么也得不到。姜丹说，我已经离婚了，但是我不能接受你，因为你不要脸。当初那个女孩呢？你可以为她死的那个女孩呢？李页说，不知道。我现在有竞争者吗？姜丹说，有，很多，我儿子今晚有钢琴课，我得走了。李页说，我能跟你一起去吗？姜丹说，做梦。姜丹产生了一种幻觉，她并没有在撒谎，确实有很多人在追求她，他们都把她当作人生的最终目标，就像一个方程式，看上去很严密，只要更动其中一个数字就可以得到她想要的结果。如果他再厚颜无耻一点，我就把钢琴课取消，让孩子休息一天也好，她心想，然后跟保姆说一声请她今晚多待一会。我需要再了解他一点，如果他没变，他还是会伤害我，如果他变了呢？那我还会爱她吗？他已经变了，他不再画画了，也许我也改变了呢？我改变了吗？

太阳烘烤着他们两个人，姜丹感觉到世界在转动，由近及远，越是遥远的地方转得越快，只有他们两个是静止的。

你开车了吗？她说。

六

第二年冬天，也就是1997年冬天，霍光又回了一次S市。

前一年发生的事情他没有跟宋百川说，但是宋百川感受到了一点异样。剑他看了，确实是旧东西，但是旧的程度他分辨不出，是战国的东西还是汉代仿制的，很难说，上面写的"让"字是不是代表豫让，也很难说。没过几天霍光说，剑放你那吧，就是那个小祠堂。宋百川说，你不要了？霍光说，不是不要，是放你那，我想看就去你那看。宋百川说，你咋回事？霍光说，啥事没有，我就是觉得放你那好。宋百川答应了，把剑接了过来，霍光的性格如此，很多话不说透，可能过一阵子就清楚了。过了一阵子，他发现了另一个问题，霍光在大半年的时间里总是穿着一双米色的旧皮鞋。霍光是一个颇注重仪表的人，尤其是三十岁之后，衣服的搭配都很适宜。有一天宋百川忍不住问，光，你为啥老穿这双鞋？霍光说，是吗？我什么时候老穿了？宋百川说，你没注意吗？你天天穿，我怀疑里面都臭了。霍光说，里面干净得很。明天换一双，你怎么还注意这个？第二天他并没有换，只是把鞋擦了擦，打了打油。宋百川觉得很奇怪，他也知道再问没什么意思，朋友之间要有个浑浊的地带，尤其是跟霍光这样的人做朋友。其实宋百川问过之后，霍光也注意了这个问题，这双鞋确实穿了好久了，帮子都开始变形了，但是不知道怎么回事，就是脱不下来，不穿着这双鞋出门就感觉浑身不舒服，好像没穿衣服一样，每天早上挑来挑去，总是把这双鞋挑出来穿在脚上。里面确实没臭，清爽得很，似乎有鳃在呼吸。他找人把鞋帮子加固了一下，还是穿在脚上，到了第二年冬天，在他的精心呵护下，这双鞋没有损坏，还能穿，只是好像变薄了，由皮鞋几乎变成了布鞋。这是小马的鞋，他当然知道。也许我杀他之前说的话太直接了，他想，或者完全不交谈，干脆一点也比现在好。他觉得这样下去不是办法，需要回一趟 S 市，把鞋扔进湖里，也许小马这样就穿上了鞋子，就可以走远了。

北京没有下雪，S 市已下了不少，他走出车站的时候路边有不少积雪，堆得像沙丘。地上有一层新雪，应该是刚刚下的，现在停了，还有光泽。高处的坦克也顶着一顶雪盔，炮筒像包了一层棉花，指向天空深处。霍光上了出租之后跟司机聊了聊天，司机在谈论自己的人生，继而又说了说中央的政策，没有提到去年的凶案，只是觉得自己有点生不逢时，开饭店兑床子都赔了。霍光让他开到距离艳粉街大概一公里的时候下了车。他在路上走了一会，想要找到一家小旅馆住下，转念一想没有这个必要，便径直从上次的路口走进艳粉街。街面上的积雪更厚了，正是清晨，似乎大部分住户还没有出来打扫，他就深一脚浅一脚地走着。霍光的记性和方向感都很好，上次跟小马开车走过一次，虽然完全是另外一个季节，景色大异，当时两人还在说话，他还是能够大致分辨出方向。走到一处铁轨，远处传来隆隆的火车声响，他等了一会，一列运煤的火车驶来，通体漆黑，像一股浑浊的黑水在他面前流过。他想起多年前的自己曾扒着这样的火车驶过一段铁桥，脚下就是滔滔的河水。也是一个寒冷的时节，他快冻僵了，使出最后一点力气攥住把手，手指在折断的边缘。决不能脱落，即使有一天死去，也不能这样从火车上脱落而死。穿过铁轨，又走了大概一公里，他来到那个拖拉机厂，他没有走近，只是远远地看了看，空地，大门，跟去年一模一样，不同的是去年门口有一个人等他，现在一个人也没有。他驻足等了一会，还是没有一个人进出，也许这个厂子彻底废弃了，他又等了五分钟，两个人从里面走了出来。是两个小姑娘，一个大概十二三岁，一个大概八九岁。两人穿得很厚实，都没戴帽子，边走边说着话，距离太远，霍光听不见她们说什么。她们出门便向右拐。霍光等她们消失在视野里，便向着他记忆中野湖的方向走去，走了大概一个钟头也没有找到。他走过了三四个小卖部，两个公共厕所和一个煤场，还是没有找到那个湖。霍光折返，在一个小卖部买了一个面包吃了，他问老板，我记得这附近有一个野湖，在哪？老板是一个中年妇女，文过眉，脸上的其他部分都没有化妆。她说，我看你来来回回走了好几圈，你是干吗的？霍光说，我不干吗，我就是找一下那个湖。老板说，你完全走反了，你刚才来的方向再往西，一直走就看见了。你没带冰刀，你找湖干吗？霍光说，我和人约在湖那见面，我已经迟到了。老板说，哦，那你赶紧，往西，一直走别拐弯。

霍光这次走得很快，湖已经结冰，有几个人穿着冰刀在上面溜冰，霍光意识到这湖比他记忆里的大，也许是变成固体的缘故。他觉得自己很蠢，鞋子是不可能在这个季节扔进湖里的，除非开一个冰洞。几个人都是中年男人，戴着帽子背着手，溜都很好，无所事事地高速转圈，不交谈，除了冰刀划过冰面的声音什么声音也没有，似乎是让一双大手撒到冰上来的，蛮不情愿，但是也没有别的事情可以干。他忽然看见了那两个小姑娘，就在距离他大概三十米外的湖边，也在静默地看着。高一点的女孩用手指了一下冰面，矮一点的女孩走上去，用脚跺了跺，然后蹲了下去，下巴贴在膝盖上。高一点的女孩走到她身边，小声说着什么。霍光看了她们好一会才走了过去，走到她们身后，两个女孩并没有注意。矮个儿的女孩说，我奶奶觉得他只是出差了，迟早会回来。高个儿的女孩说，我觉得死了就死了，要么我们记住他们，要么我们忘记他们。跟他们已经没关系了。矮个儿的女孩说，我还小，过两年我可能就把他忘了。高个儿的女孩说，那也行，我是不会忘的，只要我活着，他就在我脑子里。我会做最后一个忘记他的人。你跑出来他们没找你吗？矮个儿女孩说，我经常乱跑，他们也都挺忙的，记不住我回没回去。霍光走了两步，绕到她们侧前方，说，你们是迷路了吗？高个儿女孩看了他一眼说，没有。矮个儿女孩抬头看他，霍光也看了她一眼，她的眼睛很大，并不十分聚焦，鼻子不高，嘴巴不小，两个嘴角有稍稍向下的趋势。霍光感觉有人在他后脑勺打了一下，他的脑袋嗡了一声，回头看，并没有人。矮个女孩说，他们说我们俩的爸爸是从这里捞出来的。高个儿女孩说，你别跟谁都乱说。矮个儿女孩说，我觉得这个叔叔能明白。高个儿女孩说，你是来找人的吗？我好像在工厂门口就看见你了。霍光说，是，来找人，没找到，他想了一下说，我儿子，他跑到艳粉街玩了，该回去吃饭了，我来找他。高个儿女孩说，他几岁？长什么样？霍光说，他七八岁，七岁，头发很短，穿蓝棉袄，长得跟我很像，眼睛很像。高个儿女孩说，没见过。听口音你不像本地人，你住几马路？霍光说，我不是这里的人，我来这串门，把我儿子带着了，是这么回事。矮个儿女孩说，你这双鞋我爸好像也有一双。高个儿女孩马上低头看了看他的鞋，又抬头看了看他的脸，霍光感觉到她的表情变了，身体都收紧了，好像有一块磁铁把她的四肢和思绪贴到某个中心。霍光说，你再仔细看看，这双鞋是我在广州买的，你爸也去过广州吗？矮个儿女孩蹲在地上歪着头看了一会，说，好像不是，刚才感觉像，仔细一看又不像了。但是叔叔，你的脚真是很大。霍光说，是的，我爸爸和我爷爷都是大脚，睡觉的时候，他们的脚一半都在外面。矮个儿女孩笑了。霍光说，你们两个小姑娘跑出来，有点不安全，我把你们送回家吧。高个儿女孩刚才也有了些笑意，听他这么说，好像更放松了一些，不过她还在仔细看着霍光的脸，霍光带着一点点微笑，回望她的目光，没有躲闪。

一个人飞快地滑过来，单腿支撑，另一条腿跷在后面，像一架灯盏，霍光伸手把高个儿女孩向自己身边拉了一拉。她的头在他的下巴处，她仰头看他，霍光也看她，霍光心想，如果她叫出来，我就不能心软了。女孩说，你不去找你儿子吗？他说，我儿子的方向感比我还要好，我突然想了起来，他也许自己已经回去了。矮个女孩说，你说话有点前后矛盾，你是傻子吗？霍光说，是吗？傻吗？我倒觉得你有点早熟。矮个儿女孩笑着说，我奶奶是痴呆，老说我说话颠倒。是早熟吗？霍光突然意识到了某种东西，他在她脸上看到了他，那个故人，我妈已经傻了，小马那时说。

时近中午，太阳高了起来，照得冰面闪闪发光，三个人的面容都被冰面的反光打亮，寒冷的空气并没有因此退却，依然把他们包裹着，黏着他们裸露在外的皮肤。高个儿女孩说，我们要去汽车站，你去吗？长途汽车站。霍光说，好。三人离开冰面，临走时矮个儿女孩把冰面摸了摸，霍光假装没有看见，走在前面，虽然他不知道去长途汽车站应该怎么走。很快两人赶上了他，他们边说话边向前走，走出了艳粉街，走上了公交车。公交车上的人们都很蓬松，厚厚的棉袄，各式各样的帽子，有人嘴里还叼着烟卷。三个人挤在一块继续说着话，矮个儿女孩让他讲个故事，霍光说起自己小时候特别喜欢吃糖，但是没有糖吃，他就在冬天把舌头贴在冻透了的铁门上，舌头和铁门马上粘在一起，等三秒钟，他把舌头一下撕下来，就能感受到糖的味道。矮个儿女孩说，是真的吗？霍光说，是的，很甜很甜。高个儿女孩问，你去过很多地方吗？霍光说，去过。没计算，但是应该很多。高个儿女孩说，哪里最好玩？你去过北京吗？北京好玩吗？霍光说，北京很大，但是不怎么好玩。太大的地方一般都不太好玩。高个儿女孩说，你念过大学吗？霍光说，没有。我十七岁的时候才学会写自己的名字。高个儿女孩说，真的？霍光说，真的，我现在认识很多字了，那时候不行。矮个儿女孩说，你结婚了吗？霍光说，你确实早熟，你几岁？矮个女孩说，九岁，九岁零四个月。霍光说，我当然结婚了，我都有孩子了。矮个女孩说，啊对，我都忘了。

到了站，三人下车。长途汽车站人很多，人的行李也很多，声音很大，人们不知因为什么相互呼唤着，叫嚷着。有不少蹲在路边吃东西的人，嘴里冒着热气。高个儿女孩去给矮个儿女孩买了票，她要回阜新了，她说。霍光说，你一个人从阜新来？矮个儿女孩说，是啊，我给姜丹姐写了信，她就来接我了。高个儿女孩说，她的信里有不少错别字。矮个儿女孩说，是你先写信给我的。车快来了，他们排在队伍的末尾。矮个儿女孩对霍光说，你也给我写信吧。霍光说，我没写过信。矮个儿女孩说，你说你现在识字了，一定可以写信。霍光说，我认字，但是很少写字。高个儿女孩说，你别理她，她会写信之后，见人就让给她写信。矮个儿女孩说，我经常写错字，只要对方能懂就行。我的地址，你背一下，阜新市岐山西路二里三号，马小千收，邮编110035。霍光没有回答。马小千登上了长途汽车，坐在了自己的位置，她从窗户看着他们，窗户冻死了，拉不开。她冲他们摆了摆手，车就开动了，她笑了笑，然后把脸扭向前方。

霍光说，我也走了。高个儿女孩说，你会给小千写信吗？她见过他，也许有一天她可以把他画出来，他不应该让她活下去。只需要一会跟着她，找到她的住处，再耐心地等待一个好时机就可以清除危险。还有另一个女孩，一分钟之前他让她上车走了。他说，我走了。说完他转身走开，他越走越快，把脚下的雪踩得吱吱作响。他感觉到风已把他彻底吹透了，心里有一种令他舒适又苦楚的东西在向外翻腾，他不知道那是什么东西。拐过一个路口，他飞跑了起来。

七

剑在梨花木匣子里，匣子在保险柜里，保险柜是黑色的，靠在墙上，里面只放了这一把剑。宋百川冥想的时候总感觉心神不宁，这是从未有过的情况，过去他只要来到这个密室，内心很快就可以平静下来。他和霍光还偶尔见面，但是这个地方霍光再也不来了，他觉得奇怪，也问过霍光，什么时候把宝剑拿回去？霍光经常不予理睬，尤其是霍光第二次从 S 市回来，关于剑的事情就更加不提了。又过了大概八九个月，密室里的佛像开始脱皮，有的从佛身开始，有的从佛头开始，佛像的里头竟然颜色各异，原来它们是一层一层的，这是太令人兴奋的发现，好像过了上千年，他们终于感到了热。人有千面，佛有千层，在之前他听说过这样的说法，没想到真是如此，他不知道是最开始泥造之时古代的匠人掌握了这种工艺，还是随着时间的流转，石佛自己产生了变化，是一种物理现象，还是一种生命现象，他搞不清楚。蜕下来的石层很快就变成了粉末，里面的颜色光艳如新且有着不同的纹饰。他把粉末分成几组，编号，对应着原来的佛像储存起来。他给新佛像拍照，因为他相信它们还会脱落下去，每一层都需要记录下来，要不然就失去了珍贵的证据。

　　一天晚上，宋百川从一个应酬上回来，喝醉了酒。之前他的酒量一直很大，喝得再多也不会失态，也不会多言，只是感觉到兴奋，身上有使不完的劲，人生还有许多事情可以做，很多地方可以去。现在他的酒量下降了，之前他选择酒会很谨慎，无论是威士忌还是茅台，都要看一下年份。现在只要喝了一点之后，他就什么酒都喝，一直喝到后脑勺发麻。他叫来司机，让他把自己送到密室。他已经大概一个月没有来了，他开门进去，把所有佛像检查了一下，没有丝毫变化。他坐在地上想要休息，可是脑子不停地转，不让他休息。他感觉到自己不是自己，他的眼前出现了一座石桥，相当古朴，相当坚固，是中午时分，艳阳高照，现在已经绝种的植物密布在河两岸，他叫不出名字，风一吹倒伏在地，一条龇牙咧嘴的大狗从树丛中跑过，身上刻着金色的铭文。他意识到自己躲在桥下，准确地说，是悬挂在桥的底部，清澈的河水从他的身下流过，河底的泥沙都清晰可见，鱼儿发出嘤嘤的叫声。他在等待什么人。宋百川站起来走到厨房，喝了点水，然后洗了一把脸，他走回原来的房间，躺在地上，桥底就在他头上，温润的青石间有一些苔藓，像肺叶一样张合。他听见一列车辇行过桥上，有一个伶人走在队伍最前面，唱着曲子。他听不懂歌词。他想打电话给霍光，问问他该怎么办。他开始攀爬，然后翻身上桥，拦在车队前面。车队缓缓停了下来，伶人还在唱着，腰间挂着一只鼓，就在他的面前。

　　一个人从车上走下来，他知道此人应该是这一队人马的核心人物。他认出这人是衰老的自己，这可把他吓了一跳，这个自己看上去已经八十岁了，脸上的皱纹像菊花瓣一样密集，脖子上也是，还有不少褐色的斑点，白而枯的头发盘在头顶。他想起为什么今天会喝醉，是他意识到他和霍光之间有了隔阂，这个隔阂产生于霍光第一次去 S 市之后，霍光莫名其妙地把剑送给了他，至于在 S 市发生了什么语焉不详，然后开始频繁地穿着同一双皮鞋，好像老鼠粘上了捕鼠器一样，那双米色皮鞋永远在他脚上。他第二次去 S 市回来之后，他们之间的隔阂加重了，他们见面的次数开始减少，霍光似乎变得年轻了，或者准确地说，是在向着他们认识之前的那个他完全不了解的人回落。他待在北京的时间越来越短，宋百川并不知道他去了哪里，见了什么人。他似乎在周游，宋百川曾想找人跟踪他，看他是不是有了固定的女友，但是这种方式太过危险，一旦被他发现，后果将相当严重，而且似乎情况并非如此。这两年他明显感觉到霍光衰老的速度减慢了，而他自己的白发开始增多，睡眠不好，开始酗酒，有些熟人的名字到了嘴边就是说不出来，让他干着急，视力也不如以前。他不知道是因为他的老去从而跟霍光疏远了，还是反过来——跟霍光的疏远导致了他加速老去。过去那么多年太依仗他了，宋百川心想，早知如此当年在四合院就应该把他赶走，或者在后来的某个节点，找一个不知天高地厚的马仔把他除掉。现在我已投入太多了，来不及了，就像一匹老马已经熟悉了自己的辕。老去的自己说话了，你是谁？为什么要挡在这里？宋百川说，我是你啊，你仔细看看，你要干什么去？为什么要从桥上经过？那人说，哦，我要去赶一个集市，那里非常热闹。宋百川说，我怎么不知道这里还有这么一个热闹的地方。那人说，有的有的，你看我的戏子，他已经等不及了，磨了我一个月的时间要去那里看看。你背着什么？宋百川回头看了一眼说，一把青铜剑。那人说，原来是你，我上了桥就听见了。宋百川说，你听见什么？那人说，一把剑。这把剑跟你没关系，扔到水里吧。宋百川有点生气，他说，怎么跟我没关系？过去几年它一直在我的保险柜里。那人说，你看见我还不明白吗？你过去是个平庸之辈，老了也是个平庸之辈。看热闹可以，热闹是别人的，不是自己的。宋百川说，放屁，我干了多少事，养活了多少人，你摸摸我的衣服，一点汗水都没有。我活得既热闹又清闲。那人说，你还记得霍光吗？宋百川说，怎么不记得？我的跟班。那人说，是你在跟着他，他走了，你就会变成我。宋百川说，他是我捡来的无名氏，我让他活着他就活着，我让他死他马上死。那人说，顽固不化，躲开，不要挡我的路，市集就要开始了。伶人附和道，是啊，市集就要开始了，有酒，有花，有鼓，有糖，有姑娘，有小伙子，还有一伙唱经的大和尚。宋百川拔出青铜剑说，我先杀了你，再杀霍光，看我之后活得多快活。说着他冲过去一剑把伶人劈成两半，又一剑把那人的头砍了下来。那头"咚"一声掉在桥上，滚了一米多，不动了。

宋百川睁开眼睛，发现身上的衣服已经湿透，大腿内侧粘着一团冰凉的黏液。他感觉到一生的力气用完了，手上拿着青铜剑，自己忘了什么时候从保险柜里取出的，怎么输入的密码。拿剑的胳膊还在发抖。面前倒了两尊佛像，一尊佛像身上多了一道剑痕，但是没有被劈开。另一尊佛像的佛头掉了下来，在他脚边停着，因为滚了半圈，所以双眼成了一条竖线，好像歪头看他。它抿着嘴唇，面带微笑，当他看它时，它"哗啦"掉了一层面皮，里面的那张脸相当严肃，没有表情。

八

褚旭的琴快要弹完的时候，姜丹回来了，跟他一起回来的还有一个男人。褚旭用余光看了一眼，没有说话，老师坐在旁边轻轻哼唱着。褚旭比李页想象的要强壮一些，肩膀挺宽，家里开着空调，他还是只穿了一件背心，露出两条圆粗的胳膊。在路上时，姜丹和李页一直说着话，突然她说起了父亲姜卫刚和继父杨道林，她一点点都跟李页讲了。他没有想到姜丹的人生里有这样的故事，尤其令他意外的是，当年跟他在一块的时候，她也并没有告诉他自己的生父死于凶杀，而重逢的第一天却讲了出来。他说，你为啥今天告诉我？姜丹说，就是觉得你应该知道一下。我设想过，如果我还有机会见到你，就把这件事情跟你说。过了一会，他开始讲他跟她分手之后的生活，包括抑郁症，包括卖画，包括漂泊，包括后来做了摄影师。在等一个红灯的时候，李页吻了姜丹。姜丹迅速把头转向他，接待了他的吻。他感觉到姜丹口腔的热度和香味，过去也是如此，姜丹的嘴里总有一种香味，吃了什么东西都掩盖不住，像是有一片新抽的叶子捣碎了，一直在嘴里嚼着。他用舌尖碰了碰她的舌头，她也碰碰他的，后面的喇叭响了一下，她扭回头，驶过了斑马线。之后两人半天没有说话，李页激动的心情逐渐平复下来。这是他要永远在一起的女人，无论如何也要跟她一起度过余生，他希望自己先死，这样就不会遭受再次失去她的痛苦，也不会因为怨恨生活而跌入地狱。

　　姜丹说，去哪？李页说，听你的。姜丹说，你可以见见我儿子，他今天在家。李页说，好，找一个商场，我给他买个礼物。姜丹说，不要太贵，意思到了就行了。李页说，我不知道他喜欢什么，你帮我参谋。两人把车停到商场的地下车库，在商场里逛了一会，一边逛一边闲聊，每当李页说出前半句，姜丹总是能领会后半句的意思，反之亦然。上扶梯的时候，姜丹挎住李页的胳膊，李页忽然想起他曾经给姜丹买过一个草帽，在颐和园的烈日底下。他的心揪紧了，眼泪差点流出来，他努力使自己平静下来，身体放松，感受姜丹的步伐。李页给孩子买了一个美国队长的盾牌，可以变形成为一把枪，他从来不看超级英雄电影，但是美国队长和他的盾牌他还是知道的，三百多块钱，姜丹对这个选择很满意。两人又推车在超市里转了一圈，买了些吃的和日用品。姜丹在超市的门口看到了一个卖朝鲜红参的柜台，说要买一盒送给李页的母亲。李页说，她不会吃的，她觉得自己身体很好。姜丹说，你寄给她，她不吃也会高兴的。等天气凉快点，你让她到北京来住几天。自己一个人很没意思的。李页说，她每天跟邻居打牌，自己记账，安排得很满。姜丹说，打牌就是没意思才会干的事儿，两边住住好一些，人老了，身体每天都有变化，摔倒了别人都不知道。结账时姜丹没有让李页付钱。

　　两人回到车上，李页说，你妈和你后爸现在咋样？她说，两人几年前就基本分开了，不在一起住。李页说，为啥？姜丹说，没啥，就是不在一起住了，我后爸在家的时间很少，他退休之后到处走，老是在路上。李页说，旅游？她说，不是，找人，找当年杀我爸的那个人。李页愣住了。姜丹说，他当年答应我一定把这个人找到，你把安全带系上。李页说，你们还联系吗？姜丹说，偶尔打个电话，他跟我说一下进展。其实进展很微小，现在 DNA 的技术发展很快，当年的案犯没留下什么东西，所以基本无法比对，只是知道他的脚比较大，在四十四码左右。过去我和他都有一种感觉，这个人在我们心里萦绕太久了，即使不知道他长什么样，但是只要见到，就会认出来。后来我意识到这是一种幻觉，是一种自我蒙骗。他不这么想，他一辈子抓过不少人，但是最想抓的人没有抓到。你是不是觉得他疯了？李页说，没有。姜丹说，我也觉得没有，他非常正常，只是有点固执，也是退休了没事干，这件事情正合适他发泄精力。他说有一次几乎已经找到了凶手的住处，就在北京。你记得 S 市的侯成宾馆吗？使领馆旁边那个，现在拆了。案发前一天有一个人在那住了一晚，用的身份证是假的。有一个受害者，倒卖古董的，家里有一个电话本，上面有一个人叫光，传呼机号是北京的。他把电话本上所有人的电话呼机都打了一遍，只有这个呼机号作废了。他认为这两个人是一个人，他在北京转悠了好几年，没收获，现在又去别的地方了。李页说，你记得也很清楚。姜丹说，实话说，如果现在有人可以烧毁我脑中的这段记忆，我马上接受。现在我不爱接他的电话，他也知道，但是只有我能跟他聊一聊了。我经常想，就当我爸在我十二岁那年病死了，谁也怨不着，这样想就好多了，所以我当年也不算骗你。

　　褚旭的钢琴老师是个中年女人，面相慈祥，其实非常

严格，笃定自己的学生要超过别的老师的学生，恰巧褚旭
也是一个非常要强的孩子，两人碰到一块，总是从争执开
始，从讨价还价开始，然后平稳，最后进入一种疯狂的操
练。李页看见褚旭的脖子后面都是汗水，剪得很短的头发
一根一根亮晶晶的，他的双手时而抚摸着琴键，时而用力
按下，身体前倾，好像要跳到钢琴上，老师的身体也随着
他的节奏摇摆，两人好像在同一场惊心动魄的龙卷风里。
进门时，姜丹示意他把礼物藏进门旁的衣柜。姜丹说，家
里有啤酒，你喝吗？李页说，不用，我喝点水就行。他坐
在餐桌旁边，没有坐在更远的沙发上。姜丹简单换了一身
衣服，一身运动服，站在褚旭后面看他练琴。褚旭回头说，
妈，我也想喝水。姜丹给他倒了一杯，他拿起来一口气喝
完。李页心想，这是她跟另一个人生的孩子，但是我为什
么这么喜欢他呢？他看起来真的不错。这个房子不大，很
舒服，家具的数量和距离都刚刚好，李页接着想，也许是
没有成年男人的缘故，家里气味清新，更像家一点。餐桌
上方有一幅画，画的是两只石榴，成熟的石榴，敞开着，
是印刷品，李页盯着看了一会，画得真差，但是放在这里
非常合适。最后再完整地弹一遍，老师说。李页想，如果
他不喜欢我，我就走。姜丹会解决这个问题。下次来我可
以带上我的照相机，让他玩玩。他不会喜欢，真蠢，你的
破相机算什么玩具，李页努力回忆他在这个年纪喜欢什么，
送他一只小狗吧，我小时候一直想要一只小狗，一直没有

得到，直到有一天觉得养狗麻烦了，再也不可能养狗了。送他一只小狗准没错，一只拉布拉多，大鼻子，小眼睛，有劲儿的尾巴，浑身黑得像泥鳅。我也有父亲的，李页心想，要不然我何以存在呢？但是他想不起父亲的样子，在他很小的时候，父亲就离开家了，再也没回来过，跟姜丹的父亲不一样，姜丹的父亲还活着，他的父亲现在是不是还活着，他不知道，应该还活着吧，在某处生活着，衰老。他就是受不了这一切了，然后离开了。是他小时候惹人厌了吗？还是母亲的性格太强硬，还是他爱上了别人，没人跟他说过。母亲从来不提他，他记得他懂事之后问过一次，母亲的回答是，他就是走了，带走他所有的东西，不回来了。他下定决心长大绝不做父亲，其实最近几年，他注意过养老院的广告，他也相信养老院发展的速度，未来他住进去的时候条件应该会是不错的，就像是小时候住校，像一个大家庭。

这是之前的想法。

你给我买了什么礼物？他抬起头，褚旭站在他面前，几乎跟他坐着一边高。我妈说你给我买了礼物，在哪？李页说，你给我背一首诗，我就给你。褚旭说，那我不要了。说完他转身要走，李页说，别忙，我拿给你。他从衣柜里拿出盾牌递给褚旭，褚旭马上打开玩了起来。能变形，他看了一眼李页说。李页说，可以变成激光炮，只要被打到就会变成粉末。姜丹把老师送出门，然后切了一盘西瓜放在他们旁边，看着他们。褚旭说，你的武器呢？李页说，我没有武器。褚旭说，你没有武器我们怎么对战？李页说，我家里有把宝剑，切金断玉，但是我没带在身上。褚旭说，吹牛，你现在去取来。李页说，我家离这挺远，要不然你借我个武器。褚旭想了想说，也行，你等一下。他跑到自己的房间给李页拿了一把小巧的玩具手枪，感觉是他三岁时的玩具，褚旭说，你用这个吧，我爸给我买的，别看它小，其实威力很大，能打穿甲弹。李页说，好，各自找一个基地，现在开始？褚旭说，我挑厨房。李页说，那我在厕所，厕所在哪里？姜丹用手一指说，那个门就是，厕所滑，你小心点。两人隐蔽好，开始对射，由远距离射击逐渐演变成近距离肉搏，满屋子跑，褚旭大笑着，声称自己从未被击中，而李页已经千疮百孔。李页后来跑不动了，开始装死，非常逼真，褚旭怎么痒他他都不动。李页学着机器人的声音说，我已变成粉末。褚旭说，你骗人，你还很完整呢。李页突然跳起来要抓他，他用力过猛，把褚旭一下拉倒在地上，后脑勺结结实实撞在地板上。李页吓了一跳，看了一眼姜丹，姜丹正在做饭并没有看见。褚旭站起来撒腿就跑，又跑回了自己的基地里头，好像完全不疼。

　　吃完晚饭，褚旭要做作业。李页说，我走了，改天再来找你玩。褚旭抬头说，你别走。姜丹说，叔叔明天要工作，今天要早点休息，你写完作业就得睡了。褚旭说，我睡了你再走。李页说，好。写完了作业，姜丹给褚旭洗澡。

李页轻轻在屋子里走了一圈，走到阳台从窗户往外看，阳台的晾衣架上晾着姜丹的胸罩和褚旭的游泳衣。楼层很高，底下的园区看不清，对面的楼上还有灯在亮着。他从来没有过像今天这样的感觉，生之喜悦，伴随着微醺一样的倦怠，也许小时候有过，但是他忘记了。他意识到自己快要四十岁了，大部分时间过得很苦闷，就像是一个人在黑夜走着，看见亮光就马上跑过去，是一堆篝火，可是人已散，火马上就要熄灭了。他哆嗦了一下，转身坐回到餐桌旁边。过了大概二十分钟，姜丹从卧室走了出来，说，他有句话要跟你说。李页走到卧室门口，褚旭穿着一件裤头站在床边，手里拿着盾牌，说，我想看看你的宝剑。李页说，宝剑不好玩，我送你一只小狗怎么样？褚旭说，不要小狗，就想看宝剑。李页说，还有小朋友不喜欢小狗的？褚旭说，我就不喜欢，小狗很臭。李页说，好吧，改天我拿剑给你看。褚旭说，哪天？李页说，明天如何？褚旭说，说话算话？李页说，说话算话。褚旭不再看他，抱着盾牌跳到漆黑一片的床上去了。

　　褚旭完全睡着的时候已经将近十一点，姜丹也同他一起睡着了，讲到一半的绘本还拿在手上，衣襟散开，露出一截腰部。李页把他们房间的灯关掉，又检查了一下厨房的水龙头和卫生间的喷头，都拧好了。他坐电梯下楼，打车回到家，从房间里拿了一瓶冰啤酒大口喝下，然后洗澡上床。他马上睡着了，一点也没有耽搁。

九

小千你好：

见面时我跟你说了，我认字不会写字。我没给你写信，因为我在练习写字。我学会了一些，但是写得不太好，这种东西好像不能一下子就写得很好，所以这里头有一些错字，如果不影响你理解我的意思，那就很好了。信这种东西很难让别人帮我检查。

我姓霍，很高兴认识你，如果你收到了信，请你给我回信，地址在信封上。

霍

霍你好：

我太开心了，收到你的信。你多少岁了？我觉得太有意思了。我有两个姑姑，一个奶奶，我爸死了，我妈妈早就不见了。希望你能做我的朋友，我还跟你见过的姜丹姐姐通信，可能是她最近学习忙了，不再回我的信了。她的爸爸也死了，跟我爸爸一起，所以她找到了我，给我写信。我这里有一座大煤矿，我的两个姑姑都是矿上的，但是她们不挖煤。你是做什么工作的？你有爸爸妈妈吗？他们会给你讲故事吗？我喜欢听故事，没有人给我讲，我就自己在脑袋里想。想的时候很好，想完就忘记了，如果有人讲我可能就可以记住。

　　我查了字典，你只有两个错别字。你的"理解"两个字写得不对。下次加油吧，我不会的字就先用拼音，然后再查字典。你也可以试试。这是我写过最长的信。

　　　　　　　　　　　　　　　　　　　　　小千写

小千你好：

　　你喜欢读书吗？我像你这么大的时候，就没有书读了。现在我又开始读书，为了学写字，我还买了教材。上次我说不要把我们通信的事情告诉你那个姐姐，长大了你可能就会知道，人都有不想告诉别人的事情，可能没有什么特别的原因，就是不想让别人知道自己的事情，相信答应我的事情你是可以做到的。北京越来越热了，到处都是柳絮，飞到人的嘴里，很让人恶心，但是远看是觉得很美的。北京的春天是一个可有可无的季节，就在夏天的嘴巴里头，我没有找到更合适的描述，不知道这样说你能明白不。我的工作比较清闲，你不用怕耽误我的工作，给你回信是一点也不浪费时间的，不是每一个大人都像我一样有时间，每个人都不一样，不用担心。这次我给你讲一个游泳的故事，它是真的，我尽量把它讲得更像真的。有一次我走到一个地方，有一个水塘，那天很热，周围一个人都没有，我就脱光了衣服下去游泳。游了一会下起了暴雨，雨越下越大，我游得更舒畅了，这时不知从哪里跑来一条狗，也跳进来游，好像它也挺长时间没有洗澡了，我们俩就一起游了一会，那条狗很大，我还趴在它背上，它驮着我游了一会。游了挺久，我们都没劲儿了，雨也停了，我俩就都上了岸。我想烤火，找不到干的树枝，那条狗好像明白我的意思，不知从哪叼来了干树枝，我就生了一堆火，不一会就把我们都烤干了。我好几天没吃东西了，又游了泳，我想应该把这条狗吃了。我就从包里拿出刀子，把它按在地上，准备把它的脖子割开。它看着我，我不知道你明白不，它看着我，以为我在跟它玩，一动不动等着。我就打了它两拳，把它放了。之后我又饿了几天，差点饿死，我吃了松鼠和泥鳅鱼，才活了下来，我差点饿死，但是我没吃那条狗，快到走出那片林子的时候，我又看见了那条狗，可能它一直在跟着我，我叫它过来，把它吃了。那是一条棕色的大狗，毛很长，一处都没有打绺，有四十斤。这就是游泳的故事。

信里这三百块钱是给你买书和衣服的，如果你看见什么好看的衣服就买吧，如果你姑姑问你钱是哪来的，你就说是你爸爸的朋友寄给你的，如果她们想拆开我们的信，我就不会再寄钱，如果她不拆，三百块里可以给她们一百。如果她们告诉别人，我也不会再寄了。

信里的邮票是给你用的，回信时可以多贴几张邮票。

霍

霍你好：

　　你的故事很吓人，跟我脑子里想的故事不一样。我能明白你的意思你相信吗？有时候我奶忘了给我做饭，我饿了一天，就想偷东西。我跟你说实话，我偷过几次东西，我的邻居玉奶奶她卖雪糕，就在我们家的胡同口。她会睡着，我觉得可能还是她起床太早了，她就坐在板凳上睡着了，她的钱匣就在雪糕箱的旁边，木头的，有两个小门，一边是十块钱，一边是零钱，我从来没拿过十块钱的，我只拿零钱。我能想明白你的意思。这是你给我钱之前的事情了，现在我不偷了，我拿钱去她那买雪糕，有时候一次买两个。我昨天在学校里打架了，她们三个打我一个，我把其中一个人的衣服抓烂了，还把另外的一个人的眼睛捅伤了。我还想用笔扎她们，但是笔后来掉在了地上。我考试总是考不好，我经常溜号，我控制不住自己，总是溜号，老师也不喜欢我，因为我考试不好，还喜欢打架。她叫我的家长来，她们也从来没有出现过。你知道吗？有时候我觉得自己挺孤单，我爸爸活着的时候，我不孤单。他会给我做饭，给我洗衣服，给我讲故事，有时候还会陪我跳皮筋。他不是很喜欢说话，但是很勤快，现在我住的家里太脏了，我爸爸很干净，出门的时候总是梳头。他死了两年了，我还记得他的样子，一点也没有忘。他要是活着该多好啊，我就不需要任何人了，我不明白他为什么会死呢？那天他出门的时候还活着啊。

　　如果有一天你也消失了，不再给我写信了，我也能明白的，你为什么要给我写信呢？我要是你我就不写，我去干别的更有意思的事情。如果你还想写请接着给我写信，写到真的不想写了为止，行不行？

　　　　　　　　　　　　　　　　　　　　　小千

小千你好：

　　听说你要上初中了，我为你高兴。你问我上初中会是什么样，我不知道，我没上过，所以无法告诉你。但是我告诉你，初中会比小学好，因为初中只有三年，三年之后就可以上高中，高中也是三年，之后就可以离开家上大学。如果不想上大学，就可以去做别的，因为那时候你已经长大了，谁也不能控制你了。不过我还是觉得上大学比较好，我认识一些上过大学的人，他们看上去都比较好，他们在大学的时候会认识很多朋友，将来大家可以互相帮助，他们会有一个通讯录，上面写着电话，如果有困难就打上面的电话。因为给你写信，这些年里我涨了一些知识，不写信的时候，我自己也会看书，我感觉很好，跟过去的感觉完全不一样，知识是很好的东西，写书的人他有知识，看书的人即使没有，也可以通过书跟他交流，他不会瞧不起你，或者摆一个架子，因为他的东西就写在书里，今天看，明天看，他都在那里写着，态度不会变。书里还有很多故事，比我跟你讲的精彩很多，我之前一个人待着的时候就是待着，我可以一动不动地待着，现在我看书，我有了事情干，这种感觉很不错。书店来了新书好书，我就排队去买，在之前我不敢想象我会做这种事情，我现在会做。这是因为你的帮助，具体怎么回事，我也说不清楚。你现在很反感书本，将来有一天也许你会喜欢的。前两天我整理了你给我写的信，有好多，这三年你的信越写越好了，你长大了。我也长大了，只是往小里长大。我不能再给你讲故事了，你已经马上上初中，是个大孩子了，你应该自己去看故事了。这次给你的钱，我希望有两种用途，一是给你买一辆自行车，因为你跟我说过，初中要比小学远很多，你买一辆好一点的自行车，永久或者凤凰的都可以，不要光看外表，要骑一下试试。不要买变速的，变速的很容易坏，尤其在冬天。二是你去你们市的图书馆办一张借书证，想看什么故事就去借，借书证很便宜，押金需要一些钱。

刚上初中的时候可能会有一些不适应，所有人你都不认识，也许你还会跟人打架。这没什么关系，如果打架的话，你往对方的脸上打，把自己的脸尽量躲开，身上挨了多少拳都不要紧。因为第二天脸上受伤的人别人就会认为挨了打，身上的伤别人是看不见的。吃了亏也不要去跟老师告状，不要做一个告状的人。文具盒买一个铁的，不要塑料的，有时候打架会用得上。

我最近会出差几天，你的信到了我可能不在，回信可能会晚两天，不要担心，我一回来就会给你回信。

霍

霍你好：

今天我奶奶去世了，她们把她从医院拉回来，她死在了家里。住院的时候医药费我出了三分之二，她们出了三分之一，她昏迷了一个月，都是我在花钱。我觉得只要她活着，就有意义，可是后来她的屁股出了一个大窟窿，死的时候跟床单粘在一起了，我不知道自己这么做是不是对的，是我太自私了吗？我的两个姑姑继承了她在S市艳粉街的那个小房子，肯定不会有我的份，我也不会去问她们要。她临死前把眼睛睁开了一下，看了我们一眼，看了看屋子，我觉得她很失望，这不是她真正的家，但是她只能死在这里，我知道了，当人死的时候，她的选择就很少了，除非她是一个很重要的人。我还活着，我还能选择。我不想待在这个地方了，你让我等到高中毕业，我等不了那么久了，如果奶奶活着，即使她是糊涂的，可能我也能等下去，她会给我讲我爸爸小时候的事情，我小时候的事情，她只记得这些，对我已经足够了。我没有告诉你，有一件事情我一直没有跟你说，其实我一直在上夜校，教表演的，表演培训班。你让我看书，我真的看不进去，我不是念书的料，我只爱看电视剧，看电影，我喜欢王姬，喜欢姜珊，喜欢小燕子，我做梦就是她们，我跟她们一起吃盒饭，一起拍戏。我怕我告诉你，你就不给我寄钱了。我不想再念书了，我想去北京，我能吃苦，老师也说我有表演天赋，不管你信不信，我真的有。你能接我一下吗？帮我找一个住的地方。或者如果你方便的话，我先睡几天你的客厅？我想你家应该挺大的吧。距离上次见面已经六年过去了，也许你接我的时候认不出我，我在这封信里放了一张我现在的照片，是我在夜校排《日出》时照的，我演的人物叫小东西，不是最主要的，但是很重要，你看了很多书，应该知道这个故事。我没有化妆，你应该可以认出我。

我确实挨不住了，请你尽快回信给我，我就买票了。我想你也应该愿意见到我吧，是我的幻想吗？如果你没时间接我，我可以直接去你家找你，我有你的地址，毕竟我们是朋友，对吧？

小千

小千好：

我的地址已有变化，我搬家了，勿来。你瞒着我的事情，我没有生气，但是我很惊讶。我没法接待你，我的工作很忙。我不会再给你寄钱了，过去寄的钱也不需要你还给我。

霍

霍你好：

之前写的几封信都没有回音，我知道你确实搬家了，不会再给我回信了，或者说，我们就这样失散了。这是我给你写的最后一封信，当然你是不可能收到的，不过我还是要写，寄到原来的地址。我来北京了，我现在刚刚出站，我找了一家邮局给你写信。我期盼的奇迹没有出现，你没有在月台或者站外面等我，我记得你的样子，我找了一大圈，又等了挺长时间，你没有出现。我明白了，往下就靠我自己了，谢谢这么多年你一直在帮我，没有你我不会是现在的我，我一直依靠着你的信活着，其实你不知道，你的信比你的钱重要一百倍。现在你没有了，我还得活下去，不是吗？我身边的人一个个失去了，我还得活下来，北京这么大，有这么多人，我应该可以找到一个自己的地方。我哭了，我喜欢的人为什么都要离开我呢？是我有什么问题吗？是我爱别人爱得太多了吗？你给我一点点东西，我可以回报你很多，为什么你还要消失呢？算了，没关系的，如果我们还能见面，我会原谅你的，真的，在之前我会自己努力，我会非常努力的。

小千

十

　　快到晚上的时候，李页醒了。前一夜他睡得很好，没有做梦。上午处理了一些手头的工作，定了几个拍摄的时间和地点，多年来他都没有助手没有徒弟，所有事务性的工作都由自己打理，工作时设备也全由自己背着。然后他回了几封邮件，马小千的那期封面反响非常好，在几乎已经完全商业化的时尚杂志圈子里引起了一些波动，一个常年默默无闻且年龄已不小的女孩登上了重要杂志的封面，散发出令人惊奇的魅力。她是谁？她做过什么？她下面的时间怎么安排？很多人在问这几个问题，她为什么如此美丽？她的皮肤不太好，瘦小不性感，面容也有些悲戚，眼神里散发着难以捉摸的戏谑，为什么无法把视线从她身上移开？下午的时候李页躺在书房的躺椅上看了会画册，跟姜丹通了几个微信。今天姜丹学校没有课，但是下午要带褚旭去顺义参加一个钢琴比赛，大概晚饭时候可以到家，李页跟姜丹说她们比赛结束时告诉他一下，他从家里出发，大概四十分钟就可以到。姜丹说如果他忙的话，她可以在褚旭睡后，到他这里来找他，李页说他一天的工作已经基本做完了，而且还答应了褚旭今天要再见面，他会在他睡前赶到。姜丹询问了他对褚旭的印象，当然是从对褚旭的批评开始的，以此诱导李页说几句。李页诚实地说，他很少跟孩子打交道，但是他很喜欢褚旭，他让他想起了自己的小时候，他看他弹琴的样子就想起了自己小时候画画，经常也光着脊背。之后姜丹问了问他晚上想吃什么。李页没有思路，他让姜丹自己决定，两人商量了一下，决定用电磁炉吃火锅。下午四点左右的时候，李页在躺椅上睡着了，通常他会在这个时间小睡一下，这天也不例外，醒来时已经五点多了，他看了一眼手机，姜丹没有微信来。这个时间从顺义回来应该是非常堵车的，李页突然感到有些焦躁，他喝了点水，在屋子里转了转，决定提前出发，平时这个时间他会在园区里跑步，今天他决定骑共享单车去姜丹家，他看了一眼导航，骑车大概需要两个多小时，挺好，他心想，那个时间姜丹和褚旭正好到家。

李页开始整理自己的背包，这个背包他背了好几年，每个东西应该在什么位置他非常清楚，但是临出门之前还要用手摸了一遍。他想起跟褚旭的约定，他站在客厅里想了一会，把宝剑从书房里找了出来。这是他第一次仔细看这个东西，剑套是特制的，上好的黑牛皮，因为用得久了，皮子已经非常绵软，但是没有一点破损之处或者磨得发白的地方，依旧有光亮。剑匣比剑套更古旧一点，应该也是后人所造，梨花木的，有钢铁的折叶和锁扣，打开剑匣，宝剑就在其中，比他想象得短小、宽阔。在他脑中青铜剑总是狭长的，这把剑不长，全长大概七十公分，剑茎占去了大概三分之一，剑身比一般的长匕首长不了多少，最宽的地方有十公分，以非常柔和的曲线收紧在剑尖，厚约一公分，像一块上好的牛排。拿在手里，握感极好，重量在三公斤左右。剑茎一侧有一个"让"字，另一侧有一个"智"字，都是篆书。他把包里的东西整理了一下，身份证和门卡揣在兜里，其他东西不带，然后把剑背在身上，下楼。他在小区门口扫了一辆黄色的单车，调试好座椅的高度，骑上出发。从酒仙桥，他骑到了霄云路，然后右拐，向西骑去，沿着东风北桥，骑往海淀方向。太阳正在西垂，但是还是很热，他的汗一直从鼻子流到胸口。夏天正在流逝，到了这个时间，就像有人抽走了夏天的鱼骨，肉固然美味，已不是那么劲道。北风带着一点凉意吹拂着李页的身体，他已经好多年没有骑车了，觉得骑车极舒服，甚至可以一直骑到香山去。到了一个路口，他停了下来，等了两个信号灯也没有走。昨天晚上马小千给他发了一个微信，微信的内容是：李页老师好，前阵子一起工作特别愉快，谢谢你给我的帮助，我都明白。不知道你这两天方便不？到家里来坐一坐，我明天后天晚上六点之后都在家。地址在国贸新城 29 楼号 7 单元 301。拍摄那天我可能有点不太礼貌，那是因为我觉得你挺有意思，你明白不？

　　李页掏出手机看了一下，姜丹还没有给他发微信，这个时间她应该坐在一个大厅里，听一个一个孩子弹琴，等待褚旭上场。她的心里应该全想着这件事情。他感觉到自行车车座的坚硬，心脏剧烈地蹦跳了一下。他给马小千回了一个微信：我半小时之后到。发完之后他重新设计了手

机的导航，继续骑行。我把她拍得很美，我应该获得一次
聊天的权利。

　　大概二十分钟之后，他到了国贸新城的大门口，锁好
车，进入了小区。29号楼的位置比较偏里，需要走过一片
小草坪，他走了一会才找到，楼旁有一棵高树，枝叶茂盛，
几乎倚在住户的窗户上，目测大概有十米。他按了门禁呼
叫，没有人应答。有点奇怪，李页心想，微信她也没有回。
也许她睡着了，那贸然上去是不是有点不妥当？几个韩国
人出来了，好几个孩子在前，两个家长在后，大声说着韩
语，一个孩子跑得太快差点摔倒。李页拉住门让他们走过，
男主人用中文说了一声谢谢。李页点点头走了进去。电梯
挺宽敞，楼道也非常整洁，一看就是非常成熟高效的小区。
李页按了门铃，没人开门。他又敲了敲门，趴在门上听了
听，一点声音也没有。可能是她的安排临时有变，现在出
门了。他准备离开，忽然发现门口有一个棕色鞋柜，三层，
简易的拉门，他拉开了最上面的一层，只有一双鞋子，一
双男鞋，黑色皮鞋，尺码很大，看上去不是四四的就是
四五的。他用三根手指拎起鞋的后帮看了看，这双鞋穿了
有一段时间了，鞋的前部形成了自然的脉纹。鞋底子上有
泥，他用另一只手摸了一下，是新泥，还有一根草。他抬
起自己的脚看了一眼，然后把皮鞋放回原处。

　　李页趴在门的底下往里看，什么也看不到，房间里的
门口有地垫，把缝隙完全挡住。他站起来敲门，用了不小

的力气，声音回荡在走廊里，马小千在家吗？马小千你在吗？他大声问。门开了，一个中年男人站在里面，穿着白衬衫和牛仔裤，身材高大，他说，您是哪位？李页说，我是马小千的朋友，她在家吗？男人说，她下楼买东西去了，马上回来，您请进。李页犹豫了一下，然后走了进去，客厅不大，布置得很精心，一瓶没有打开的红酒放在餐桌上，上面还系着彩带。厕所在他的对面，厕所左边应该是卧室，门紧闭着。客厅的窗帘没有拉开，屋里亮着灯。李页努力让自己冷静下来，能够思考。他把剑套摘下来放在餐桌上，餐桌上放着一部手机，手机壳上画着一个小姑娘用线牵着月球。男人在盯着他看，又看了看剑套。男人说，你是小千的哪种朋友？李页说，不好说，你呢？男人说，我们认识很多年了，中间一度失散了，最近又联系上了，挺幸运。男人长了一副沉思的脸孔，以摄影师的角度看，他的四肢比例完美，胖瘦适中，如果说中国有绅士的话，就应该是他这种样子。李页说，她下楼没带手机？男人说，好像是吧，好像是。李页说，没带手机怎么买东西呢？男人说，她这么聪明，总有办法解决吧。我给你倒杯水。说完他转身进了厨房。李页使劲喘了几口气，他的脑海中浮现出褚旭在台上弹奏的样子，浮现出多年前在颐和园，姜丹说，如果你想写生，你就去吧。他迅速打开剑匣，把剑拿在手里。厨房的门开了，男人手里拿着一把水果刀，男人说，这剑哪来的？李页说，马小千还活着吗？男人说，我问你，这剑怎么在你手里？谁派你来的？李页大喊，马小千！你在哪？你还活着吗？他一手拿剑，另一只手掏出手机报警，男人扑过来，用刀刺他的肚子，他一闪，手机落在地上，这一刺其实是虚晃，对方的刀接近着横动，李页没有躲开，他感觉自己的小腹一痛，被刀划开了，血马上流出来。李页抱着剑滚向厕所，男人追上来，他回头冲着男人挥了一剑，男人躲开，手里的水果刀立起，刀刃向下，扎向他的前胸。李页觉得像是一块冰掉到了自己的肺子里，他被刺中了。他仰面朝天，男人的脸就在他的鼻子前面，他看见他面无表情，或者说表情跟迎他进门时没有分别，只是此刻在专注地杀他。李页忽然一把抓住男人拿刀的右手，使他不能动弹，另一只手的剑刃挑起，刺进男人的肚子，那一瞬间他感觉不是他的手在操持着剑，而是剑在引诱着手，刺进的一下如此地顺滑，像是分开一块奶酪。他翻身把男人压在身下，剑还在前进，刺穿了地板，把男人牢牢钉在了地上。男人说，稍等。李页觉得自己气短，张开嘴拼命吸气。男人说，小千，火车开了吗？我接你。李页说，什么？男人死了，没再说话。

　　李页爬到卧室门口，拧开了卧室的门。他向里爬，看见了一双洁白的脚，他爬上床，看见马小千四肢都被绑住，嘴上也有封条，一台摄影机在无声地运转着，房间里有微弱的电流的声音。他撕开了封条。她还活着，因为她在均匀地呼吸。李页掏出手机，发现姜丹给他打了十五个电话，他用微信给姜丹发了一个位置和一个语音：来找我，我爱你，再给我一次机会，最后一次。马小千说，你怎么来了？你怎么流了这么多血？你？他把手指放在嘴唇上说，再睡一会，再睡一会。他感觉到自己躯体里的生命前所未有地高涨，血在床的凹陷处形成了一个湖。

香山来客

下午的时候彭克给我打电话，让我过去一趟。我酒醉刚醒，不爱动弹，就问他晚上去行不行。他说我如果想让你晚上来，不就跟你说晚上来了吗？我说，明白，但是我现在走不动。昨天走回来的路上不知道摔哪了，现在后背疼得厉害。他说，那晚上十点左右，应该可以恢复吧？你还能打羽毛球吗？我说，到了晚上看看吧，反正我把拍儿带着。放下电话我从床上起来，煮了一袋方便面吃下，然后躺在沙发上看电视，看一会睡一会，将养到晚上七点，身体还是感觉轻飘飘的，像是没了秤砣的秤杆。小明在屋里乱转，拿头顶我的小腿，我必须带它出去上厕所。下楼之后我才发现已经下过一阵小雪，地上一片肤浅的白色。天又黑又冷，园区里没几个人，我就把绳子解开，让小明自己跑两圈，它马上就从我的视野里消失了，冷空气让它的前腿有点痉挛，跑起来很不协调，像电动玩具。我到北京第二年开始养它，现在它已经七岁了，对小区的地形远比我熟悉，在哪里能找到玩伴也很清楚，我与它的关系一直比较疏离，我养它，它被我养，我们只有彼此，但是这也没什么。最近一年我才发现它在衰老，走路的速度变慢，食量也比以前小了，而我刚到中年，之后大概率会有独处的时间，相比之下现在的时间倒有了特别之处。心情好的时候我会给它做饭，带它在小区的广场上玩飞盘，但是今天没有，我宿醉未消。坐在一条长椅上休息的时候，几个物业的工作人员穿着蓝色的羽绒服，领口露出白色的三角形衬衫领子从我面前走过。他们手里拿着饭盒，应该是已经吃完了，饭盒和里头的勺子相撞，发出叮当的响声。两个女人说着方言，嘴里面冒出哈气。很少在北京看到哈气，我才意识到今年的冬天也许是我来到北京后最冷的一个冬天，远处广场上几个爱跳绳的外国人过去一年四季都穿帽衫短裤，今天上半身也穿上了棉服。

昨晚从九点开始我都是在酒吧度过的，在十二点左右，我到了比较愉悦的状态，身体感觉到暖和，精神感觉到饱满，很多清醒时难以说出的体会，这时都可以轻松地组织语言将其表达出来。跟我一起喝酒的老郑先走了，他过去是一个鼓手，后来因为打架伤了右手腕，再也不能敲鼓了，现在是一个年轻乐队的经纪人。他喝了一会跟我说，我得去看一眼，那边有我的乐队，也许一会可以再回来。我说，你再陪我喝一会，我这是最后一杯了。他说，今天有几个制作人要去看演出，我还得露一个面，如果你乐意的话，可以跟我一起去那边喝。我说，你那个乐队我听过，太吵，唱的都是英文我一句也听不懂，他们都是高中学历为什么非得唱英文呢？他替我叫了两杯酒备上，就走了，我知道他不会再回来了。老郑一直是一个好人，当年我、老郑、彭克一起来的北京，准确地说，是老郑先来的，然后我和彭克来投奔他，住在他的出租屋里。那时老郑还有女朋友，一个健壮直率的女孩，跟着乐队东奔西跑，有时候碰见另一个乐队的人，就跟着那个人走了，过了一阵子又跑了回来，继续睡在老郑家的床上。我们住进来之后，老郑发现不方便，就跟她的女朋友吵了一架，把她撵走了。我还记得那个女孩走时的惨状，衣衫不整，东西不停地落在地上，嘴里一边骂脏话一边恳求着，老郑一言不发把她推进了电梯里。我跟彭克说，要不咱俩走吧，你还有多少钱？彭克正在摆弄一台手提摄影机，他刚找到一个给寺庙拍纪录片的活，香港人委托的。彭克说，我没钱了，一个事情要分两方面想，你以为老郑是为了我们把女孩撵走的，兴许是老郑为了把女孩撵走才让我们住下的呢？我只好把房门关上，我说，彭克，你这次如果挣了钱，我们就搬走吧。他说，我这次没要钱。我说，你为什么不要钱？他们对寺庙和佛祖了解什么？挣他们钱不丢人。他说，我现在要钱没用，而且对方也没什么钱，人家单纯地想做个有诗意的东西，你跟我去吗？那边清净，适合写东西。我说，我不去了，你走了我就清净了。他说，也好，你不用写得太完整，就按照咱俩聊的故事，一个大概齐的剧本我就可以拍。我说，好。之后三个月，我白天去资料馆看电影，晚上在房间写剧本，一个挺工整的犯罪电影，故事就发生在我们三个长大的 S 市里，罪犯有着解放全人类的信仰，反对资本主义的日益猖獗。这个形象我用了我爸的。彭克回来时头发剃光了，整个人瘦了一圈，两只眼睛精光四射，在脸中央转着。他说开始的时候不顺利，跟和尚打了几架，几个小和尚把他关在禅房里，用棍子揍他。第二天他把领头的和尚骗到自己的房间，用刀顶着他的老二，抽了他二十个耳光，然后拿出一把火腿肠。和尚跟他说，他平时也吃的，如果给他准备一瓶白酒就更好了。彭克马上下山买了两瓶白酒上来。两人喝酒时彭克告诉他，隐私并不重要，如果片子好了，把这个小寺宣传出去，他的成绩不小，兴许可以升住持。之后的拍摄都很顺利，和尚就像绵羊一样，头羊往哪里走，他们就往哪里走。和尚跟他说，其实他们院子里的断塔底下有一个舍利，除了他和住持别人都不知道，因为那个大和尚后来背叛了空门，被逐出寺庙在附近当了农民，谁承想死时竟烧出了舍利，还留下一幅字：留惑润生。他和住持就偷偷去把舍利和字接回庙里，放在塔底下。和尚领着他把这个也拍了，彭克说那个舍利很圆。

　　小明有点玩累了。它回到我身边，围着我转，意思是要回去。我把它领回家，给它弄了点罐头吃，自己洗个澡，宿醉之后的人都有一种臭气，喝醉的时候闻不到，清醒的时候很明显。从浴室出来，小明已经睡着了，下巴枕着自己的前爪，随着年龄的增大，它每天下午都要打一个盹，做梦时还会呜咽。我随便看了半部电影，然后换了一套衣服，拿上羽毛球拍，打个车向彭克的工作室进发。彭克的工作室在香山脚下，一栋巨大的别墅，家具并不多，大部分地方都空着，但是每个屋子都有一张桌子和一个烟灰缸。他把其中两个大房间打通，弄成一个羽毛球场，能陪他打球的人主要有两个，一个是他的助理毛毛，过去是河北省羽毛球队的运动员，省运会女子亚军。另一个就是我，我们俩都是最近三年从没有任何基础开始跟毛毛学的，通过我的努力，水平一直相近，没有拉开差距。

　　老郑已与彭克彻底闹翻，最近几年都没见过，原因是彭克的第三部电影让老郑做音乐，两人产生了分歧，最后差点动了刀子。彭克侮辱了老郑的能力，也侮辱了他对工作的理解。你怎么想真的不重要，彭克说，这么多年你的想法我从来都没过过脑子，它们一点营养都没有。我在名义上是彭克公司的编剧，但是最近几年其实没写什么东西，原因有两个，一是跟彭克合作太痛苦，如果你不把他惹毛，通常他不会故意贬低你，事态的发展会令你感觉到自己是一个废物。无论你多么努力，只是装饰了他的世界的一角，他所要建造的东西极为巨大，甚至超出了业界所能抵达的范畴，没人能够做到，包括他自己，但是他还是向此挺进。最后拿到的东西只是最初设想的百分之六十，也已足够出类拔萃，将其他人甩开。只是这个过程中，所有人都要夜以继日地冲击自己的极限，很多人垮掉了，永远丧失了对这个行业的兴趣，另一批人再补充进来。我试过了，我必须让自己慢下来，形成自己的节拍才能在他身边活下来。二是彭克给我买了房子，我和小明的家就是他的礼物。后来他在老家给父母买房子，也顺手给我父母买了一套。我们的父母本来年轻时就认识，是同一个工厂的职工，现在住在一个小区里，平时相约散步，生病时互相照顾，天冷的时候就一起去三亚避寒。前年我爸生病，彭克把他接到北京做了一个复杂的手术，可以说是救了他一命。我不写东西也可以活着了，每天看片遛狗喝酒对于我来说也没有什么损失。这不算是彭克的失误，我能给他的帮助越来越小，经过多年的稀释，已几乎没有任何味道了。我是否也受过他的凌辱呢？实话说，具体情况我想不起来了，我们在一起打打羽毛球，有时候谈谈工作，有时候也说小时候的事。高中时候他想弄一台课本剧，名字叫《西安事变》，我就是编剧，后来在八一剧场演了，他是导演，自己演了张学良，我挑了蒋介石的一个卫兵演，台词不多，但是有几处笑料。这台戏反响极好。那场文艺汇演里，老郑代表另一个学校表演《真的爱你》，他说他站在幕边看了我们的戏，笑得在地上打滚。我们就那么认识了，老郑家里条件好，身边有不少兄弟，但是他很看重彭克，彭克虽穷，两人关系平等，老郑很重视这种平等的感觉。

　　司机有一搭没一搭地跟我说着话，我感觉到他心情不

错，这是一个好活，足有三十公里。雪时下时停，这会儿
又大了起来。他问我爬没爬过香山，我说从来没有。他说
香山现在虽然叶子都掉了，还是值得爬的，上去之后能看
到整个北京，颐和园的尖塔就在眼前。我说，我从没上去
过，我的目的地通常是山脚下，有机会我上去看看。前一
天晚上我之所以喝多了，是遇见了两个女孩，我渐渐想了
起来，醉酒后的记忆就像漏水的房间一样，时间有时会将
其连成一片。老郑走后，我继续坐在吧台喝酒，一点之后，
酒吧相对安静了一些，散台区域来了两个女孩，一个妆容
很厚，穿着丝袜，个子较高，另一个穿着羽绒服，个子中
等，没怎么化妆，但是一直在抽烟。这个酒吧面积不大，
没有表演，是我的一个朋友专为了朋友喝酒开的，放的音
乐都是齐柏林飞艇和空中铁匠这种，平时年轻人不多。我
看了她们一会，她们说话时挨得很近，好像怕音乐的声响
让她们误解了彼此的意思。快到三点的时候，酒吧里就剩
我们三个人了，我朋友给我发了一个微信，他让酒保先下
班，我继续随便喝，走时把音乐和灯都关了，卷帘门拉下
锁上就行。我回说，这里还有两个女孩，她们的账怎么算？
老郑说，酒保会把之前的账结了，之后的酒就算是你送的。
我说，我？他没再回复。

　　半小时之后酒保下班，又过了十分钟，女孩要酒，我
只好走过去说，他们这下班了，你们喝什么酒我给你们拿，
老板说不收你们钱了。但是如果你们要喝调酒的话我恐怕

调不了。化妆的女孩抬头说，你准备喝到什么时候？我说，我不知道，喝到困的时候吧。化妆的女孩说，那是什么时候？我说，一般是早上，刚有天光那么一瞬间。化妆的女孩说，这么精确？我说，既然你问我，我就尽量说得精确些，其实也没有那么精确。她指着无妆的女孩说，我们俩刚才在打赌，赌你什么时候走，她更接近些。我看着无妆的女孩说，你还要喝一点吗？想喝什么？她说，我有些喝不下了，我平时不怎么喝酒。我再喝一杯啤酒吧。化妆的女孩要了一杯威士忌。我把她们俩要喝的酒拿过来，自己回到吧台区，继续抽烟听着音乐，这儿还挺舒服的。过了大概二十分钟，无妆的女孩拿着空杯子走过来说，我想再要一杯。她把身子倚在吧台上，脸色苍白，脖子挺红，好像脸部的皮肤已经失去了生命一样。我说，你是学生吗？她说，我想再要一杯啤酒。我帮她打了半杯，放在她手前，她拿起来喝了一大口说，研究生，我刚从美国回来，不用害怕，我已经隔离完了。她停顿了一下，用手指打出一个OK的手势说，我是数学家。我说，了不起，你研究数学的哪一部分？她嘴里发出哈的一声，没有回答。我拉长自己的视线，另一个女孩已经趴在桌子上睡着了，这下不好办了。我说，你朋友睡着了，你能送她回去吗？她说，她不是我朋友，我们在另一个酒吧刚认识的，你把手机拿出来，我把酒钱给你。我说，不用。她说，我是数学家，把手机拿出来。钱我算给你，简单加法。我说，钱不用算了。

时间不早了。她说，那我们加个微信吧。我现在说的话你明天还能记得吗？我说，什么？她说，下次没人陪你喝酒的时候，你可以叫着我，我是一个很好的酒友。我说，可是你是个数学家，我上初中之后数学就很少及格了。她说，那你很幸运，迟早机器会把我们全代替，数学这个行当里不再有人存在。我说，那到时候你去干吗呢？她指了指自己的脑袋说，数学是一种思维，笨蛋，你以为就算那几个数吗？她兀自又发出哈的一声，走回自己的桌子，把另一个女孩扶起来，两个人的包都挂在她的脖子上，走出了酒吧。我又坐了十几分钟，把自己杯子里的酒喝完，杯子冲洗干净，放回柜台下面的隔层里，然后出门去拉卷帘门。我脚一滑摔了一跤，后背着地。我在地上躺了一会，如果这时候给我一条被子，我愿意睡着。远处有汽车经过的声音，地面有石头磨损的味道，那味道还挺好闻，一种累积了太多鞋底鞭笞的甜味。

车停了下来，彭克别墅的烟囱上冒着烟。

毛毛正在给炉子添柴，柴火都是她从旁边的林子里捡的，用一只小小的麻袋。她膝盖向外张开，蹲在地上像个男人。她告诉我彭克刚开完会，正在另一个房间睡觉，我推开门，彭克躺在躺椅上，灯开着，腿上盖着黄色的薄毯子。因为生活不规律，他时胖时瘦，这段时间他非常消瘦，脚丫子像刷子一样从毛毯下面露出来。不远处的长条桌子上放着一本打开的画册，开本很大，上面都是文艺复兴时的画作和雕塑。旁边放着一个烟灰缸和一只保温杯，烟灰缸上搁着一段没抽完的雪茄。他其实没怎么睡着，他的睡眠分散在一天的各个时间里，但是每次都睡得很轻，浅梦像小鸡的绒毛一样鲜嫩。他看见我，坐起来，我感觉他还晕乎乎的，他说，你什么时候来的？我说，刚到。他缓了几秒钟说，你坐这，我给你讲一下这个故事，讲完打球。这也是他的习惯，他每天不停地给各种人讲故事，这些故事有的是编剧写好送到他这儿的，有的是他听到的，觉得有意思，有的是他自己想的。他把这些故事讲给不同的人，听他们的反馈，讲的过程中他会修改，准确地说，他通过讲述在重写每一个故事，每讲一遍都写一次。讲的过程中他会非常认真地观察你的反应，哪个部分你眼睛一亮，哪个部分你扭动了一下，好像想上厕所又不好意思去。我坐下。他说，这么个故事，暂定名字叫《舍利》。他讲了大概三十分钟，我听着，偶尔点头，有时候问一个逻辑上的小问题。大概一年前，彭克告诉我大夫不允许他再拍电影了，他的身体垮了，机能差不多等同于八十岁的老人，他必须得休息几年，规律的饮食和运动，要不然随时可能暴毙。他又去看了中医，中医的结论也差不多，他的元气已耗尽，几乎只有敲骨吸髓，才能维持正常生活，所以必须开源节流补充能量。这个恢复的工作可能需要持续十年。他说，他们说的问题我感觉到了，我只是确认一下。但是我想再拍一部电影。我说，十年后再拍吧，你可能死在片场上。

他说，不会的，大部分疼痛都是我想象出来的，不是真实存在的，我只要处理这个想象就可以。如果我不工作，我马上就死了，我越拍身体越好。我现在主要担心我的脑子，如果我想不起来事儿了，我就干不了了，我这两天试着想了想小时候的事，很多还能想起来。那次咱俩去劳动公园滑冰，让人家抢了，回头咱俩回去想抢别人，又让原来那伙人抢了一次，我都记得真珠儿的。刚来北京的时候，他很快就学会了北京话，老是丫丫的，几乎可以乱真，现在他经常跟我说我们那的方言，而且词汇相当古老，几乎是我们父母曾经说过而我们长大后都不说的。

彭克拧开保温杯喝水，发出咕嘟咕嘟的声音，感觉十分甜美。你觉得咋样？他说。我说，挺好。他说，老郑最近在干吗？我说，还那样，我昨晚刚见了他。他说，是吗？你给我讲讲，你们都干了啥，聊了啥？我说，不打球了吗？他说，你先讲讲。我就把昨天晚上的情况讲了一下，讲着讲着就提到了那两个女孩。他说，有意思，后来你们说话了吗？我说，说了。我就把跟那个女孩的对话讲了一下。他哈哈大笑说，有意思，数学家。彭克滴酒不沾，他酒精过敏，一喝酒就浑身痒痒，衣服都穿不住，但是他特别爱听我讲喝酒的故事。我又讲我摔了一跤，差点睡着了，他笑得更开心了，说，这个女孩我想见一下。我说，啥？他说，我想见一下这个女孩。我说，你见她干吗？他说，我想认识一点普通人，这个电影我想全部用普通人演，你和老郑都要演，回到我们最开始。我说，胡闹，我不演。他说，要演，你和老郑都要演和尚，你演酗酒的和尚，老郑那个和尚有一种天然的道德感，这个女孩演两个和尚的朋友。你给她发个微信，问她现在在干吗。我说，我没有脸找人家，我根本不认识她。他说，就要你不认识，我也不认识，我们认识的人要么跟你有共同点，要么跟我有共同点，就要这么一个陌生人，我时间紧迫，快发个微信，你就当什么呢，就当抽一个签。我说，如果她不回，我绝不会给她打电话，不回就算了，你接受吗？他说，好，发吧。我拿起手机，找到那个女孩的微信，她的微信名叫郭晓派。有一个转账的记录，我还没收。我发：你好，昨天匆匆一面，未及多叙，请问你听说过彭克这个人吗？过了一分钟，她回说，听说过，你今天感觉怎么样？我想了一会说，我今天感觉正常，他想见见你，聊聊天，没有别的意思，他听了我们昨天的遭遇，觉得你很有意思。她回说，你是帮他拉皮条的？我说，不是，他病了，只想聊聊天，看你今晚的时间。她回说，我正在倒时差，睡不着，昨天对你不太礼貌，如果你也在，我就过去看看。我说，我也在，这里十分偏僻，你走时我可以送你。她说，地址发我，如果我帮不上什么忙，请你们不要见怪。我说，来就好。

彭克看我放下手机说，来吗？我说，应该会来。他说，她是不是很温柔，跟昨天不一样？我说，是的，不但温柔，而且文雅。他说，如我所料。说完他又在椅子上躺下，把毯子抻到下巴底下，说，你跟毛毛说，让她弄点吃的，我饿了，然后给你的朋友准备点零食。

　　大概四十分钟之后，女孩来了，今天她化了一点淡妆，而且穿了黑色靴子，显得比昨天高。我在门口迎她，跟她握了一下手，我说，辛苦你了，晓派，我这么称呼你可以吗？她说，朋友都这么叫我，你今天喝酒了吗？我说，等你时喝了一点，不是很多，你呢？她说，我昨天的酒还没散，现在嘴里还有酒味。毛毛从房间里出来打个招呼，叮嘱我们不要聊太久，彭克的心脏十分脆弱，就像要燃断的保险丝一样，今年冬天太冷，要尤为注意。她和彭克几年前是恋人，后来成为了朋友，最近她更接近护士的角色。她穿好运动服，戴了一顶红色绒线帽，出发去林子里跑步。每次彭克见女人，她都找个别的事儿做，离开这栋房子。我领着女孩来到彭克的房间，他已经坐到了长桌的后面，小臂平放在桌面上，像是一个准备听课的学生。他说，你好，坐。晓派坐在对面，我坐在她右边。他说，你的名字很好玩。晓派说，其实原来派是数学的 π，这是高中时同学给我起的外号，出国之后我就改成了中文，反正他们也不知道是什么意思。他说，好玩。你具体研究什么？她说，我是研究黎曼曲面的，说起来有点复杂，但是那个图形你可能见过。彭克说，我知道，有个版画家，叫埃舍尔，画过这个东西，像一个楼梯，转圈的，但是永远走不完。她说，这你也知道？我说，彭导什么都看的。彭克说，你是准备以此拿个文凭去互联网公司还是准备一辈子就研究这个？她说，后者吧，她想了想说，你们听说过菲尔兹奖吗？我应该三年之内会拿到。彭克说，这么有信心？她说，还好，我的正常水平。你们是想做一个关于数学的电影吗？彭克说，是的。也跟佛法有关，你觉得两者是相通的吗？她说，我觉得是有关系的，在最上层的位置。彭克点头说，我们一直在找你。我看了他一眼，他说得那么自然，以至于我怀疑起昨天的记忆，是他让我去的吗？好像不是。晓派拿起面前的薯片放在嘴里说，我在美国看过你的电影。我和几个同学一起去的，有美国人有印度人，大家都很喜欢。他们说你又幽默又暴力。彭克说，是吗？她说，你有一次来纽约做讲座，我的一个室友坐了挺长时间的火车去看你。彭克说，是吗？她说，你们晚上还一起吃了饭，你喝过酒之后还跟她上了床，你说你就喜欢普通的女孩，normal people。彭克说，不会吧？我说，你喝点什么？茶？威士忌？圣培露？她说，给我一点巴黎水，不要加冰，你帮他打工是吧，具体干什么？我说，我打杂的，我是彭导的众多员工之一。我给自己也倒了一杯水放在面前。我想起上次有个女孩，是彭克在宠物店认识的，他跟我提起几次，那是几年前他身体刚开始衰落的时候。过了几天他突然跟我说，我好像把她弄伤了。我说，什么意思？他说，我不是故意的，你知道有时候人一激动，动作什么的不好控制，不过没有证据是我弄的。我说，你可以说具体一点吗？他说，我咬了她一口。我知道肯定不是简单的牙印那么简单，我说，在哪个位置？他说，小腿。你去简单查一下，非常友好地，你是个亲切的人，事情好办些。打给她五十万吧，做一个微整形够了。我说，嗯，你为什么这么干？他说，热量，能量。你最近写了什么？或者有什么有意思的故事给我讲讲吗？我说，暂时没有，我还在找感觉。他说，完全不急。你爸你妈今年体检了吗？让他们做一个体检，不要有侥幸心理，老年人体检特别有必要。后来又出现一起类似的事件，也是我去处理的，幸好她们互相都不认识，也没有足够的积蓄可以对新冒出来的钱表示冷淡。

晓派说，她说你带了一把小刀，把她的手指扎了个小眼，喝了点血，她觉得你很好玩，有这回事吗？彭克说，你这么说，我想起来了，她叫朵瑞斯，是德州人，拿的篮球奖学金上的你们学校。晓派说，你记性真好。她给我讲了你的这个小细节，我觉得很有意思，我就做了一点小研究。你可能不知道，我的脑袋除了做数学，还有一些余地，所以我平时也做别的研究，要不然很浪费的。只是我没想到这么快会见到你，所以请原谅我准备得没有那么充分。彭克看了我一眼，我也看向他，他的感觉良好。晓派从背包里拿出一个黄色皮面的小本子和一个挺大的牛皮纸袋。她打开本子说，我现在找到了九个女孩，伤口分别在后颈、大腿、小腿、胸部、臀部，面积大小和深浅不等，最严重的一个是在小腿，你差点咬断了她的跟腱。当事人对当时具体情况的描述在我的录音笔里，今天没带来，我觉得再给你听也没什么意思，就像刚才我说了，你的记性是很好的。这个袋子里，是她们在医院的诊断结果和 X 光片。你不要过于担心，我不隶属于任何组织，这些研究都是我个人的爱好，一直做数学是很枯燥的。我能再喝一点巴黎水吗？我拿起瓶子把她的杯子倒满，我说，你真是个聪明的女孩，你高考考了多少分？我们一直挺后悔小时候没有好好念书。彭克说，你把这些点连成线了吗？晓派说，你说这些女孩吗？没有，她们每个人都以为自己是唯一的受害者，只有我才是唯一的见证者。啊不对，你这个员工也是。她伸出手来，我伸手跟她握了握，她的手就是通常意义上女孩的手，normal hand，她说，你很可爱，你知道吗？我说，你说你是个好酒友，果然如此。看来昨天我们不是偶然遇见的。她说，任何相遇都有原因。我说，我不喜欢这个原因。她说，办完事情我们再聊。

　　彭克说，晓派，你是叫晓派吧？有人表演说假话，有人表演说真话，你是哪一种？晓派说，你来做判断，你不就是干这个的吗？我现在想问一下你的人生理想。彭克说，什么？她说，人生理想。彭克说，我没有，我就是一步一步走到这的。如果非要我说，恐怕是占有。占有更多的东西，占有更多的故事，占有更多的时间，占有更多他人的头脑和记忆，占有历史，这么说可以吗？她说，可以的。

她扶了一下水杯，但是没有喝，她说，你想占有我吗？我说，我可能得先走，今天我们家修地热，我拖了一个冬天了。彭克说，你稍微等一会，需要你走时我告诉你。怎么占有你？她说，你想怎么着都行，但是不能太狠，允许你攻击的部分我会给你画出来。如果你想要新鲜感，你可以去找别人，我也可以帮你参谋，但是我需要一直在你身边。你的公司我要三分之一，去年九月开始，我在另一所学校旁听了制片课程，那个一点都不难，那些数字简直是初中生水平。我知道你还有两个后期制作公司，我要一个，我对剪辑很感兴趣，那也是一种方程式，另一种创造的乐趣。我会为你挣钱的。彭克说，如果早知道这个夜晚是这样，我真应该给它拍下来，这么流逝掉太遗憾了。看来你是上天派来的礼物。晓派说，不敢当，现在拍来得及吗？彭克说，来不及了，一旦你知道了摄影机的存在，一切就都变样了。我们俩对占有的理解可能有点分歧，你给我的限制可能会制约我的发挥，不过没关系，求同存异，各有各的道理。彭克把身子弓到桌面上，说，我最近一直在想一个问题。他把手指伸到晓派的水杯里，然后在桌子上画了一条线，说，这是啥？晓派说，一条线。彭克说，用数学语言呢？她说，你连尺子都不用，我怎么用数学语言？彭克说，我认为这是一条直线，姑且这么认为吧，好吗？直线的两边是无限的，对吗？晓派说，对的。他又蘸了一点水，画了一条更短的线说，这是什么？晓派说，另一条直线。

他说，这是一条线段，线段是有限的，对吗？她说，如果它是线段的话，那它是有限的。他说，我们的生命就是这个东西，有限的，在一个有限的东西里，谁来评判我们活得对不对呢？晓派说，我觉得是我们自己。彭克说，狂妄，自己怎么可能有客观的评价呢？有人说，只在尘世上走一遭，我们既不能和前世相比，也无法对来世加以完善。这不是很混蛋吗？晓派说，无限可能就在有限之中。他说，诡辩。晓派说，现代科学的发展在不断佐证这个观点，量子力学，包括对我们大脑的研究。在有限和无限的关系里，我想说的是在有限的历史里，你们男人拥有无限的权力。他说，这是自然的选择。晓派说，这不是，这是一个阴谋，一场你们心知肚明地把死去的男人活着的男人连在一起的阴谋。如果我们想挣点什么东西，只能从你们手里拿。如果你们攥得太紧，就需要把这只手掰开，这时候你们男人也会发现自己拥有了更多。彭克说，于是你就有了计划。晓派说，不要说得像是我花了许多心思，它很简单，很省力，完全不劳神。这杯水不能喝了，你把它污染了。彭克说，换一杯吧。晓派说，不用，我身体里的水分够多了。

　　彭克把头转向我，说，毛毛回来了吗？我说，应该还没有，如果她回来了，我能听见门的声音。他说，毛毛为我付出了很多，你知道吧。我说，知道。他说，她生火很厉害，你承认吧。我说，承认。他说，你多久给你妈打一个电话？我说，我没有算过，大概一周一个吧。他说，我大概半年没跟我爸妈说过话了，都是毛毛在弄，我也不知道我为什么不想跟他们说话，这一点我没搞清楚。晓派说，我的提议你怎么想？彭克说，你的提议很好，最重要的是合理，我无法拒绝你。晓派说，我希望你能愉快地接受，不要有什么不舒服，我有能力来到这里提议，我就有能力把这些事情做好，这个逻辑OK吗？彭克说，OK，你确实干得很漂亮，我觉得我们的合作是一种对我生命的延续。他把烟灰缸上的雪茄拿下来，放在桌子上，说，你抽烟吗？晓派说，看心情，现在不想抽，那东西没有任何好处。彭克说，没错，没有任何好处，那是朵瑞斯吗？她说，谁？朵瑞斯？她回头朝门口看。彭克迅速拿起烟灰缸，在她脑袋上打了一下，晓派摔倒在地，说Fuck。我跳起来，彭克弯腰又在她头上打了一下，我听见了骨头碎裂的声音，血从她的额头流出来，淌在地上。她的眼睛闭上了，两条腿僵直地伸在桌子底下。我伸手去拉彭克的胳膊，他站立不住，摔倒了，倒在地上，他使尽全力又在晓派脑袋上砸了一下，那脑袋已经没有任何反应，只是动了一下，更多的血从一个小洞里涌出来。我去扶他，他说，别碰我，把门关上。过了大概五分钟，他爬起来，躺在他的躺椅上。

　　你还打羽毛球吗？他说。我说，什么？他笑着说，没有，我觉得最近打羽毛球还是有用的。我听见大门打开的声音，毛毛回来了，带进了风声。他说，你听听我的心脏，过来听听，跳得很好。我趴下听了听晓派的心脏，不跳了。

他说，我原以为我会死在她旁边，刚才有一瞬间，我觉得我的心脏裂开了，现在看来只是一次锻炼。我没有说话。他说，你翻翻她的身上和包里，有没有打车的票子。她的手机在桌子上，裤兜里有一包纸巾。皮包里有一个化妆包，一张国家博物馆的票根，一副棕色皮手套，一副黑色耳机，一个钱包，还有一支录音笔。他说，打开听听。原来她一直在录音，包括她刚才的惨叫都在里面，那句"你想占有我吗"录得异常清楚，我想起来那时候她把包从椅子上挪到了桌子上。再之前是她和一些女孩的对话。彭克说，我现在感觉到非常轻快。我还可以再活过，你觉得可以吗？我说，我不知道。他说，现在有几件事情，第一是把她的衣服都脱下来，烧了，包里的东西能烧就烧，烧不了就砸碎，分散扔掉，然后把她埋在树林里。那个录音笔应该会有备份，得把它找到，这件事情你让毛毛办。第二件事情是，你先用湿巾把桌子和烟灰缸都擦一遍，然后再用干手巾擦一遍，做这件事时戴上胶皮手套。最后一件事情是要编一个故事，这是你的专长，你昨天见过她，喝酒聊天，从这开始讲吧。我先睡一会，你一会回来找我。

他的语速非常快，就像一盆水泼在地上一样。我在晓派尸体的面前站了一会，没有动手。毛毛在外面哼着歌，跺脚掸落身上的雪。刚爬完香山，吸进了很多清冷的空气，她心情很好。我回过头，意识到彭克死了，我走过去，他的眼睛半闭着，已经什么都看不见了，我轻轻拍了拍他的脸颊，他已经完全变成了一团物质，随着我神经调动的手掌颤动。毯子从他的身上滑落下来，我拿上羽毛球拍，离开了房间。

白色拳击手

我在五马路找到一所房子。

中介给我发来这个房子的照片时，我觉得很合适，但没有马上表现出来，我很善于在喜悦来临的时候把它压抑下去，然后产生一个相对理智的判断。东游西逛了一天之后，第二天我请中介领我去看看。房子在一个六层楼的三楼，打开门面前就是一个宽敞的空间，完整的空间，没有被切割过，大概三百平米，长方形。两面墙上有两扇大窗户，窗户两旁垂着蓝色的窗帘，另一面墙上挂着一块黑板，上面画着两个圈，两个圈有一块重叠的部分，底下写着两个问题，一是求阴影的面积，二是求阴影中心到圆心的距离。图形上落着厚厚的灰尘。一个小卧室和一个卫生间分居两侧，都是上一个租户根据自己的需要改造出来的。卫生间幸好不算太小，可以扩充成换衣间。我在大厅里走了两圈，应该说比我想象得还要好一点，采光很好，没有遮挡，窗户底下是一个幼儿园的操场，此时只有设施，没有孩子。远处是彼此相似的楼宇，高度，形状，都大同小异，向着城市边缘蔓延，像是修剪过的树林。中介一直在假装轻松地观察着我，他穿着白色衬衫，黑色西裤，一手拿着手机，一手拿着钥匙，身上没有任何余赘，胡子也刮得十分干净。这里之前是个数学班，他说，后来被班上一个学生举报了。我说，为什么学生会举报自己的数学班？他说，因为他的成绩一直没有起色。我说，那个老师很伤心吧？他说，应该是的，她觉得自己已经尽了全力。我最后一次见她的时候她瘦了很多，说计划怀孕生子。我说，什么时候的事情？他说，三年前，之后一直空着，时间过得真快啊。

　　我说，这个幼儿园有噪音吗？他说，很小，都是小小朋友，发不出特别大的声音。我说，楼下是干吗的？他说，楼下是一对年轻夫妇住，没孩子，喜欢办书友会，通常是周四晚上和周六周日。我说，楼上呢？他说，楼上原来是一个泥塑作坊，倒闭了，现在也空着。我说，挺清楚的。他说，我很喜欢这个房子。我说，是吗？他说，是的，有时候我会自己带一个马扎在这个房子里坐一会，这不算违规的，坐一会没什么问题。我说，我当然知道。因为阳光好？他说，不好说，就是待着舒服，每一个中介都经手很多套房子，每天进进出出，有些房子进去一次就不想再去了，客户走在前面，他跟在后面，想磨蹭一会再进去；有些房子他打开门的时候会感觉兴奋，进去陪客户逛的时候也觉得理直气壮，但是又不太想让客户马上租走，那样的话，他就不能经常来了。这个房子我带人来的次数不多，它的格局比较特殊，一览无余，能租的人比较受限，打听的人也少。万一哪个不合适的傻蛋租了我可能会难受挺长一段时间。你感觉怎么样？我说，我现在感觉挺好，我也有可能是你说的傻蛋，你怎么判断一个人是不是傻蛋？他走到黑板前面看了一会，说，每次来都看见这个图形，我今天才意识到我会做。我说，两个问题都能答出来？他说，是的，第二题稍微难点。我初中时学过，为什么现在的孩子还在学这样的题？我说，那你觉得每一拨孩子都需要换一组题？他说，确实也不用，我们没有那么大的区别。你租吗？我说，租金还没聊。他说，你什么用途？我说，这跟租金有关系吗？他说，例行公事，你刚才问了我楼上楼下，楼上楼下也会问我的。我说，我想开个拳馆。他说，我看你就像个搞运动的，但是我猜测是教舞蹈的。我说，我没那个细胞。他说，你有资质吗？我说，有的。我是退役的运动员，资质没有那么难。他说，你为什么退役了？我说，当然是我的年龄不能再服役了。四十岁的人再上拳台是有危险的。他说，之前没危险吗？我说，我的意思是更危险，即使对方没有打中你，你可能自己累死。他说，在拳台上当着所有人累死了？我说，是的，在拳台上耗干了细胞里的所有能量，这有可能发生。他说，你最好成绩是第几？我说，不值得提，开拳馆不一定非得是拳王。他说，你应该搞些传单发发。我说，东西还没置办，等等再说。他说，我帮你印一些放在我们前台吧，谁感兴趣可以自己拿，拳馆叫什么名字？我说，柳拳馆。他说，柳树的柳？你的姓？我说，是的，我姓柳。他说，你是不是觉得我话多？我说，没有，这是你的工作。他说，卖房子租房子是我的工作，说话不是我的工作。你是教大人还是教小孩？我说，都可以教。他说，你一个人教？我说，是的，我需要一个保洁。你可以帮我介绍一个吗？他说，签了合同之后就帮你约一个，每天都来的？我说，对，每天都来的，租金多少？他说，六千元。签一年，一季度一交。水电自己交，物业费房东交。我说，房东是什么样的人？他说，房东不是人，这是公家的资产，之前是粮库，放大米和小米，现在由政府代管，整栋楼都是。我说，你也是？他说，我的公司也有政府的股份，不过运营全由我们自己。你要再想想吗？我说，你带合同了吗？还有笔。他说，带了，咱们还是回公司签，有人做证比较正式。

跳绳三条，沙袋两个，拳台一个，梭形球一个，躺椅一只，公用拳套绷带各两副。黑板撤下来扔掉，那面墙都铺上镜子，卫生间里进一个换衣柜，门上有简易的电子锁。卧室所需的东西不多，里面带一个小卫生间，我可以自用，床品买一点，在网上买一个简易书架，高度一米五，四层，放一点书。我在进门右面的墙上打了一组挂钩，之后学员如果不想把自己的拳套拿回家，可以挂在这里。我自己的拳套和绷带挂在卧室。保洁阿姨的一只眼睛受过伤，眼角有点耷拉，但是打扫得极其利落。我知道泰森，她用胳膊肘碰了碰沙袋说。她大概六十岁，腰背直直的，动作灵活，还涂了口红，能看出年轻时是个美人。工作期间从来不会坐下，两只手一直拿着东西。我的朋友们很多无所事事，有的去公园撞树，有的在小区附近走圈，他们都老得很快，为了锻炼而锻炼，叫作没事找事。她继续说，我通过工作锻炼，我的目的是工作，自然而然地得到了锻炼，这才是真正对身体好。我年轻时看过泰森打拳。周日中午电视上播，对不？我说，泰森是谁？他很有名吗？她说，当然，你不知道？他那张脸一看就是聪明人，有人说他是莽夫，我可不觉得。这么聪明的人还会咬人，你觉得为啥？我说，为啥？她说，还是钱多了。钱多的人就会来情绪，自己控制不住。我这辈子不多挣也不少挣，够用就行了，我不想来那么多情绪。她在擦我面前的那面大镜子，她的工具像一辆长尾的铲车，得心应手，那面镜子非常服帖，越来越亮。她说，你什么时候教我两拳？我说，如果不系统地练，两拳很快就会忘掉的，您有要打的人吗？她说，跟你开玩笑，我可不占你便宜，每一拳都是钱我知道。这么多年我不会打拳，不也没挨过打吗？我才不学那玩意，学会了打不打人都挺难受。你结婚没？我说，没有。她说，打算一直干这个？我说，是的。她说，干到退休？我说，差不多吧，干到无法干为止。她说，真行，啥时候你带出个世界冠军也让我知道知道，趁年轻时活够本，老了就什么都来不及了。我说，我带不出来，这就是一个维生的手段，我

不会干别的。她说，我还有个活儿，你卧室我明天来给你
铺吧。我说，没事，我自己能铺。她说，我明天铺。我说，
还没有学员，您先不用天天来。她说，时间都给你留出来
了，不天天来也不行了。

幼儿园确实没有什么噪音，只有所有孩子都在操场
的时候，才会发出一种声音，一种清脆的和声，像是一串
钥匙无规则地抖动撞击所发出的声音。时而能听见老师高
声说话，经常是一个小朋友的名字被抛出来，赵冠晨，或
者是王博俊，之后的话就听不太清楚了。阳光特别好的时
候，操场像一只碗，孩子们被阳光打亮像一颗颗珠子。前
两天下雨，全天没有小朋友出来，放学的时候，孩子们安
静地走到家长们的伞底下，有的走进汽车，有的坐上自行
车的前座。这里的汽车长得都很相像，轮子很大，车体很
小，人一坐进去就被轮胎挡住看不见了。我打开窗户，能
听见雨滴落在伞顶的声音，节奏很像是轻轻的拳落在手靶
上。孩子们说什么大多听不见，只听见一个小男孩尖声喊
道，爸爸！像是偶遇一样跑向一顶伞下。我看着他们俩一
步步走出了我的视野，没有骑车也没有坐车，伞游动着走
远了。我把躺椅拖到窗户边上，躺在上面看书。我一直读
小说，主要是侦探小说和间谍小说。十几岁的时候每天挥
拳很久，两只胳膊抬不起来，我就把小说放在床头，趴着
看，用一根小棍翻页。这我有印象，一个人发现了我，应
该是父亲，在这个情景里应该只有父亲才会走进我的房间，

但是我想不起他的样子，只记得零星的他说的话。他拿走我的书翻了一天，第二天还给我说，看吧。我问，怎么样？他说，有些城府。拳击里有一句话叫有城府，无恩怨。打拳的人要有城府，把爱恨藏在心里。上台的人目的相同，也就不算恩怨。我说，我很难做到。他说，我认为你应该看一点更艰深的书，那种能钻进你心里的书，不过也随你。在我含糊的记忆里，他不是在打拳就是在阅读写字，他是我的父亲吧？他的工作顺利吗？他给我讲过书里的故事没有？一定讲过吧，只是我记不起来。我看了一会睡着了，感觉自己被击倒了，那是一记沉重的右勾拳，铁犁一样砸中我的下巴，我像坐着潜水艇一样下沉，下沉，越来越黑越来越安静。忽然一口气透出来，听见裁判在数秒，我很清楚我可以站起来，不只是站起来，是噌地跳起来，但就是不可以，我听着巨大的人声在我耳边数着最简单的数字，什么意思？我不认识他们吗？这时我最想击倒的不是对手，而是这个数数的人，但是我就是不能够按照自己的意愿一下子站起来，这样我算不算很没有修养，当着这么多人躺在地上。算了，看你能数多少，一个蹲在别人耳边数数的人肯定也是个怪人，这时候我一般会进入更深层的睡眠。

　　我睁眼时天已经黑了，感觉有点冷，我站起来把窗户关上，浑身酸软，窗户上的把手从手中滑走一下没有抓住。雨已经停了，路灯照着湿漉漉的地面，行人很少，有汽车轻轻鸣笛。我听见了敲门声，没了，是幻听，我等了一会，又有了，原来是敲门声把我叫醒了。我走过去打开门，门口站着一男一女，两个人都四十岁左右，不胖，男人比女人高一头，但是其实两人都很高，女人目测也将近一米八〇。他们穿着同样的黑色 T 恤，胸口上写着一个白色的"简"字，女人肩膀上挂着一只帆布包，上面也写着一个"简"字。女人说，你好。男人说，你好。我说，哈喽。女人说，我们听说楼上搬来新邻居，就过来打个招呼。男人说，是，我们是你楼下的邻居。我说，进来坐一会吧，刚置办一些东西，还没收拾太好。女人说，不打扰的话，我们坐五分钟。塑料凳下单了还没到，我拖了两个做仰卧起坐的垫子，我请男士和我坐在垫子上，女士坐在我的躺椅上。男人说，没事，我溜达溜达，我怕一坐下去就想做仰卧起坐。我说，确实如此。女人从帆布袋里拿出一本书，是《傲慢与偏见》，递给我，塑封已经拆掉了，我翻开扉页，上面有一枚红色细印章，写着"简字读书会"，楷书非常工整秀丽，只不过是笔画挺少的简体字，多少影响了一些美感。她说，我叫简文华，办了一个读书会，已经办了七八年了，三年前搬到这里，入会的朋友都会送一本《傲慢与偏见》，你知道，女孩儿没有不喜欢读这本书的，即使之前不怎么看书的人，一旦翻开了开头就会一直读下去，简的魅力没人可以抵挡。我说，你的名字是笔名吗？她说，我就叫这个，是个巧合，我们也就就地取材了，并不是我有多么重要。我的朋友们都叫我阿简，无论比我大的比我小的都这么叫我，我经常有种错觉，我的年龄没有变过。我说，这个名字很容易记。她说，你要开个拳馆吗？我说，是，等有了学员，无论是跳绳还是打拳，可能都会产生一些噪音，先提前跟两位抱歉，我会在晚上九点闭店。男人说，这个楼板很厚，你不用担心，到现在为止，如果不是中介告诉我们，我们根本不知道楼上住进来了人。一会我们下楼，十分钟内我尖叫一声，你试试能听见不？阿简说，他跟谁都爱插科打诨，你别介意。她拿起我放在躺椅上的书，说，你读这个？我说，是，读完就忘。你们喝点水不？阿简说，不喝。我也很喜欢勒卡雷，他非常绅士，他本人非常高大，左手有点震颤的毛病。听阿简说出作家的名字，感觉她上周刚跟他们见过或者一直在彼此通信。男人说，这个书友会主要是她在弄，我有时间就陪陪他，T恤是她逼我穿的，平时我参与不多。阿简说，他很谦虚，没有他这个书友会发展不起来，他在机关工作，物质基础和上层建筑的关系，你明白的。我们现在已经有当地会员七十多人。她转过头对男人说，我觉得他的拳馆开到我们楼上是个很巧妙的安排。男人笑着点头。她转回头看着我说，一文一武，我会推荐我的会员们阅读之余来你的拳馆运动，读书也需要强健的体魄。男人拿起拳袋旁边的一个十公斤的哑铃举了举，挺轻松，他的臂力比我想象的厉害。他用手推了推拳袋，拳袋飘动起来，他说，这个我就不会打了。我说，这个挺难，要有一些基础才能打，得找到自己的节奏。他说，你会一直让它这么动吗？我说，怎么动？他说，就是不管它，让它这么根据重力摆动。我说，通常不会，我出门之前也会检查一下，如果不管它，它会摆动很久，上面的挂钩容易断。他说，地球的节奏。当你离开房间的时候想起它还在摆动不会觉得难受吗？我说，我只能认为没有完全静止的东西。男人说，说得好。他转过头对女人说，我就跟你说能在这层楼开拳馆的人，不应该只会打拳，你看他还知道牛顿。我分不清他在开玩笑还是在讽刺我，但是从他坦然的情绪看，这也并不重要。女人从我的躺椅上站起来说，我们一般在周四晚上七点和周六周日下午三点活动，周日活动之后会有一个聚餐，大家 AA 制，我负责做饭。你有休息日吗？我说，目前很多，将来还不知道。她说，你随时来，我们不怎么用电话，你直接来就可以，周四九点之后也没有关系，我们通常会到十一点半，很多会员加班也会晚到。海明威说，夜晚就像一条河流，你随时可以放船上去。我说，谢谢，我先把这本书读完。男人说，不用的，我到现在也没看完，我的生活还是很美好。我送他们二人走到门口，两人似乎突然比在屋内温顺了一些，他们冲我点点头，男人握了握我的手，说，我送你两把椅子。算入股行吗？我说，那你就是大股东了。他笑了笑，阿简挎上他的胳膊走进了电梯。

　　我把垫子卷起来靠在墙上，躺回躺椅上，等了十分钟，没有尖叫声传来，楼下没有任何动静。晚上睡觉前我翻了

翻《傲慢与偏见》，没有什么太大的感觉，只是觉得那时候
的所有问题都关于求偶，看似隐晦，其实明目张胆，其他
层面的感觉也许需要再读一些才会有。第二天中午十二点
多，快递员送来了四把木椅子，深灰色，一看就不是便宜
货，椅面打磨得很细致，弧度也很舒服，每个椅背上都画
着一位丰满的仕女。我订的塑料凳早些时候也到了，我给
放到了厕所里。下楼吃了一碗拉面之后，我在周围逛了逛，
附近有挺多吃简餐的小店，门楣上悬挂着统一的招牌，颜
色和字体都一样。向西大概五百米左右，有一个消防站，
敞着大门，从外头能看见里面几辆刷得非常干净的消防车，
两三个年轻消防员沉默不语地收拾着水管，背带裤的背带
在身体两旁耷拉着，地上的水正在蒸发。等我回到拳馆的
时候，发现门口站了一个人，我说，您找谁？他看了看手
里的传单说，这是柳拳馆吗？我说，是的。他说，您好，
那你是柳教练？我说，是，免贵姓柳。他说，所以这是那
个柳拳馆吧？我说，是的。他说，我想学散打可以吗？我
说，我不教散打。他说，为什么？我说，我不会。他说，
你只会拳击？我说，是的。他说，散打和拳击最主要的区
别是什么？我说，您可以查一下再来。他说，好，我再考
虑考虑。我说，可以。下午三点多，有人敲门，我打开门，
还是这个人，三十岁出头，上身西装，下面牛仔裤，背着
一只黑色的双肩包，梳着一个马尾辫。他说，我学拳击。
我说，请进。进屋之后，他把包放在椅子上，说，怎么学？

我说，你先买一节体验课，然后你再决定学不学吧。他说，体验课多长时间多少钱？我说，一百九十八元，一个小时。他说，我可以体验半个小时吗？一会我还有事儿。我说，不可以。他说，好的，那就一个小时。我说，你带了运动服吗？他说，我带了打篮球的衣服可以吗？我说，可以，你去洗手间换一下，衣服放进柜子里，不用锁，没有别人。

他出来时穿了一套宽大的篮球服，整条胳膊都露在外面，挺壮实，小腿也挺粗，右腿戴了一只黑色的护膝。断过，在里头被打的，他说，其实好了，戴个防护的东西心里踏实点，你不用有顾虑。我点点头，先带他做准备活动，肩关节，肘关节，手腕，手指，腰，大腿，膝盖，脚踝。我盯着他的动作看，我说，你以前打过拳吗？他说，没有。我说，那你为什么要打拳呢？他说，我刚才打车到附近办事，老板通知我晚上的篮球赛取消了。我说，好，你压腿还需要再低点，手不要支在膝盖上。他照做，柔韧性也挺好，两条腿都可以伸得很舒展。我从墙上拿下一根跳绳递给他，说，先跳一分钟单摇。他说，不跳了，你这有拳套吗？我戴拳套练练吧。我说，一会给你戴，先把基础的东西做一下。他说，现在就戴吧，我快睡着了。我说，好。我帮他缠上绷带，戴上一副公用的黑色拳套，然后从卧室里拿出我的拳套，不缠绷带套在手上，我的拳套是纯白色的。我说，上拳台吧，是这个意思吗？他熟练地撩开第二根围挡钻进拳台。我没有说话，跟着他走上去。他说，咱们得定一个规则。我说，你讲。他说，如果我打倒你，这堂课免费。我说，我可以打你吗？他说，当然，要不有啥意思呢？三个回合如何？

他的技术不错，左手拳欠点火候，少了一点清脆，右手拳很重，蹬地转胯的动作很协调，有时候稍微有点僵化，动作做得太完整了，在实战中会错失一些机会。我试了试他抗击打的能力，也很不错，如果想把他打倒我得发一些力量。我说，还要继续打吗？他没有说话，他已完全变成另外一个人，粗大的呼吸声，双眼一直盯着我的鼻子，我怀疑他不是不想回答，是根本没有听见。我的呼吸声也不小，体能比我想象的差，肩膀发酸。我用刺拳骚扰他，忽轻忽重地打在他的拳套上，拳套弹到他的脸上，令他一直被痛感笼罩。不能拖太久。引诱对方的时候，跳步是一个很好的方式，节奏一定要快，就像向前踩到一块要从悬空掉落的瓷砖，马上向后跳落在安全的一侧。这时左手拳不用拿得太高，稍微放下一点给对方一个出拳的缝隙。他左手拳晃动，右手拳来了，我向左顶髋向右压肩，借着压下去的蓄力，右脚蹬地把身体弹起，同时出右直拳打他的正脸，他预料到了我的反击，侧身想要躲过。其实这拳不是直拳，而是一记摆拳，拳在中途向右拐弯，走了一个小弧度，击中他的下颌。比我想象的打得更实一点，他太想打中我以至于身体前倾得厉害，另一点是我很久没打实战，拳头带着一点兴奋感也就损失了不少精度。他迅速向他的右侧倒下，准确地说是跪下，拳套支在地上，下巴挂在围挡上。我也曾这样被击倒过，白光一闪，没有躺在地上，没有失去知觉。在这个时候我在想什么呢？在想谁来扶我一把？好像不是。我在想这一局还有多长时间，如果我再挨一拳会是什么结果？好像也不是。我能站起来吗？我需要站起来吗？两条腿推动身体向上，但是头晕得厉害，就像一片被风吹动的荷叶。我站起来了，冲对方笑笑，试图躲起来，没有藏身之处，那我就挥拳给他一点压力，直到再次被击倒。

　　他坐在了拳台上，开始摘拳套。我走过去蹲下，他说，我没事，只是有点晕。我说，喝点水吗？他说，不用，这是我第一次被右手摆拳打中。我说，右手摆拳力矩太长，想要打中人，最好在后退的时候出拳。他说，我刚才是把脸送过去给你打，我太笨了，以为那是一次机会，你别太得意。我说，我也就是试试。他说，我知道我迟早得被你打中，我上台之后就有了这个感觉，然后就越来越紧，预感准确不是好事。我说，你应该打防守反击，我的体能也快不行了。他说，我曾经开过一家拳馆，就在另一条街，地方没有你这个大。后来倒闭了，我就找了一家公司上班。我说，你在哪学的拳？他说，自学。我练了三年，后来去跟拳击手们切磋。我说，像今天这样？他说，差不多，我的胜率是百分之七十五，我成了他们的一员。我说，喜欢打拳也不一定非要开拳馆。他说，我就是很想开拳馆，我喜欢那种感觉，有一个属于自己的地方，挂着沙袋，拳套，人们走进来，我教他们打拳，告诉他们我的观念，我喜欢这种感觉，没有任何其他的东西让我这么喜欢。破灭了，全都没了。他流下了眼泪，我不知道该怎么继续跟他交流，他的情绪来得太突然，我不能确定他讲的是不是真的。他说，下巴确实太疼了啊。我说，你住得远吗？他说，不重要。你在哪学的拳？我说，我跟我父亲学的，他是一个拳击运动员，我从我记事起就在打拳。他说，你看上去没有什么肌肉，但是你的拳很快。听口音你不是本地人，你从哪里来？我说，我住过很多地方，我也不好说我是哪里人。他站起来说，不想说算了，等我准备好了我会再来找你，我叫马丁，马马虎虎的马，可丁可卯的丁。

跟我学拳的大多是在附近工作的白领，他们收入尚可，即使晚上要加班，中午也可以过来打一会。这些人怯生生的，大部分都是近视眼，似乎除了回家睡觉，一整天都待在写字楼里。因为只有我一个教练，能带的学员不可能太多，摸索了一段之后，我觉得十到十二个人就差不多了。其中七八人的训练时间集中在周六周日，剩下三五个人喜欢工作日中午或者晚上来，人少，省去交际的烦恼。有三个学员是"简字读书会"推荐来的，两个女孩一个男孩，在当地的一家中德合资汽车厂当工人。他们来的第一天就说他们是"厂里"的，似乎在此地"厂"只特指这家工厂。听他们说"厂里"大概有三万多工人，德国人只有很小一部分，三五十人，每年更换，其他都是本地人，本地人里百分之七十是从附近农村招募来的，村庄的机械化使很多人余了出来。我教的三个年轻人就来自同一个村子，很小的时候就彼此认识。从厂宿舍坐地铁过来需要六七站路，两边的地铁站都很近，但是他们通常会开车来。这家汽车厂已经非常自动化，说是工人，其实是巨型机器人的操控者，身上没有油污，倒是也挺累眼睛。一个拥有三万左右操控者的厂子到底有多大？很难想象。城市的一半是我们，三人里叫草头的那个男孩说，如果你走到我们的厂门前会震撼，那是一个钢铁的奇迹，在村子里永远不可能想象世界上有这样雄伟漂亮不会腐烂的东西。女孩 S 是试驾员，她的车技非常了得，据说可以开到两百迈的同时另一只手扎好辫子。她很活泼健谈。每天开车就会越开越快，她说，谁会越开越慢呢？我这个工作不会被机器代替，他们需要我提供我的感觉。女孩 W 是三个人里读书最多的一个，她说她从初中起每周就要读掉一本书，现在三十岁了，还保持着同样的习惯。我也想过当教师或者做编辑，但是收入只是厂里的一半，她说，而且这里没有出版社，我只能离开这里才能做编辑。我说，如果是大部头的话怎么办？每周一本不是很困难吗？她说，我会把它们切成几本书，十万字一本，还是每周一本。我说，用刀切？她说，当然是用书签，教练。我教拳的费用不低，一是物有所值，另一原因也是限制人数的方式，他们三个人付费时都很轻松，没有讨价还价的意图。S说，我们有宿舍住，不想买房，不想生孩子，所以我们的钱不用攒着，你的拳馆开得正是时候。

我很喜欢S，专业上的，我会控制自己与她交谈的频率，免得产生误会。

三人共同学了两个半月之后，男孩不再来了。一天练习完，他说，教练，我暂时不练拳了。我说，怎么了？他说，我要出差，谢谢你教我的东西。说完他就提上包走了。我问W，草头哪去了？她说，他不在厂子里工作了。我说，去了哪里？他还有不少课时费在我这。她说，我不知道，我们只是平时在一起玩，其实并不熟悉。我说，这个说法有点奇怪。S说，这有什么奇怪？即使我们每天在一起十个小时，还有十四个小时是他自己的，我们也不是他的器官。我说，我以为你们不在一起的时候也会相互联系，是无话不谈的朋友。S说，世界上哪有无话不谈的朋友？无话不谈是多恶心的事情啊。我说，我的表述不太严谨，但是你应该明白我的意思。W说，他消失之前曾经提起过你。我说，我？S说，是的，他说你的训练对他很有帮助。W说，他不是这么说的，他说他不想走。S说，少说话，我听见他了。我说，他还没有掌握最基本的出拳。S说，但是他确实说，你对他很有帮助，你让他比过去更好地控制身体。我说，他训练时间很短，效果还没有那么明显。S说，但是他很有前途对吗？我说，哪方面？S说，整体，我们都认为他很有前途。W说，简女士说他阅读也很有前途。S笑说，所以他不想打拳了。我说，这有什么关系？她说，我们开玩笑呢，他回村里料理亲人的后事去了，他走之前跟家里通了一个小时电话，我就在旁边。W附和说，他得过好一阵子才能回来，他的祖父死了，他需要暂时接管他们家的土地。我送了他两本书读，相信他回来时会比过去更有知识。

训练在晚上七点左右结束。S的进步快得惊人，已经可以打手靶，打沙袋，连续打出刺拳，后手直拳和双手摆拳，中间可以闪躲三到四次。她的脖子会随着摆动而变红，马尾辫也跟着有节奏地摇摆，汗水覆盖了所有皮肤，在振动中变成碎末飞弹。也许因为做试车员的缘故，她的精神高度集中，但并不紧张，高速中肌肉总是能做出准确的判断。心肺功能也相当出色，可以空击十分钟不中断。W还没有找到重心，不过她非常努力，她有些瘦也有些弱视，开始时每一拳都好像蜜蜂的毒针一样要清空自己，逐渐地认识到不可以发全力，也不可以失去重心去攻击对方，但是她还是忍不住，经常把重心给出去。在我的提示下，她训练的后段开始默念"不给不给"，这样确实有些帮助，她的力量变得吝啬了一些。一次训练结束之后S问，我们什么时候可以对打？我和W。我说，还需要一点时间，要不然你们自己没有乐趣，也容易受伤。S笑说，我不怕被打伤，W你怕吗？W说，不怕。我说，不是被打伤，而是打别人时自己受伤。S用毛巾擦汗说，你这里应该提供一个浴室。我说，我这里没有多余的房间，洗手间里有柜子，没有装花洒的地方了。S说，我们这样浑身是汗下楼去读书显得很没有涵养。我说，没有办法，也许以后我可以给你们提供干净的手巾。S说，你的卧室里有浴室吗？我说，有。S说，我可以去那里洗吗？我说，不可以，那是我洗澡的地方，里面很脏。W说，怎么个脏法？我说，脏是个借口，学员不能用我的淋浴间，不好意思。S说，我打得怎么样？我说，很好。她说，那我能用你的浴室吗？我说，不能。你可以用我这里所有其他东西。S说，我能成为职业拳击手吗？我说，很难，世事难料，不过我们可以看看。S说，你说话为什么老是含含糊糊的？你害怕什么？我说，什么都不怕，这就是我的真心话。

两人走后，我躺在躺椅上休息，回忆着刚才的对话，回忆着我从最开始认识他们三个的场景。草头一直很害羞，也非常沉默，我能感觉到他很喜欢打拳，很想把拳练好。他来自乡下，在城市受训成了工人，既淳朴又有纪律。他个子不高，五官非常漂亮，有一双像黑珍珠一样的小眼睛，肩膀很窄，胳膊很长，小腿结实。S原来就很爱说话，但是最近说话更多也更放肆了，也比过去更喜欢摸自己的脖子，尤其上面有汗珠的时候，她就用手指把它们捋下来，弹在地上。草头回乡之前来上课时显得比过去疲惫一些，动作比过去松散，我问他怎么了，他说，没事，只是没睡好。我说，你这个年纪不应该失眠。你的双腿要站得更牢一些。他说，不，是宿舍的楼上一层正在装修。我比他大二十岁，我忘记了我这个年纪做过的很多事情，但是我知道他没有说真话。这并不要紧，我不知道他的名字，只知道他的绰号。他们三个在谈一场复杂的恋爱吗？好像也并非如此，他们相处得非常轻松，是老友，没有表现出更深的生理上的瓜葛。如果机缘合适，S可能会成为一名拳击手的，她的质问就像刺拳一样锐利："你害怕什么？"我没有害怕什么，当然，这也确实是个好问题。

晚上来了一个访客。他喝了一点酒，脸上有明显的红晕，身体倒没有大的反应，行动如常，还是穿着牛仔裤，扎着马尾辫。我们再打三个回合，他进门之后放下背包说，我付一个小时的钱。我说，今天下班了，另外教练体验课也只能买一次。他说，我也没带拳套，今天陪我们头儿出去吃饭，就在你附近，我就过来看看能不能借你的拳套练一练。自己练拳怎么计费？不用你指导。我说，一小时四十八元。可以用公用的拳套，如果你不介意这是大多试课初学者戴过的。他说，你这里好热啊，你是不是应该安一个空调？我说，你打开窗子就会舒服很多。他并没有去开窗子，而是给自己缠上绷带。我说，你的绷带缠得不对，手腕不需要那么厚。我走过去帮他缠好，他张了张手指试松紧，突然出拳打我，一记几乎发了全力的左刺拳，我向旁闪过，差点撞在沙袋上。我说，什么意思你？他说，你别小瞧我，因为打拳我蹲过监狱。我说，胡说八道，我没有小瞧你，把我的绷带摘下来。他说，你不信？他们在监狱里打我，让我忘掉拳击，忘掉拳馆，忘掉我的动作。我说，越说越离谱，绷带给我。他说，你为什么要忍住怒气呢？我说，我没有。他说，你在忍耐，你的脾气本来没有这么好对吗？你是不是想把我从窗户扔下去？我说，没有，请你离开这里，我打烊了。他说，就是你们这些外地人，来到我们的城市，装得温文尔雅抢走了我们的工作。本来我有一个很漂亮的拳馆，你还记得吧？我说，那时候我还没来。他说，过去都是我们自己的，我们自己完全能够处理，即使有什么问题也是我们自己的事情，你这种人就不一样了，你搞破坏，拍拍屁股就走，又去另一个地方捞油水，如果我是你，现在就收拾东西离开这里，对谁都好。像上次一样，他又哭了起来，他用我的绷带擦眼泪，我想夺过来，我并不担心他再次攻击我，他的左手刺拳还有很多问题，我只是觉得那样会让他更加伤心，因此会变得更加麻烦。他说，你从哪里来？我说，一个挺远的地方。他说，叫什么？我说，柳城。他说，没听说过，一定是瞎编的。我说，那是一个很小的地方。他说，你原来是做什么的？我说，我一直教拳击。他说，别想蒙我，没有人会一直教拳击。为什么要到我们这里来？我们地方广大，但是几乎快被世界遗忘了。没人来这里旅游，没人来这里购物，我们四季分明，村庄可以长出作物，拥有一个德国人的汽车厂，我们就靠这个过活，还活得很好，大家都很幸福。你为什么会来这里？我说，我坐火车，本来有一个目的地，车在这里停靠时我觉得坐车坐得很累了，就从车上跳了下来。今天太晚了，你走吧。如果你很孤独，楼下有一个读书会，你可以参加他们的活动，那里应该能说很多的话。他说，什么读书会？我说，简字读书会。他说，她们在这里吗？我说，怎么了？他说，这个组织很有名。想要进去读书是非常难的，不是钱的问题，是他们只挑他们认可的人，能够读懂好书的人。你的躺椅可以借我用一下吗？他没等我回答就走过去躺下。简女士曾经走遍欧洲，他说，她是我们这里文化的精华。

第二天一早我起来时，马丁还在睡着，他像海马一样蜷缩在躺椅上，睡得很香。我像往常一样下楼吃早点，这里的早点种类不多，味道都很不错，价格也便宜。通常早餐店会提供五种粥品，只要你花一份粥钱，就可以无限量地喝下去。我会吃两个包子，喝两碗粥，一碗菜粥，一碗小米粥。这里的小米和蔬菜味道都很好，有一种独特的甜味。城市的周围是农田，依靠巨大的机器每年生产数不清的小米大米和蔬菜。早餐店的老板说，最好的给别人，第二好的给自己，再差的也给别人。第二好的小米粥对于我来说已经是顶好不过了，像炼乳一样黏稠，喝完之后整个人会感觉到一天的开始很踏实。因为担心回去之后马丁还没有离开，我故意磨蹭了一会，行为的节奏比过去慢半拍。

街边的很多楼都很相似，马路很干净，每一条马路也都很相似，路肩刷了黄色的油漆，中间隔离带是白色的，早晨的每条隔离带上都栖息着两个环卫工人在擦拭着它们。路上跑的汽车大多是本地生产的德国牌子，型号不同，价格各异，即使不看车标，你也会认出它们是一家汽车厂生产出来的，轮子比一般汽车大一些，像腿短的人，龙骨黑白相间。司机们都不会开得很快，也很少有人会鸣笛，在信号灯的指示下车辆忽走忽停，像通过安检的行李。偶尔有一辆车飞驰而过，其他人会让开地方，这辆车高速疯狂地向前开着，一段距离之后跟着两辆交通警察的摩托。早餐店老板说，每个月都会有一辆快车。我说，这样的人怎么处罚呢？老板说，不用处罚，他们会自己撞死。每个月都会有一两辆这样的车。我说，他们怎么保证自己会撞死？老板看了看我说，我只是形容一下，他们会全速撞上一个东西然后停下来，有人死，有人残疾，有人安然无恙但是会撞死别人。我说，是车的问题吗？他说，车有什么问题？这里的车是最好的，如果你有机会开一次就会知道，它们不是最贵的，但是是最好的，它们一半烧油一半烧电，用目前最经济的方式。有些人就是越开越快，停不下来。他看我没有接茬，继续说，我讨厌这些变成工人的农民，我一眼就可以认出他们，傻乎乎的表情，莫名其妙地笑嘻嘻，他们迟早会被机器取代，到时候他们就会离开这座城市了，回到他们该待的地方去。不过无论是谁造出来的，这里的

车是最好的，很多人背井离乡很多年之后，还是想念这里
的汽车，等他们老了，走不动了，就会回到这里买一辆车
慢慢开。

往回走时我没有坐电梯上楼，而是步行爬上楼梯，这
样会慢一些。走到二楼我看了一眼读书会那家的房门，跟
我的一模一样，我的门上有拳馆的名字："柳拳馆"，他们
的门上什么也没有，没有对联，没有福字，没有催缴水费
电费的单子。我停了一会，里面没有声音，没有读书会的
日子简文华在干什么呢？插花？刺绣？拼图？不知道为什
么这三样东西忽然跳入我的脑海。我在门口站了一会，不
知道自己要干什么，我当然不会把耳朵贴在门上去偷听，
也完全没有观察来往人员的意图，周围静悄悄的，好像没
人住一样。我伸手按了一下电梯，电梯从一楼上来，门开
之后也空空如也，我为什么要按电梯呢？以为电梯里会出
现谁？等电梯门关上，我向上爬到了三楼，看见 W 站在我
的门口。我说，你今天不上班吗？她穿了一件宽大的白色
T 恤，下摆盖住了蓝色短裤的半截，脚上是一双黄色的运
动鞋，鞋跟很厚，显得她的脚踝很纤细。她斜挎着平时背
的运动包，里面通常会装着她自己的绷带、运动服和水壶，
但是今天的运动包感觉比平时重一些，两侧背带向上拉着，
呈月牙形。她说，今天我轮休。我说，S 呢？她说，今天她
不轮休。我用钥匙打开房门，马丁只穿了一条内裤，正在
打沙袋，看上去他已经打了一会，站立的地方有了一圈汗

水，身上的肌肉发出亮光。他看了一眼我们，继续打沙袋，嘴里数着拍子，"哈，哈，哈哈""哈哈哈哈""哈哈，哈哈"。虽然他的技术动作有些问题，但是体力很好，拳套打在沙袋上的声音还很重，凹陷明显。我说，把我的拳套摘下来。他说，你的手好小。我说，摘下来，去穿衣服。他停下来，看着W说，你好。W说，你好，我叫W。他说，我叫马丁，是这儿的教练也是股东。我说，你不是，请你把衣服穿上。他从躺椅上拿起衣服套上，衣服的胸口马上湿了一块。他说，柳教练是我的老师，我从十四岁跟他学拳，一直跟着他东奔西走，这种生活很自由。W说，听你口音是本地人。他说，我融入一个地方很快，从小就这样，每去一个地方别人都把我当作本地人。我和柳教练都是孤儿，他就像我的父亲，我的拳法和世界观都是他赋予的。我说，他爱开玩笑，我们才刚刚认识。换衣服吧，咱们开始上课。你在这里待了一天一夜，是不是该去干点别的了？W走进了卫生间。马丁说，你回来之前，我把工作辞了。我说，你谎话连篇，无法自控，天天在做白日梦。他说，我说的是真的。我说，这里不是免费旅馆，赶紧走吧。他说，我适合打拳吗？我说，不适合。他说，你说实话。我说，可以作为爱好，不可能打到很好。他说，一个人有爱好不是很好吗？一个人有爱好不就可以活着了吗？一个人还能靠什么活着呢？我说，那你买课。他说，我想一直学，我买不起。我是孤儿，没有牵挂。我说，我不想知道你的身世，我不能教你，教了你就会跑掉，等于免费学拳。他说，我有抵押。我有一套父母留下的房子可以抵押给你，这件事不要告诉别人。我说，不需要，我一旦离开一个地方就不会再回来。我也不需要一个人一直跟着我。他说，一会让我来给 W 上课好吗？如果你不答应我，我就从窗户跳出去摔死在楼下的操场上。我说，我不答应。他说，自从我的拳馆倒闭，我的生活里只有家和头儿，我每天工作十二个小时，为别人组装家具。头儿卖家具，我负责组装，他有二十几个像我这样的工人，他很照顾我们，但是只跟我说心里话。你知道为什么吗？因为我相信他所说的一切。他忽然小声说，W 是做什么的？看她的样子，是不是装汽车的？我说，与你无关。他说，一会让我教她吧。我说，不行，我已经给她上了十几次课，熟悉她的进度，你教不了她。他说，那你让我帮你做靶可以吗？这样你省力一些，我也积累一点经验。我的能力做靶没问题的，全程我一言不发。W 换好衣服出来了，我说，先活动活动吧。马丁说，我来当助教，给你做靶，可以吗？W 说，可以。

　　W 的状态很好，尤其在打靶的时候，好像忽然找到了属于自己的拳感，肩背打开得也很充分。马丁说到做到，过程中完全听从我的指挥，一句话也没说，像是一个精密的机器人。训练结束之后，W 换回原来的衣服，坐在仕女椅上，说，我今天感觉很好，教练。我说，是的，你找到感觉了。重心最好再往中间来一点，右脚脚跟不要踩太实。她说，我第一次一个人来上课，出发的时候我还担心自己找不到路。之前都是 S 开她的车载我们，今天我自己坐了地铁。我说，一个人上课我有时间给你说得细一点。马丁说，以前是一个人给几个人上，今天是几个人给一个人上。W 说，我能再坐五分钟吗？我说，可以，后面一个小时之后我才有课。W 坐在那里，什么也不说，有时看看窗外，有时候揉揉自己的手指。十分钟过去了，W 说，马丁，你是叫这个名字吧？马丁说，是的。W 说，你晚上有空吗？马丁说，晚上是几点？W 说，可以陪我去看个电影吗？马丁说，我不喜欢去电影院看电影，电影院的电影都很无聊。我知道一个录像厅，买一张票可以看三部片子，你有兴趣吗？W 说，是违法的吗？他说，很安全，老板是我的朋友。她想了想说，那需要看多久？马丁说，大概六个小时，我们可以从七点开始看，看到凌晨一点，中途不想看了可以随时走。W 说，在哪里？马丁说，在我家附近，我家在六马路，六马路和七纬路交口有个玩具店，就在玩具店的地下一层。W 说，好，我下午去办点事情，咱们晚上七点玩具店碰头。W 走后，马丁说，我很紧张。他真的在浑身出汗，汗比刚才做靶时还要多，鼻子两侧都红了，他把自己的辫子散开又系上。我说，你怎么了？他说，我好久没有跟女孩去看过电影了，上次还是进监狱前。跟女孩在一起是很麻烦的事情，我很久没有想过这件事了。我说，你还有一个下午去想。他说，不想了，我一定要去，如果感觉很对的话，我就向她求婚。是

的，我需要一枚戒指，还需要一束花，戒指要藏在座椅底下
或者埋在零食里面。结婚之后暂时不要小孩，养不起的，反
正我父母都不在了，我在里面的时候他们都死了，没人会逼
我。只有一个问题，如果你离开这里，我就不能跟你走了。
我说，这样很好。他说，从她进门的时候我就爱上了她，你
看得出来吧？我说，没有。不过实话说，你今天确实跟之前
不太一样，我不是十分了解你，我也拿不准。他说，我从来
没这样爱过一个人，人都大同小异，W则不一样，她比我
的生命还重要。

　　马丁离开之后，我躺在躺椅上看书，看到一半我起来
查了一下日历，那是简字读书会送我的，他们自己制作的
小礼品，用纸很好，每个日子上面都有一幅名画，底下是
对这幅画的介绍。今天是七月六日，星期四，画的名字叫
《奴隶贩子正在丢弃那些已死和将死的人，台风将至》，画
家叫透纳。今晚有读书会的活动，W没有参加，通常她们
晚上练拳，紧接着去简文华那儿，下午上课的时候W对此
只字未提。到了晚课的时间，S也没有出现，她没有旷过
课，如果不上课又不通知我，这堂课还是要计费的，我找
出她的课时卡，把这一次划掉。她们三个的课时卡挨在一
起，我拿在手里翻着，变换着位置。六点半左右，保洁阿
姨来打扫，她讲着她的邻居中谁快死了，那个我不认识的
人得了重病，假装看不见继续做工，要不然有什么办法呢？
保洁阿姨评论道，重要的是活下去，别问为什么。我问，

楼下那户人家你了解吗？她说，从来没进去过，只在门口经过。我说，我也是，他们很安静。保洁阿姨说，他们没请我打扫，就算我去打扫过，人家的事我也不能乱说。我说，是的，我的事情你当然也不会跟任何人讲。她说，当然当然，你也没什么事情，你太简单了，过的日子像和尚。我说，这样的评价最好也不要跟别人说。她说，只说自己的事情，不说别人的事情，这份工作我干了很多年的。我点点头。七点左右，我打了一会沙袋，沙袋飞起，我站在原地不动，等它快到跟前的时候，我把它抱住。沙袋的难度在于你只有一个人，而对方是无生命之物，即使你拥抱它，它还是会用惯性将你顶开。

　　我洗了把脸，跟阿姨说她离开时顺手关门就行，然后我找出一件有领子的衣服换上，拿上那本《傲慢与偏见》，走楼梯下到二层。敲门。很快有人走过来，在里面说，什么事？是一个年轻男性的声音。我说，我是楼上的邻居，来体验一下读书会，简老师邀请过我。我把书在猫眼前面晃了晃，里面的声音说，您稍等。过了两三分钟，门被从里面推开了，一个二十岁左右的男孩笑着说，欢迎欢迎，简老师在里面，还没开始。男孩非常健壮，穿着他们的主题T恤，晒得黑黑的，像是刚从海边冲浪回来。这个房子的面积跟我的一样大，格局也相同，不同的是客厅中间多了一面墙，将其一分为二，变成了两个读书室，四周墙上包了隔音的材料，房顶上的灯形状简约，但是非常之亮，而且不止一个，亮光从四面八方照过来，房间里几乎没有阴影。外面的读书室似乎是一个小的教室，座椅和黑板都按照教室的方式布置，后面墙上挂着一个投影仪，看上去也可以用作放映厅。男孩说，简老师在里面，您可以先换拖鞋。这时从墙上的一扇门中走出一个女孩，装扮跟男孩相同，手拎一双一次性拖鞋走到我面前说，您的旧鞋需要帮您打理一下吗？我的脚上是一双穿了很久的运动鞋，从上一个地方穿来的，她问了我之后，我意识到这双鞋早该扔掉了。我说，不用。她说，那请您换上。看我把脚上的鞋脱掉，她蹲下迅速把一次性拖鞋套在我脚上，动作准确有力，如果在游乐园几乎可以获得奖品。女孩化了淡妆，身上没有配饰，手指甲也没有颜色，修剪得毫不尖利，像柔软的竹笋。她用两根手指钩着我的鞋后帮说，您稍等，会有人带您进去。然后转身走入门中。我心想，我不是已经进来了？我才发现玄关处多了一道帘子，刚才应该是卷上去了，现在却放了下来，上面画着一个日本女士穿着外国人的衣服，骑在马上手执马鞭，旁边有一排小字写："圣丰伯爵夫人：我的回忆是一颗包裹着小虫的琥珀"。我不认识这个人，想来是一个文学人物，不是侦探小说里头的人。我等了一会，帘子掀开，刚才那个男孩探出一个头来说，您请进，简老师刚才不知道您要来，去忙别的事了，现在可以了。我跟着他走过帘子，刚才的桌椅不见了，摆上了会客的沙发和茶几，茶几上面放着一盘剥好的红柚子，分裸裸露，一杯茶已经放在了客坐的单人沙发前面。简文华坐在另一截双人沙发上，看我进来她站起来说，我一直想你是什么时候来，没想到是今天来，请坐。铁观音可以吗？我说，你不用操心，我不懂茶。她坐下看着我，不知是否是错觉还是她更适合单人出现，我感觉她这次比上次见美了很多。我说，读书会几点开始？今天读什么？她说，《黑暗中的笑声》，一九三八年出版的一本小说。我说，没听说过，没做功课可以参加吗？她说，你真的很想读书吗？我从不请别人两次。我说，还可以。她说，不用勉强，随便聊聊也可以。我说，谢谢你推荐草头他们几个去我那练拳，他们都很招人喜欢。她说，我也觉得是。我说，但是草头和S都没有打招呼就不来上课了。她说，好没有修养。我说，那倒不重要，我只是想问问你这里后来看见他们了吗？她说，我吗？我需要想一想。她看着我，似乎正在思考，我也看着她，没有把目光挪走，她用手摸了摸脖子，好像上面有汗，其实上面十分光滑。她说，你原来是做什么的？我说，拳击教练。她说，这里的中介还有保洁阿姨跟我都很熟悉，你的资料我这里是比较全的，很有意思的是我们找不到你过去的痕迹，好像你从来到这里的那天才出生一样。那我换个说法吧，你上辈子是干什么的？我说，这重要吗？她说，挺重要，我和我先生很喜欢你，才允许你租了我们楼上的房子，我们都喜欢危险的人，现在我更喜欢你了，你说怎么办？我说，我之前有别的工作，不是很喜欢，所以我换了一个地方换了一个工作。你想问我的问题正是我不想回答的。她说，不是因为你想不起来了吗？我盯着她看，试图体会她话里的意思。她说，你在一个陌生的地方被击倒过，你的记忆被破坏了，对吗？在很远很远的地方，然后你就到了这里。我说，我们之前认识吗？她说，不算认识，你是不是对我这个地方有些好奇？我带你看看。我说，不好奇，我只是想问问草头和S去哪里了。她说，他们是你的朋友吗？我说，不算。她说，那你想干什么呢？我说，我说了，我只想问问他们去哪里了。她放了一瓣柚子在嘴里说，他们读书读得很好，所以我交给了他们别的工作。柚子的汁液溢出唇边一点，她用食指擦进嘴里说，中年人总是被年轻人吸引，你也是如此。我说，他们不是有自己的工作吗？她说，那个工作他们做腻了，脑子会越做越傻，表情也会越来越像汽车，而机器越来越聪明，越来越灵敏，将来总有一天他们会失去工作。我发现了他们其他的天赋，他们喜欢你，他们从来没见过你这种人，所以央求我把你留下。我说，我听不明白你的话，W呢，她在哪里？她说，我喜欢他们的建议，他们也觉得我的建议好极了，但是也有很少数的人脑子被生产线弄得傻掉了，无法复原，就像煮熟了的鸡蛋。这些人我称之为坏子儿，坏子儿需要从筐里面捡出去。通常来说，对喜欢看侦探小说的人我会刮目相看，脑子在运动，身体就会散发出香味，据我观察，越是喜欢读关于谋杀的故事的人越是如此。除了侦探小说你还看什么？我说，我只看侦探小说。她说，没错，你这样的脑袋只能理解这个世界的很小一部分。我用余光看了看，黝黑的男孩就在帘子后面，我能听见他的呼吸声。我说，你没有回答我。她说，这就告诉你，但是你得答应我一个条件？我说，什么条件？她说，随口说说，还没想好。她拍了拍手，灯突然之间全部灭了，我本能地站起来，力量充满了肩头。没有人靠近我。过了两秒钟，有一个机芯发出呻吟一样的声响，是投影仪运转起来了。对面墙上出现了一个街角，一家玩具店，透过窗户能看见里面有几个顾客，其中两三个是孩子。马丁站在店外，脸朝着街面。他还是那么的慌张，像个初中生一样一会站起一会蹲下，不停地交叉着手指。突然他站直了，W穿过马路向他走去，这时一辆本地汽车飞驰过来，将W撞到半空之中，那一瞬间她仿佛没有重量一样，落在地上后又向前滚了一圈。她的头颅碎了，血涂满了她滚过的地方，像是有人写着什么。车的前灯碎了一个，没有停顿继续向前开，冲上路肩撞在街角的墙上，车头稀巴烂，之后燃起了火。马丁像木偶一样一动不动，然后突然朝另一个方向狂奔起来。消防员迈着整齐的步子进入了画面。

不好意思，只有这么多，简文华说，W是个好苗子，甚至比S还要好，S看上去外放，其实内心里无法挖掘，也就没有可释放之物。可惜W没有明白这一点，她的心深处只要下一场雨，就可以淋湿所有人。你不用担心，我们不是经常搞谋杀，对于欠我们东西的人，对于想要拿着属于我们的东西离开这的人，我们做过很多工作，许诺，安抚，下跪，什么方法我都试过，但是也不能放任小偷肆无忌惮地来去自如，对吗？你杀过人吗？我没有回答。她说，哦对，你想不起来了，你的过去一片空白，也许不是全部空白，有些零星的东西在闪烁，那是什么呢？我说，我现在可以离开吗？她说，你不是还想知道另外两个年轻朋友的下落吗？她拍了拍手，大厅中间的隔断朝两旁分开，原来这是一扇有开关的电动门，后面露出一个电梯来。她说，请跟我来。我跟她走进电梯，电梯上面显示这是第七层楼，她按了一下三层。电梯再次打开的时候，我的面前出现一条甬道，两边是无数的房门，她突然拉起我的手往前走，那只手充满人情味、充满善意。你的手真硬，你可能会觉得有点像迷宫，她说，其实只是为了空间利用好一些。她领着我拐弯穿梭，这里似乎是一个有着无数房间的公园，温度很舒服，比上面凉爽，我感觉自己比刚才更鲜活。她刷了指纹，推开了一扇门，一个男人正在爱抚一个女孩，女孩穿着胸罩和内裤，嘴巴微微张着。女孩我不认识，男人是简文华的先生，他冲我们笑笑，把手放在嘴唇上给了他太太一个飞吻，他只穿了一条内裤，皮肤上好像抹了油，两条手臂修长无比。简文华说，感觉怎么样？女孩说，不能用语言形容。简文华关上门边走边说，浮士德说过什么来着，这真美好啊，请你驻留。她往前走又推开一扇门，一个男人把另一个男人压在身下，这两个人我都没有见过，但是不用想也知道他们是本地的年轻人，很可能之前在汽车厂工作。旁边站着一个中年男人在用秒表计时。简文华说，怎么样？中年男人说，还差一点火候。简文华说，你想怎么办？男人说，也许把其中一个吊起来会好一点。简文华说，可以。她关上门说，你看到壁纸了吗？但丁的《神曲》主题。我说，我不懂。她说，你当然不懂，你的小脑袋瓜被打坏了。你想帮助你喜爱的人？这么朴素的想法是世界上最难实现的事情之一啊。这里的年轻人最好的出路就是性交，汽车早已经饱和了，很少的人会需要两辆汽车，但是很多人会喜欢两个或者更多伴侣。我在这里长到十八岁，三十五岁他们叫我回来，就是要把这个公司做起来。你想过没有，如果我们把环境处理得很卫生，这些没受过什么教育的年轻人就可以兑现他们的天赋，每天获得巨大的愉悦。我说，你们获得钱。她说，不是我们，是所有人获得钱。想想看，他们本来在生产线上，是最廉价的劳动力，他们可能会受伤、残疾，大多数会耗干自己的能量，在四十岁左右的时候变成一个木讷的人。而他们来到我这里，会发现即使每天跟别人做爱，身体也不会受到什么伤害，一辈子做三百次和一辈子做一万次对于他们没区别。在其他时间他们读书，锻炼，旅游，会学习到更多的东西，会让自己的灵魂更加丰富。我说，他们最终会去哪里？她说，世界各地，我们有一个物流系统和一个会员系统，可以保证他们抵达指定位置跟会员会合。当地也会有专员接送他们。你想体验一下吗？你试过最疯狂的性爱是什么样的？我说，我得走了。她说，哦，一会读书会就要开始了，他们要认真读书的，一个不阅读的人做爱也没有创造力，不过你看来并不想参加。为了再挽留你一小会，现在告诉你一个秘密。她把嘴唇贴近我的耳郭说，我不爱阅读，我他妈的一点也不爱看书，我只能读懂很少的一部分，也许比你还少。我说，你看上去很有知识。她说，那很容易。知识，艺术，都是人类生物本能的装饰，但是卡夫卡，你听听，卡夫卡，多么时尚，多么性感，屠格涅夫，听听，是不是会让人勃起，想要把钱花在你身上。我最喜欢的一个名字是卡尔维诺，《如果在冬夜，一个旅人》，啊，我一个字也没读过，但是想起这些我就浑身发烫，我的意大利客户们，他们一直是最慷慨的。我说，对不起，我真得走了。她拉住我的胳膊说，你还有东西没看，我保证绝不会让你后悔。我们再次进入电梯，电梯下到最底下一层，标识的第一层。在电梯中她说，S、W和草头，他们学过拳击之后都明显比过去更强韧更协调，也许在他们心里还有一些不安和怀疑，可能是出差太多去了太多陌生的地方导致的，拳击让他们生理和心理都得到了平衡，当然现在这对 W 没有意义了。

　　电梯门打开，门前是一张桌子，上面放着一只拳击手套。白色的，没有图案，能看出来是用过的，像一个凝固了的白色拳头。通常拳击手套都是成对出现，看见一只手套让人有点不舒服。她说，这是专门为你准备的，你有什么想法？我说，没有。她说，一点思绪也没有吗？我说，没有，这是一只普通的白色拳击手套。她说，太遗憾了，我以为你多少会记得一点点。我来提醒你，这是你父亲用过的。我的头脑里突然闪过一片东西，就像是大风吹过来一大堆彩色的亮片，它们一拥而过，我没有看清具体的颜色。她说，你们拳击手多年之前曾经领导过一次暴动，被剿灭了，你的父亲是主要领导者，当然他被处决了，其他拳击手要么被处决，要么关押多年之后转行做了别的。你是唯一的幸存者，你父亲想办法让你逃脱了，你离开了这里，我们失去了你的音讯。没想到你几个月前自己回来了，像是完全不认识这个地方一样，我们都觉得很有意思。我浑身发抖说，我只会打拳击，我在陌生的地方打了一场不该打的比赛。她说，你是最后的拳击手，你知道吗？你是最后一个拳击手，没有危险性了，所以每个人都想看看你，跟你聊聊，参观你一下，但是你来找我，带着怒气，就说明你即使脑子坏了，也毫无悔改之心，你的血液里有坏东西。我说，我跳下了火车。她说，是的。我说，我不知道为什么我跳下了火车，原来这是我的家。我的眼泪流了下来，我知道她说的是真的，我还没有完全想起父亲的模样，但是已经能看到他的衣襟，他的手背，他的轮廓。我说，这个拳套可以给我吗？她说，当然不行，这是我们的战利品。你的时间不多了，你想悔过吗？我说，不，我想回到我的房子里待一会。她说，就这样？我调整自己的呼吸，准备用一个右摆拳打倒她，我一直在等待时机，这是她防范最脆弱的时候，我的右脚刚挪动一小步，她笑了一下，我意识到不可能打中她，黑暗里有人在瞄准我，一个尖锐的东西指向我。她走近我说，如果你想要牛奶，就必须接受奶牛，牲口棚，田野，诸如此类，对吧？说完她吻了我的额头，那是非常柔软的嘴唇，凉丝丝的，血液涌上我的头顶又向四肢流去，我的心绪平静下来。

回到家打开房门，我发现马丁坐在仕女椅上，应该是保洁阿姨给他开的门。他浑身是汗，好像刚跑完马拉松，两条腿伸向两个方向，胸口起伏，头发披散下来，遮住了半张脸。他看见我说，我差点求婚成功了。电影也很有意思，我选得很好，W很喜欢。我没有说话，搬了一把椅子坐在他对面看着他。他说，她觉得我很可爱，只是我们认识时间有点短，她稍微有点不喜欢我的鼻子，她说我的鼻子看上去有点蠢。我说，打拳击的人不会在意鼻子。他说，我当时就是这么跟她说的，她说她已经带好了行李准备离开这座城市，她在很远的地方有个不错的机会。问我是怎么想的，我说我还没有想好。她说她已经等不及了，必须得走了。我说你先走，给我一点时间，如果我想好了我就去找你。我说，你现在想得怎么样？他握住我的手说，我要走了，教练，再也不会回来了，这次我找到了我一辈子爱的人，我不会让她消失溜走，我会永远待在她身边，跟她吵架和好变老死去。我说，好。他说，即使一个人有很多搞不懂的事情，即使一个人一直孤独下去，他也可以活着，对吗？我说，那更应该活下去。他点点头，走出了我的房子。

夜晚来临的时候，我躺在我的躺椅上。这个房子我特别喜欢，是我待过的地方最喜欢的一个住处，我站起来在里面走了两圈，让沙袋晃动起来。它再也不会真正停止了对吗？在宇宙的维度底下。我看着幼儿园的操场，那里现在没有孩子们的声音，但是他们陪伴我度过了很多个下午，在我因为回忆里的某些模糊的事情痛苦地打滚的时候。我忽然想起来，这就是我小时候上的幼儿园，啊，就是这个，我的父亲经常来接我，我想起了他的样子，方脸盘，不高，有两条非常结实的胳膊，但是牵起我的手时就像棉花糖一样温柔。他教会了我打拳，我向空中打出一拳，这一拳标准有力，非常舒展，消失于打完的瞬间。这是一个我们活过的世界，将来也有人来活的世界，不应该把她变得更好吗？我记起我年轻时这么跟父亲说过，父亲觉得我说得挺好，这可能是他让我跑掉的原因。

幼儿园的操场上走来一个人，他抬头，冲我挥手，穿着在此地不太常见的黑色西服，我认出那是追捕我的人，复活的记忆里有这样一套装束。我扭转头，门口响起了脚步声，另一个人也来了。我把手提包放在地上，这真是一

个恰当的时机，早一点的话我可能不像现在这样丰富，晚
一点的话我就又上路了。敲门声响起，我说稍等，门口的
人说，好的，我等您。他的声音比我想象得亲切，这是我
的乡音。我去卫生间刮了一下胡子，检查了一下自己的穿
着，走过去打开了房门。

买
狗

早上送完孩子上幼儿园，我回到家里看电视，看到中午想起自己没有吃早饭，就到厨房找东西吃。我找到一盒蓝莓和一根香蕉，香蕉的外皮黑了，但是味道并未受到太大影响。透过厨房的玻璃能看见园区里很多花开了，我认得的没有几株，不过叶子几乎不分种类，它们都绿了。早春的风还是不小，花在摇动。接近下午两点的时候我接到一个电话，有一个房地产公司在招募写文案的人，问我愿不愿意去。我说，需要面试吗？对方说，不需要面试，只需要笔试，他们有一个新楼盘在沈北，五块外墙广告，你可以先写写试试。我想了想说，算了，太远了。对方说，又不是让你住过去，只是写两句广告放在上面。我说，那也太远了，我再等等。下午四点的时候，我喝了一瓶啤酒，是我两天前藏在旧微波炉里的，然后给老胡打电话，问他在干吗，他说也没什么事，问我在干吗，我说晚上不用接孩子，我岳母已经出院了，她去接就行。老胡说，你岳母怎么了？我说，动脉硬化，医生说她需要锻炼，她身体一直很好，我觉得她只是去疗养一下。老胡说，那咱们去哪呢？我说，还是你家吧，你那有酒吗？老胡说，你出发吧，我去趟麦德龙。老胡家住兴工北街，也不能说在家住，那是他的一个小公寓，他还另有两三个住处，都比这个公寓大，但是喝酒的氛围不如这里，不够聚气。

　　我们是在医院认识的，一年前吧，排队做肠镜，前后挨着，随便聊了两句，他问我平时都喝什么酒，我说白酒和啤酒居多，主要是散白酒和绿牌儿，别的也喝不起。他问我怎么藏酒。我说，我有时候藏在孩子的书包里，早上送他上幼儿园的时候在路上喝，晚上基本没有机会，因为太太下班了，老人也来了，看得很紧。他说，是个办法，这叫富贵险中求。我说，你呢？他说，我用不着，我单身，父母都在国外，我想喝就喝，有时候一个月每天都喝，喝七八个小时，有时候十几天不喝，也不馋。我想了想说，你不喝的时候都干什么呢？他说，运动，我跑步，跑累了就睡觉，醒了如果还有劲就健身，做瑜伽。我说，我很钦佩你，由衷地。他说，没啥，喝酒这件事身体还是很重要的，一个是考验你的代谢能力，一个是你的屁股和腰，是不是能够坐得住，如果你坐两个小时就累了，即使你还想喝，你也会变得焦躁。我说，你说得对，所以我之前爱喝啤酒，现在喝白酒多一些，喝啤酒需要上厕所，很麻烦，白酒躺着也可以喝。他说，我从来没躺着喝过酒，躺着怎么喝？我说，用吸管。有时我喝得很累起不来，就用吸管喝。他点头说，这个我没想到，办法总比困难多。从医院出来，我们就找了一个地方吃饭，他请的客，饭店打烊之后，我们又去他的公寓继续喝酒，喝到天快亮我告辞回家。

坐在地铁上，我掏出我的小本写东西，那是一个棕色皮子的笔记本，同样的本子我有二十个，已经写满了十六个。地铁上有人忽然流鼻血了，我把它记下来。五年前我在上海工作的时候，我开始写第一个本子，那时我在上海的一个广告公司工作，曾经发表过一篇小说，后来因为喝酒我辞职回到了 S 市。我的太太是我的小学同学，也是我的邻居，认识很久了，从我离沪返乡才开始正式相互了解，为了结婚我戒酒了半年。孩子出生后，我又喝了起来。

女孩叫了一声，手放在下巴颏的位置。她很年轻，也许是造血功能过于旺盛，身体用不完，只能淌出来。地铁上的人不多，血哗啦一下掉在地上。她一边堵住鼻子，一边蹲下用剩下的纸巾擦了擦，还有一些痕迹，她用脚蹭来蹭去，我的心里涌起了很多奇怪的感受，起鸡皮疙瘩。

我和太太有时候会聊起小时候，她记得的比我多，比如我那时是什么性格，犯过一些什么错误。她说，如果她现在见到小时候的我，也会一下把我认出来，然后带我去玩好玩的，请我吃好吃的。真是古怪的设想，我从来不会这么想事情。

后来我倚着隔挡睡了一会，醒来时感觉精神很好。这一站下地铁的人特别多。老胡的公寓在一座大厦之中，里面有很多忙碌的公司，走来走去的人脖子上大多都挂着牌子，印着自己的照片，每人一个小小的自我在胸口晃荡着，电梯几乎在每一层都要停顿。

他房间里的温度很高，大概要比室外热二十度，这是他的习惯，喝酒时要穿短袖，脚上穿毛绒拖鞋，放一条手巾在旁边不停擦汗。这间公寓有三个房间和一个客厅，一个房间是书房，不过书很少，书名也都稀奇古怪，毫无联系的书紧紧挨在一起，《霍乱时期的爱情》旁边摆着《七龙珠》。这里也摆放他平时搭的乐高，大的乐高有将近一米，手持长剑，头戴黑色头盔，是《星球大战》里的人物，名字我叫不出来。最小的乐高是一个小黄人，大概只有橡皮那么大，放在他的苹果台式机旁边。一个房间是他的卧室，对面另一个房间是客卧，我睡过两次，很舒服，冬天的被子和夏天的被子整齐地放在床底下的隔层里，枕头也有好几种，衣柜里挂着四套干净的睡衣，两套厚的两套薄的，两套男士的，两套女士的。客厅是狭长形的，放着一套沙发，一只茶几，一个冰箱，两个酒柜和一张餐桌。木质酒柜和通电的红酒柜挨着，茶几上放着雪茄盒，盒上有一把雪茄剪。他坐在沙发上，穿着一件白色 T 恤衫，正在往两只玻璃杯里倒酒。他说，先喝点威士忌？我说，好。他说，你刚从外面进来，不加冰了吧？我说，好。我脱掉外套，坐在他对面的椅子上，拿起杯子喝了一口。很快我们喝掉了四分之一瓶，身体的温度和房间的温度适宜了，我感觉到自己的头脑和四肢像是加满了油的汽车运转起来，眼睛也比之前看得清楚。老胡似乎比过去健壮了，两只小腿像两个沙袋。他有一双闪亮的小眼睛，总带笑意，无论嘴里说的是什么。他说，你太太和孩子怎么样？我说，挺好。他说，你们最近又聊了吗？让你好好生活。我说，没有。我最近在尝试做饭，我从网上下载了一些菜单。他咧嘴笑了，说，这款威士忌可以吗？我说，很好，高地的，适合春天喝，春天潮。说完了这句话我还想说一句，我说，我听我太太跟我儿子说，当然是不小心听到的，她说我是个病人，慢性病，所以除了早上送他上学之外，其他事情都做不了。我儿子问她，那爸爸会死吗？她说也许会死，但是需要很长一段时间。他说，说得好，这就是客观并且有境界的人。

到了天黑的时候，我们喝完了这瓶酒，开始喝啤酒，据我们俩的经验，喝完威士忌喝啤酒是非常好的体验，啤酒的压力会把威士忌的醇热输送到全身，就像是水流运送木头一样。他把手放在额头上，放了一会说，我上周在海边买了一套房子，等你有空时我们可以去那喝酒。有一次我喝多了在海里游泳，创造了我的距离纪录。我说，太远了，还是这里方便。他说，你还想写书吗？可以去那里写。我说，不知道。不写也没什么，我的那套可能早就过时了。他打开一罐啤酒说，我爸死了。我说，什么时候？他说，上周，在美国，心肌梗塞，开车的时候，还撞死了一个行人。一个白人妇女。我说，实在抱歉。然后想拿起酒杯喝一口，觉得不对，又把手抽了回来。他说，没什么，本来我不想说，但是我想也许可能给你提供一些素材，你需要记在本子上吗？我说，不用，你需要去美国？他说，不需要，他和我妈是逃走的，诈骗，在我高中的时候，但是当时我喜欢班上的一个女孩，我就没上飞机，他们到了美国就藏起来了，我不知道他们在哪，现在我也只知道他们其中一个死了，所以我是纯洁的。这个词怎么样？现在加冰吗？我说，不用。他说，那换种啤酒。

　　他从冰箱里拿出四瓶小粉象，用手指夹着放在桌子上。他使用的开瓶器是最简单的那种，Y形，非常小巧，卡口只比瓶盖宽一点，没有浪费的材料。瓶颈泛起轻微的泡沫，他小心地撕掉瓶口周围的包装纸，倾斜玻璃杯，把酒倒进去，更厚的泡沫最后聚集在杯子的三分之二处，像是银白色的嘴唇。他把杯子推过来与我的杯子碰了一下，然后一饮而尽说，一会你什么安排？我说，没有安排，如果你不想喝了，我就回家。他说，我想买条狗，我一直想养条狗，我现在想去买，你陪我去吗？我说，人家应该下班了吧？他说，我昨天约好了，卖狗的人和狗住在一起，其实无所谓下不下班，你也可以买一条。我说，我得想一想，我从来没想过这件事。他说，你儿子也许喜欢狗，他没跟你提过想养宠物吗？小孩到了一定的年龄应该都会想养。我说，他还太小没提过，即使喜欢家里空间也不够。另外，我手里没有钱。他说，我送你一条，回头你有钱再给我，而且两条肯定会打折，比只买一条合适。我说，我不买了，我陪你去吧，怎么去？他说，我开车，拉狗方便。别担心，我先吐一下，把肚子里的酒降一降，我们不走大路，不会有人查的。说完他走进洗手间待了一会，出来时头发湿湿的，他穿上外套戴上棒球帽，把剩下的威士忌灌进他随身带的酒壶里。桌上有十几个空酒瓶，我努力不去看它们，我最讨厌看空酒瓶，像一排丧失了什么的刻度。我们两个坐电梯下到车库，上到他的车里，一辆红色的路虎，后视镜上悬着一个佛陀。

　　老胡开得非常平稳，距离黄灯还有二十米的时候就缓缓刹车，然后歪头看路边的建筑。他忽然说，小学我在这上的。我顺着他的目光看，岐山路外国语小学，我说，我听说过，好像是贵族小学，住校。他说，还行吧，有人贵族，有人不贵族，反正我打架，五年级的时候我让一个六年级的孩子住院了。你小学在哪上的？我说，我想想，好像那个小学已经没了，我记得操场上有几个双杠，其他什么也没有。我能在双杠上行走。他说，你写了多少个小本本了？我说，十几本吧，我就是想，按照我这个喝法，也许有一天会糊涂，但是我感觉再糊涂也会识字，我翻翻就知道我干过什么，我身边的人干过什么。他说，你刚才写了什么？我说，我记了我们的对话。他说，念念。我说，路上老胡开得非常平稳，距离黄灯还有二十米的时候就缓缓刹车，然后歪头看路边的建筑。他忽然说，小学我在这上的。我顺着他的目光看，岐山路外国语小学，我说，我听说过，好像是贵族小学，住校。他说，还行吧，有人贵族，有人不贵族，反正我打架，五年级的时候我让六年级的孩子住院了。他说，真有意思，真又不真。你记下，后面是，他的肚子中了我一刀。我说，好。

狗场在郊区，占地面积不小，有一个院子和三间狗舍，院子之大像一个操场，地上是平整的黄土。是一对夫妇开的，男人干瘦，个子很小，看上去四十岁出头，腕骨上方一点文着两条缠在一起的毒蛇。女人穿着绒睡衣，头上系着发带，似乎刚卸了妆，脸上泛着油光，看着比男人小几岁，年龄跟老胡相仿。我刚才跳操来着，女人说。老胡说，影响你们休息了吧。男人说，没事胡总，我们睡得也晚，怎么感觉你瘦了？老胡说，没有，一点没瘦，我想挑两条狗，给我朋友也来一条。我跟男人握了握手，男人说，叫我老三就行。老胡说，三哥。我说，三哥。老三说，别客气，你们想挑什么品种？最近来了不少新的。老胡说，我来时想的是秋田，但是都看看吧，看眼缘。老三说，秋田没有了，只剩一只做种的，其他几只上周让人包圆了。金毛和边牧有几只小的，都很纯。小型犬也有，贵宾、泰迪、吉娃娃，这位兄弟你给谁养？我说，我就不要了，我就是陪老胡来看看。女人说，来都来了，挑一只，养不好可以送回来。我说，好吧，那我看看，我儿子倒是能喜欢。老三说，有地方遛吗？我这人有个毛病，如果你没地方遛，多少钱我不卖你，狗遭罪，人也遭罪。挣钱归挣钱，但是老胡知道我啊，我就是有这个毛病，怕狗没地方跑。老胡拍了拍他说，都明白，我这兄弟特别善良。老三说，让娜娜陪你们挑，我给你们泡茶，一会过来喝茶。女人带我们走向狗舍，老三在后面忽然说，胡总，你还喝酒吗？老胡回头说，还喝。老三说，嗯，一会过来喝茶，说完走进了屋子。

狗舍和他们住的屋子紧挨着，娜娜打开门之后又打开了灯，吓了我一跳，我才发现刚才的那段时间我已经昏昏欲睡了，只是自己并不知道，还在说话走路，现在算是醒了过来。面前大概有几十个笼子，地上是一层，半空中一层，像是立体停车场一样，每个笼子里都有一条狗，没有一个是空的。灯一开，狗们就狂吠起来，像足球场里的球迷一样，都在奋力呼喊，但是听不清具体说的什么。空气里有臭味。她说，还受得了吧，我们装了新风系统。老胡说，没事，比我上次来好多了。娜娜说，是我给你们介绍一下，还是你们先逛逛？老胡说，你给说说吧。娜娜说，好，其实每条狗都有每条狗的好处，再劣的狗也有人喜欢，

再纯的狗有人买回去两天就送人了，所以这东西一方面是
个人喜好问题，一方面是合不合适的问题。有几条我自己
喜欢的狗我给你们看看。老胡从怀里掏出酒壶来喝了一口，
娜娜说，这有一条三个月的金毛，你们看一下，它很少叫，
但不是不健康啊，是性格问题，它妈生下它就死了，我天
天半夜起来喂，它才活了。你们看这脸，种是很纯的，看
金毛要看鼻子，越凹越纯。老胡盯着看了一会说，确实凹。
他回头看了娜娜一眼，娜娜拍了他肩膀一下，准确地说，
是在他脖子和肩膀的连接处摸了一把，说，别我说啥是啥，
这狗不便宜，它爸妈都是老外。老胡把手放在娜娜腰上，
然后立着伸进她的紧身裤里，我看见那手像山脉一样在她
的屁股上挪动。娜娜说，有没有点公德心啊？手这么凉。
老胡说，就是想让你暖和暖和嘛。娜娜回头跟我说，哥们
你别见怪，我们是高中同学，从小玩大的。我没在看他们，
我看见了一条狗，一条棕色的短毛狗，四只修长，小眼睛，
大鼻子，两只小耳朵贴在头上，毛皮泛着水波一样的光泽。
我说，这是什么品种？老胡和娜娜在接吻，老胡的双手不
是抱着她，而是捆着她，跟他的腰紧紧贴在一块。娜娜扭
头说，哪条？我指了一下，她走过去，把狗笼子从二层摇
下来，一层的摇上去，像自行车的脚蹬子一样。拉布拉多，
她说，这只狗好，主要是毛色，这个色的特别少，全市超
不过三只。我说，他的眼神真无辜。娜娜说，小狗都这样。
现在养拉布拉多的挺多，但是养好的不多，这狗特闹，尤

其在八个月之前，能把你家砸了。光遛也不行，得让它跑开，跑开了骨头就长开了，个头就起来了，跑不开就容易抑郁，咳嗽，吃多少也长不大。我犹豫了一下，不是我在思考有没有空间让它跑开的问题，而是我想起刚才娜娜说的话，他们是高中同学，原来是她。我看向她，她的腰挺直，文了眉，从她的笑容能看出她一直是个努力生活的美丽女人，想当年肯定是个可爱的女生。娜娜说，如果你家附近遛不开，可以到我这来跑跑狗。只要买我家的狗，随时可以来跑，都是免费的，时间不限，我们还可以帮你训训，简单的训练都可以，训成警犬不行。老胡说，你可以再看看，这么多呢。我说，你选好了吗？他说，我想到里面再看看。我说，我选这只拉布拉多了，多少钱？娜娜说，别有压力，看了也可以不买，没事的，她对老胡说，你这哥们挺有意思，好像我非得卖他似的，上来就买。我说，没有，我看好了，多少钱？老胡说，钱一起结，你不要管，小娜，把狗放出来，去院里看看腿脚。

娜娜从门后的柜子里拿出一条狗链，项圈和绳子都是皮的，又拿出一颗网球，说，链儿我送你，现在不用套，走时套上。她把狗链和网球递给我，然后打开笼子门把狗抱出来，用脚踢开门，狗放在地上。狗马上向远处飞奔，她说，这颗球够玩的了，从它嘴里往外拿的时候慢点，它不是要咬你，甩头时别刮着你的手就行。我说，知道了，走到院子里，她在我身后把门关上了。天空中有星星，不单是在郊外的缘故，今天的天气本来就很好，凉而利的风吹着我的脖子，我意识到身上的夹克穿了五六年了，原本深蓝色的袖口已经有点发白，妻子给我买了一件新的，一直在衣柜里。狗在院子里跑着，远远地只能看见一个黑影。我把手里的球奋力掷出，很快狗就衔回来，把它放在我的面前。我再掷出去，它又飞跑而去，把它衔了回来。我摸了摸它的脖子，它把头低下去，下巴放在土上。我说，你叫乐乐如何，这么好玩吗，乐乐？它看我没有抢球，就把球放在我的脚边，我伸手去拿，它又马上叼在嘴里。我从它的嘴里把球夺过来，扔出去，这次扔得比上次还远。过了好半天它才回来，嘴里没有球，它用眼睛看着我，好像我给它出了一道难解的谜题。我走遍了院子，也没有找到那颗球。球不见了，也许是掉进了洞里或者弹出了墙外。

　　大概半个小时之后，老胡出来了，牵着一条斗牛犬，娜娜跟在后面锁门。老三走出来跟我们打招呼，老三说，胡总，喝口茶吧。老胡说，不了，太晚了。老三说，我想再建两个狗舍，跟银行再贷点钱。我这院子大，狗舍太挤了。老胡说，好，我给他们说一下，你缓两天去找他们一次。老三说，上一次利息有点高了，这次能给降点不？老胡说，那还高吗？我问问他们。娜娜给两条狗打了麻醉，把它们搬到了车上。大概一个小时之后会醒，娜娜说。老胡说，足够了。老三说，茶都给你泡了。老胡说，下回喝。上车后他朝夫妻俩挥了挥手，两人扭头回到了他们的屋子。

　　回去的路上，我们没怎么说话，他开得飞快，一边开，一边把酒壶里的酒喝了。开了半天，周围还是村庄，借着车灯能看见春天的稻秧。我说，你这是往哪开？他说，我也不知道。我说，你买过多少狗？他说，十几条吧。我说，它们现在都在哪？他说，都放了，每次我都给拉到劳动公园，夜里趁没人的时候放了。好心人会把它们带回家的。我说，也有可能会成为野狗。他说，我不喜欢狗，我心情不好就买一只，但是我不喜欢狗，我也养不了。我不恨狗，我就是不知道该去干什么，我看腻了娜娜，我还能帮助谁呢？我好想帮助她，帮助她让我觉得自己还在做点事情，但是这些狗我又该放在哪里呢？我说，如果我们住在森林里就好了。他说，我也这么想，你的小本本呢？我说，算了，不是每件事情都要记着。又开了一会，我感觉到后排座有动静，回头看，乐乐醒了，正扭动着身子要坐起来，另一只狗还睡得很实，一动不动。他停住车说，你下车吧。我说，现在吗？他转头看着我说，看见你让我感觉难受。你带着你的狗下去吧，我带着我的狗继续开，这只狗我会留下来，我们再不用见面了。

　　我从副驾驶爬到后排，然后打开后车门，把乐乐牵下来。他开走了，尾灯很快在黑夜里看不见了。我牵着乐乐往相反的方向走，开始的时候它走得很慢，有点不协调，应该是麻药的缘故，很快它就走好了。我说，你想去哪呢？它看看我，继续往前走。我的酒完全醒了，身体的核心里

积攒的酒精在咯咯作响，开始消融。我们就一边说话一边
走着，它走在前面，我走在后面，好像认识了很久。

爆
炸

来了吗？它说。

我说：来了。

　　我和马威坐在电脑前面，这台电脑是她母亲在三好街给她买的，组装机，主机，屏幕，键盘，鼠标，都闪闪发亮，而这个QQ号码她用了将近一年，是在学校的机房里偷偷注册的，当时我也坐在她的身边。她在QQ上的名字叫小马，头像是一片大海，远处能隐约看见一根桅杆。一个好友的头像在闪烁，它的名字叫做鲍勃，头像是一双交叉紧握正在祈祷的手，一幅铅笔画，上面有密密麻麻的褶皱。鲍勃闪烁不止，我点击他的头像。此时是夜里十一点半，一个半小时之前我从家里溜出来，骑着自行车穿过半个S市，轻轻地走上三楼，她帮我打开门，我走进她的卧室。不用特别轻声说话，他们的屋子跟我们有一点距离，羽绒服挂在衣架上，马威说。我冻得够呛，脱了衣服，把眼镜拿下来用衬衫的下摆擦。卧室里很暖和，除了一张单人床之外，还有一组书架和一个书桌，面积超过了我们全家人占有空间的总和。那年我十六岁，马威是我的同班同学，十六岁半，她是我们班成绩最好的学生，也留着全班女生中最怪异的头发，比我的头发还要短，接近圆寸。这样我觉得没有阻碍，她跟老师解释说，我的头脑就像没有载货的船。我坐在她的床上，她的床已经收拾干净，过于干净，让人察觉刚才上面一定有不少东西，这一定费了她不少时间。她的右手缠着绷带，吊在脖子上面，那天上午的体活课她从双杠上掉下来，当时她想做一个空中180度转身，把右手手腕摔断了，左手中指也肿得像个沙锤，现在她整个人的形象有点像一名女兵。她说，我爸妈晚上喝了酒，现在睡得很实，如果你饿了或者想喝水跟我说，我去厨房给你弄。我说，我爸也喜欢喝酒，但是我妈不喝。她说，我家每次都是我妈喝得多一点，我爸的酒量一般不敢造次，喝完都是他来开车。

我早知道他们家有一辆奔驰，同学们都知道，听说车头特别宽，稍微一不注意就会在小街里卡住，这辆车平时就披着罩衣停在他们家的小区中间。进小区时我看见了，还真不是传说，我没敢掀开罩子看里面，谁知道这车会不会突然响起警报。他们说这是马威家托人从深圳买的走私车，然后一路向北运回了 S 市。这辆车穿过了太平洋，又穿过了大半个中国，在这个冬天的夜晚就停在小区中间，被寒风包围。马威平时骑自行车上学，我曾问她何必装模作样，她说，你们都骑自行车，我坐在车里来到校门前，显得我很傻帽。我说，不是因为觉得我们傻帽才对？她说，错，如果还有另一个同学坐汽车来上学，是你们傻帽，如果只有我一个，是我傻帽。马威是我从小到大见过的最聪明的人之一，我在后来的生活里每当遇到一个聪明人就会拿来跟她比较，她几乎不曾败北。她的聪明之处独树一帜，难以形容，成绩优秀只是极其微末的一点。当时我曾向她提示这一点，这不是表示爱慕，只是向她提示这一点。她说，是的，我不笨，你也不笨，只是一个人现在聪明，不代表永远聪明，如果你足够聪明你就会意识到这一点。我说，听说智商是一个固定的值。她说，狗屁，当你心情不好的时候，智商就会降低，当你睡着了，你还有什么智商呢？我承认永远无法在辩论上赢过她，我也承认在睡着时梦见过她，我睡在我父亲工厂的杂物间里，我的父母睡在另一个杂物间，我们相隔半个圈楼，中间隔着车间主任，调度员和车间会计的办公室，它们在白天非常热闹，夜晚空无一人，而杂物间则正相反。我睡前会用一个小型收音机听评书，夜间的评书演员通常不怎么著名，说的书也比较冷僻，我却特别喜欢，随机地进入一个莫名其妙的世界，有一个人对那个很少人关心的世界很有研究，娓娓道来。那个小型收音机我们称之为半导体，意思似乎是可以导致什么，但是又不能完全导致。然后我梦见她，我们两个光着身子趴在被窝里，胳膊支起上半身，我一直盖的旧被子盖住我们臀部以下，像两只海豹。她说，你家的床真舒服啊，世界上怎么会有这么舒服的床？我说，没错，你很识货，这就是世界上最舒服的床，我爸自己打的。她说，你妈喜欢我吗？我说，当然。现实中她们两个从没见过，我的意思是一辈子都没有见过。她把脸侧过来看着我说，你不要去学习去工作去干吗了，我们就这样一直待着，好不好？我说，有些热啊，你不觉得热吗？她说，热就把身子再出来一点点，这不是可以自己控制的吗？我们就这么一直待着好不好？我说，好。她继续看着我，似笑非笑，好像我答应了她反倒让她觉得我很傻。哦，我想了很多办法重温这个梦，比如在睡前把这个梦在脑子里一帧一帧播放一遍，比如把它一字一句地写下来，就像刚才一样，有时候是写到纸上，可惜同样的故事只梦到过两次，有一次还不够完整。

来了吗？鲍勃说。
我说：来了。

我和马威盯着电脑屏幕，等着它继续说话。马威说，他很准时。我说，没错，昨天你们聊了什么？她说，昨天我们聊了"四人帮"的故事。我说，这个假洋鬼子鲍勃是不是以为你是一个老头？她说，不是的，我什么性别，多大，我都告诉他了，只是没告诉他我在哪个学校上学。我说，你给他发照片了吗？她说，当然没有，他也没有要求。我说，那还好。她说，他昨天讲的东西特别有意思，他认为马克思错了，但是一旦我们接受马克思错了，人类就无可救药了。我说，你们怎么认识的？她说，在聊天室里，可能是我的签名吸引了他。马威的签名是"英特耐雄纳尔一定会实现"。我用这个签名是因为喜欢这个旋律，她哼了一下《国际歌》，说，当然，也不是完全觉得不会实现。我说，接着说马克思。她说，对，他说一旦马克思错了，也就是因为人性的本质共产主义无法实现，也就是说商品社会是人类最终极最完美的社会形态，那人类就离灭亡不远了。我说，听不懂。她说，他的意思是商品社会最重要的原则是交换，交换是最冷血的东西，一定会使人类异化，为了刺激人交换的欲望，商品社会会发明出很多新的欲望，这些新欲望会把人类杀死，如果想要减缓人类灭亡的速度，只能歼灭一些欲望。我说，我知道，欲望刺激消费，消费依靠于劳动，劳动产生剩余价值，这不公平，但是如果没有剩余价值，别人为什么要雇用你劳动呢？她说，你们说的是两码事。

鲍勃说：不好意思，刚才上了个洗手间，我的肠胃不太好。你还在吗？

我说：在。

鲍勃说：我今天租到一张影碟，内容很有意思，讲一个人要在秘鲁建造一座歌剧院，只是字幕乱七八糟，大概意思需要依靠猜测。

我问马威，你听说过这部电影吗？她说，没有。

我说：我平时电影看得很少，因为在家里看电影太吵了，占用时间也多，我倾向于看书。

鲍勃说：倾向于？

我说：是的。

鲍勃说：我上午做一些手工，下午去图书馆看书，晚上看碟片，睡前之前我做七十个引体向上。

我问马威，你知道他多大年纪是男是女吗？马威说，如果他说的是真的，肯定是男的。我说，你怎么知道？她说，你听说过哪个女的能做七十个引体向上吗？我说，那年纪呢？她说，我感觉四十岁左右，因为他前两天跟我说他离婚了，没有孩子。还有一个线索是，昨天他说"四人帮"倒台的时候，他一个人骑车在街上转了一圈，骑了两个多小时，就想看看人们是什么样的情绪。也就是说一九七六年，他已经具备了骑车两小时并且思考观察检验的能力。我说，当时他是什么情绪？她说，他？他的情绪是想骑自行车。我说，这叫什么情绪？我现在该怎么回？她说，你可以不着急回，他会接着说。他说上午做了手工，一会他就会说到他的重点。

过了三分钟。

鲍勃说：我刚才在看我们之前几天的聊天记录，聊得很有意思，今天你是不是叫来了一个朋友？

我说：没有，你怎么会这么觉得？这么晚了哪会有朋友来？

鲍勃说：你的朋友是个男生，他信得过吗？

我说：你这是在侮辱我。

马威说，不要这么强硬。我说，要不然怎么办？底气不足更容易被识破。她说，他已经识破你了，现在说什么都没用了。他很容易生气，生气之后他会离线，修改自己的签名，等气消了他会再上线，这样很耽误时间，我们要折腾到很晚了，可重点还没来。

鲍勃下线了，他原来的签名是："这个冬天雪还不下，站在路边我眼睛不眨。"过了一会改成："一个人怎能抵挡住这个巨大社会的控制，又不会变成一个虚无主义者？"

过了七分钟。

鲍勃说：之前的聊天里你会说"是"，你一共说了五十几个"是"，从来没说过"是的"，另外你不会用"倾向于"，这是一个男性化的词语，是男性试图彰显自己的严谨使用的乏味的词汇。

马威说，快，夸他厉害。

我说：了不起。现在是我们两个坐在电脑前，我是小马的同学，她的右手骨折了，我帮她打字，所有内容都是经过她确认的。

他说：你们两个很要好？

我说：我们是好朋友。

他说：具体一点。

我说：我很崇拜她，她觉得我也还行。

马威说，加一句"但是我们没在谈恋爱，我们之间没有这种感觉"。

我说：但是我们没在谈恋爱，我们之间没有这种感觉。

想了一下，我又加了一句：我可以为她做任何事情。

马威说，不要狗尾续貂，我让你打警察你肯定不干。

我说，拿到毕业证之后我可以考虑。

他说：怎么称呼你？

我说：我的网名叫金刚，你可以叫我小金。我向你道歉，小马已经提醒我，不要在你面前耍花活。

他说：既然你们两个都在，我还是称呼你们为小马，第二人称我也不用复数，还是说"你"，不用"你们"，可以吗？等于是我用一个括号把你们括在一起，在方程式里算是一项。

我说：没问题，感谢你的包容。

他说：你觉得包容是个双关语，是吗？

我说：是的。

他说：双关语格调不高。

我说：好的。

马威说，你今天晚上回复得最好的一句话，是这个"好的"。

他说：你这个朋友完全可以信赖吗？请小马确认。

我说：是的，他完全可以信赖。

马威说，加一句，这是他最大的优点。

我说：这是他最大的优点。

过了五分钟。

他说，上次跟你说的小礼物我做好了，比上一个小礼物大一些，我希望这次它的声音很好听。别忘了我跟你说的，现在之所以变成这样，是因为每个人都沉迷于自己的私人生活而放弃了改造世界的想法。

我问马威，什么意思？

马威说，你回，上一个礼物声音已经不小了。

我说：上一个礼物声音已经不小了。

他说：这种恭维没意思，我心里有数。不过你说的也不完全错，上一次我用了螺帽也放了铁片，这些都不是简单的技术，但这次我又有所改进。新礼物送给谁我还没有想好。你有什么想法？

马威说，让我想想。

我说：让我想想。

我问，他为什么需要你的想法？

马威说，因为这样他的下一步行动就更难预测，如果每次都是他自己的想法，别人就可能研究出里面的关联，一个人很难做出不是他注定做的事情。

我说，一句都没听懂。

马威说，上个月他送出的礼物炸掉了十一纬路上的一个彩票站。

我说，啥？

马威说，炸死了彩票站老板还有一个老顾客。用一个遥控的儿童车载着娃娃炸弹，开进彩票站引爆，你看过这个新闻吧？

我说，看过，我妈说那个儿童车我小时候有个一模一样的。是因为他一直没有中奖吗？

马威说，不像，赌徒的思路是一直玩下去直到中奖。前两天他给我讲了一遍炸弹和遥控童车的原理，那是一个管状炸弹，他在雷管旁边焊了铁片，有人好奇拿起那个娃娃，不会马上引爆，会有几微秒的延迟，这样杀伤力更大，但如果一直没人拿起娃娃，就不会爆炸。他也给我讲了一遍那个地方前后左右的情况，包括他当时设计的路线，后来我去看了一下。

我说，啥？

她说，彩票站成了废墟，用一个大铁板挡着。根据我的物理知识，他讲的炸弹原理很严谨，不懂的地方我去市图书馆查了书，他说的也是对的。彩票站旁边的熟食店已经恢复营业，老板娘姓林，有些斜视，跟他说的一样，她看见那辆乘着布娃娃的儿童车在她面前经过，她不知道为什么路肩上会有一个独自移动的小车，只是充满新奇地看着。他还说，那个彩票站老板是个退伍军人，要不然不会有这个机会开彩票站。我问了邻居，确实是这样的。

　　我说，你想干吗？

　　她说，我也不知道，我就是有这个闲心，不行吗？但是也还不能确定一定是他。

　　我说，是不是他干的跟咱们有什么关系？

　　她说，你不怕有一天会炸到你吗？走在街上，"砰"的一声，你飞到街的另一边，垃圾桶上挂着你的半条腿。

　　我说，那就报警，让警察加他好友，陪他聊天，抓他归案。

　　她说，刚才你已经说了，我们完全值得信赖。

　　我说，说那些话的时候我不知道还有彩票站的事情，人也不能被自己说的话锁住啊，人说话是为了自己方便。

　　她说，但我知道彩票站的事情，我还替你打了包票，我长这么大从来没有出尔反尔，无论鲍勃是谁，我都没这么做过。

　　我说，我口干舌燥，我得走了。

　　她说，我给你倒一杯水。我们可以通过这一次的情况确认是不是他，一点都不费事。

　　鲍勃说：你的想法有了吗？

　　我说：还没有，要不你先说说你的想法？

　　鲍勃说：不着急，你再想想。

　　我问马威，关于这个礼物，你们还聊过什么？

　　马威说，哦，我说过如果不考虑人的伤亡，咱们 S 市如果每周都有一次爆炸的话，是挺有意思的事情。

我说，你真这么想？

马威说，当然不是，只是交朋友的一种方式。跟我来。

我随她轻手轻脚地走出来，她说，不用这么小心。我爸妈没在家。我说，没在家？刚出去了？她说，昨天就出差了，我刚才骗了你一下，怎么说呢，让你有所忌惮，可能是多此一举，你不会生气吧？你喝什么，有果汁，矿泉水，啤酒也有。我感到不舒服，咳嗽了一下，冲着水槽吐了一口吐沫。厨房非常大，冰箱的门是对开的，我从来没见过这种冰箱，里面灯火通明，好像拉开就可以走进去串门。马威打开了灯，我发现我们在二楼，一楼是巨大的客厅，有一圈沙发和几支灯柱，还有一排高高低低的组合音响。两层楼由一段旋转楼梯相连，令我眩晕。我说，所以你们不是这栋楼里的一户人家，而是唯一一户人家。马威说，是的，我爸说这样比较隐蔽，改造起来也没那么麻烦，半年就弄完了。你喝啤酒吗？我没见过你喝酒，我妈说这款啤酒好喝又不发胖。我说，根据我对我爸的观察，我不相信世界上有这样的啤酒。给我一点凉开水就行。她从冰箱里拿出一瓶矿泉水递给我，我一口气喝掉半瓶。当我意识到这个房子里只有我们两个人时，我才感觉到这里温度极高，虽然没有看见暖气片，但是一定有什么东西在给房间加热。马威长高了，我长得没有她那么快，她穿着一套米黄色的睡衣裤，在房间里没有觉得，在厨房的灯底下才显得那么合身，跟挂在脖子上的白色绷带相得益彰。上衣是鸡心领的，露出她胸前一块皮肤。我穿着毛衣毛裤，毛裤外面还有一条外裤，汗水把衬衣贴在我的后背上。如果我再热一点，也许就可以把衣服烘干，我琢磨着。马威递给我一瓶可乐说，能帮我拧一下吗？我帮她拧开，一些距离瓶盖很近的可乐涌出来。她说，你没有在学校时活跃。我说，我在学校很活跃吗？她说，是的，而且很冲动，上周你打了刘贺。我说，那是他欠打，我上周不打他下周也要打他。她说，所以不是冲动？我说，有一些基础，也有一些偶然。她说，你勒住他的脖子，我以为你会把他勒死。我说，那是我的绝学，一旦动手，先转到对方身后锁住他的脖子，他就没辙了。她说，后来你撒手了，为什么？我说，因为他说，求你了，从牙缝里说出来的，只有我能听见。她说，如果他不求饶，你会把他勒死吗？我说，也不会，我会放了他，换一种方式收拾他。她又喝了口水，走到我身边，把可乐瓶放在餐桌上，说，有时候我会想杀死一个人。我说，谁？她说，不好说，每一个阶段不一样，去年我想杀死齐达内。我说，齐达内？她说，是的，他在世界杯决赛里顶进了两个头球，击败了巴西，我是罗纳尔多的球迷。那两个头球他完全可以顶不进，但是他顶进了，他非常邪恶，罗纳尔多那天如同梦游。我说，齐达内那天的工作就是要击败巴西。她说，你说得没错，但是他不应该顶进两个头球，这是一种邪恶。我们回去吧。冰箱里有橘子你要拿一个吗？我说，不用，我不太想跟他继续聊了。她说，是吗？你随时可以走，现在也确实太晚了。我说，他让我感觉压抑，他让我觉得自己很笨。她说，如果他真的炸过彩票站而现在没有被抓到，那他有资格让你显得笨。我说，但他是个软蛋，鬼鬼祟祟的软蛋。她没接茬，走进了卧室，关上门，我跟过去推开门，坐在原来的椅子上。

八分钟前。

鲍勃说：我有点困了，如果你想不到就明天再说，我想告诉你的是礼物我已经做好了，刚才你离开的这段时间我做了最后一道工序，把它和它的凯迪拉克绑好了。

马威说，你告诉他，我想好了。

我说：我想好了。

他说：请讲。

马威说，你知道九马路那有一个旱冰场吗？金杯大厦一楼的那个旱冰场，每天的夜场都被坏孩子占领，我知道其中有三四个是少年犯，你能给他们送一个礼物吗？

我说，我不能帮你说这个。

马威说，那你走吧。

我说，不是，金杯旱冰场我去过，不都是坏孩子，有几个是真的滑得很好，还有一个女孩在里头练花样滑冰。

马威说，我跟你的意见不一致，你可以走了，我用鼻子也可以打字。

我说，你还要打这段话吗？

她说，是的。

我说，你去过那个旱冰场吗？

她说，没有，但是我有可靠的信息来源。

我说，我去过，我很可靠，那个旱冰场是那片儿最好的一个地方，虽然偶尔有几个小流氓。

她说，我可以相信你，我选择不信，你出去。

我说，你们俩是闹着玩的，鲍勃你认识对吧？他是不是咱班的同学？

她说，如果你觉得他们不坏，你可以只说地点，等他问你为什么。其实我没有理由，我只经过过一次。

我说，没有理由？

她说，没有理由才是最好的，但鲍勃可能不喜欢没有理由。

我叹了一口气，说：金杯大厦旱冰场。

鲍勃说：好。

然后他的头像失去了颜色。他下线了。

我骑车回家的时候，路上几乎没有人，气温降到了零下三十度，衣服里的汗水一点点地变得冰冷。偶尔有一辆装着砂石的大车驶过，路面发出轰鸣。一周前下的雪还在路边，在夜里显得黑黢黢的，像连绵的矮墙。有一个人骑着倒骑驴，上面堆满了金黄色的香蕉，用一个大棉被盖着，我的自行车超过了他，我能听见他的呼吸声，呼哧呼哧。骑进厂子的大门，我回到自己的杂物间，脱了衣服躺下。被子如此柔软，冬天才刚刚开始，上面还有一点点樟脑球的味道。我哭了。我用手拉自己的头发，浑身发冷，嗓子眼却像要冒火一样。我完蛋了，我知道，很快我就会被枪毙，虽然我不知道枪毙的程序，是打中脑袋还是心脏，从多远的距离射击，但这两个字已经让我快死了。如果我说，是马威打的字，而我只是坐在那里看着，也许我可以不死，转而蹲一辈子监狱，马威肯定也有她的供词，键盘上有我的指纹，这一招不一定能见效。我去告诉警察，我现在从被窝里出来去告诉我爸妈，然后去告诉警察，让警察在旱冰场旁边拦住那辆儿童车，让旱冰场里面没有一个人，空空如也。上一次警察并没有抓到他，这次为什么可以抓到呢？我用枕巾擦着自己的眼泪和鼻涕。如果警察永远抓不到他，我就永远不会被知道，如果我举报了他，警察失手，马威会不会告诉他我的住址，他会把我们全家人炸死吗？用一个更大号的炸弹炸掉整个车间，他一定会毫不犹豫地这么干的。我告诉他我的网名叫金刚，我为什么会跟他说这个？也许整个 S 市只有我一个网名叫金刚的人，即使马威替我保密，他也会找到我，然后在我回家的路上把我炸得七零八落。也许不是他，我见过我爸几个爱吹牛的同事，他们喝完酒之后会提到城市里几个最著名的流氓，这些流氓大多已经被别的流氓杀死或者被抓捕，他们说当年他们和这些坏蛋一起行动，他们一起吃饭，洗澡，找女人，抢劫，绑架，跟同样凶狠的流氓在夜晚宽阔的大街上搏斗。我爸说，这些人他认识了将近三十年，一起上初中，上山下乡，进厂里工作，对他们的家庭、受教育程度和生活轨迹一清二楚，而他们经常还愿意在他面前吹牛，编造离奇的故事，这让他费解。我从床上下来，走过车间主任，调度员和会计的办公室，来到我父母住的杂物间，一路上没有任何光亮，但我知道怎么走。铁皮门紧闭，我拉开门，他们两个挤在一个简易的床板上熟睡，那个杂物间里只有放一个床板的空间，他们就像是货架上的物品一样背靠着背一动不动。如果我被抓走我一定会非常想念他们，这时我才知道我们是多么亲的亲人，我们在世界上真正拥有的东西就是彼此，想到他们将要为我难过我的心简直要跳出来。我关上门走回自己的床。鲍勃，我真想搞清楚他到底是不是在说谎。在睡着之前，我回忆他跟我的对话，我认为他没有这个胆量，我的直觉告诉我，他没有，一个谈吐如此缜密的人怎么会进行这么疯狂的计划呢？可能是马威安排了一出戏刺激我试炼我，而她为什么这么做我不需要知道，就像为什么她要理成短发一样，我不需要也无法知道到底为什么。

第二天上学的时候，马威待我跟过去一样，好像比过去温柔了一点，她的手没法做卷子，只上了半天课就走了。她走过来跟我说，我下午回家了。我说，还是很疼是吗？

她说，不是疼，是痒，皮肤很痒。她右手的手指露在石膏板外面，每一根手指都肿得发红，紧挨在一起。我说，他又说话了吗？她说，没有。她走近我，小声说，他之前跟我说过一句话，爆炸就像射精一样。我说，哦。她说，我只是复述他的话，你不要不好意思。我觉得他说得挺有道理。我说，今天你要坐汽车走了吧？她说，今天没办法，只能当一个坐汽车的傻帽了。老师走进课堂，用教案敲击讲台，都把耳朵给我，所有人，把耳朵给我。马威当着老师的面冲我摆摆手，我的心跳加速，有那么几秒钟似乎不像昨晚那么在意滑旱冰的人的死活了。晚上我坐在杂物间前面帮我妈择豆角，一边听半导体里的本地新闻。她的手迅速地拉掉豆角一侧的豆筋，折成两段扔进盆里，活力让她没有昨晚睡熟时显得可爱。没有新的爆炸案的消息，不过提到了上一次爆炸的侦破情况，没有线索，爆炸本身毁灭了爆炸的证据。那辆小车只剩一点点残片，布娃娃烧得一点不剩，同样的童车在 S 市有两三千辆，这还不算上在旧物回收站和垃圾处理站废弃的，雷管很可能来自于两百公里以外的 F 市，F 市的支柱产业是煤矿。市内的彩票站这周全部关闭了。死去的两个人没有共同点：顾客是一个外地人，前一天来 S 市出差。他的太太说他有个习惯是每到一个出差的地方都在当地买一张彩票，没想到这个习惯害死了他。我妈说，我没出生之前你爸也爱买彩票，我跟他大吵了几架，他就不再买了。谁中奖都是设计好的。我

说，你怎么知道？她说，如果不是设计好的，他们为什么
要组织这个事情呢？你爸那天跟我说，多亏不再买彩票了，
要不可能他会被炸死。我说，这个几率太小了，他不会去
十三纬路买彩票。她说，不是几率，是如果这个人不买彩
票就不会死，这不是几率，这是因果。

　　高考之前马威跟我说，她想去上海，我说上海有点潮
湿，我想去北京。她同意我的意见，但是她还是想去上海。
后来她考去了香港，一个更加潮湿的地方，她的数学和英
文都几乎拿到满分，她说她的学校在一座山中，依山而建，
一层一层地直到山顶，我心想这有点像你家的房子。我顺
利去了北京，只是不是第一志愿的专业，我报了法律系，
结果调剂到了文学系，大二那年我申请转系，转到了新闻
系，计划毕业之后做一名记者。去大学报到之前的那个暑
假，我跟马威见了几面，只有一次聊到了鲍勃，她说他再
也没有上线过，她也没有给他留过言，他的签名也没有更
换过。也许他死了，她说，你知道他一个人住，死了几天
也不会被人发现，也许是做引体向上的时候犯了心脏病，
或者是组装炸弹被炸死了，人们以为是一起煤气泄漏的事
故。我没有回答，我不知道该发表什么样的意见，那个夜
晚就像是一个海底世界，现在我在水面上了。我们一起吃
饭、逛街、看电影。我说，听说走在香港街头就会遇见明
星。她说，如果你想去香港就告诉我，我来帮你买机票。
我说，你寒暑假会回来吧？她说，看情况，我回来就告诉

你。你现在想做点什么吗？我说，比如？她说，比如摸摸我，或者我帮你射出来。我说，我刚才有这个想法，但是你把它描述出来后我觉得还是算了。她说，我的描述有什么问题吗？我说，没有，只是它们从你嘴里说出来就没了行动感了。你有时间的话，我们就换个厅再看一部电影，如果不被发现，就不用再买票。那天我们买了两张票看了三部电影，像两只小老鼠一样在影厅里窜来窜去，夜里十点多才回家。我记得其中一部电影叫《蓝色爱情》，是袁泉和潘粤明演的，后来我做实习记者时采访过潘粤明，还跟他提了这件事情。他问我为什么会去看这么一部电影，很少有人记得这部电影。我说，我也忘了为什么，就是推开影厅的门进去坐下看了，我旁边的女孩后来睡着了。他说，那部电影的结尾还挺有意思的，你看到了吗？我说，看到了，一个女孩站在桥上像要跳海，其实是蹦极。

　　大学入学之后我们两个再没有联系过，就像有一扇门非常隔音，关上之后外面的世界一点声音都没有了。除了过年，我很少回到 S 市，我在北京寻找各种各样实习的机会，一边锻炼自己一边想办法挣钱。从大二开始我的学费都是自己来付，没再管父母要过钱，在大学里我从没打过架，也没有谈过恋爱。寒暑假我会给他们买票来北京看我，几天之后把他们送上回 S 市的火车。齐达内在我大三那年的世界杯决赛上用头撞倒了马特拉齐，被罚下然后退役了，他走过大力神杯看也没看一眼，只是把运动衣的下摆抻出了短裤。我们学校有个讲非虚构写作的老师去香港科技大学交流一年，回来之后说，在香港的另一所大学里，半年之内发生了五六起小爆炸，目标都是室外垃圾桶，没有人员伤亡，但是一次比一次猛烈，抓不到肇事者。有两位校董收到匿名信，匿名信要求严格执行垃圾分类。这位老师说，现在那所美丽的大学是香港执行垃圾分类最好的高校，爆炸也停止了。

　　大四开学不久的一天，九月二十七号，我在寝室洗脚，那时候我给自己买了一台二手电脑，我一边洗脚一边在电脑上看《康熙来了》。寝室的老小正在他自己的电脑上浏览网页，他忽然说，哥，你老家爆炸了。不是城市爆炸了，是出了一起爆炸案。一个旱冰场被炸了，死了三个人。我把脚擦干，穿上拖鞋，走到他背后。我看了一会那条简短的新闻，然后回到床上躺下，凌晨时分我从上铺爬下来，打开电脑登录QQ，给马威留了言。第二天一早坐火车回到了S市。金杯大厦的四周围上了警戒线，它已经破败了，不是因为这次爆炸，而是因为多年的原地不动。旱冰场一直都在，跟过去一样一直在一楼，面积萎缩了一半，另外一半现在卖体育用品，这次爆炸死亡的人里头有两个是体育用品店的店员。我穿着羽绒服站在警戒线外面看了大概二十分钟，只看到一辆警车停在大厦门口，没看见有人进出。楼体黑了一大块，招牌炸烂了，所有窗户上的玻璃都不见了。我沿着街走了一会，那曾是S市最繁荣的一片商业区，现在也有很多店铺，只是大多都显得很狭小，好像被哆啦A梦的手电筒一照，一切都小了一号，丑陋的小店和大牌的连锁店挨在一块。我走进一个网吧，要了一台机器，左右的人都在玩魔兽争霸，有人在抽烟有人在咆哮，我打开QQ，马威回复我说，她也看了新闻，今晚回S市。我告诉了她网吧的名字和地址，她没有回复。我无事可干，在电脑的硬盘里找电影，找到一部香港的三级片，主演是叶玉卿，我看了一个来小时，旁边的人下机走了，我走到吧台把旁边的电脑也包了下来，然后我回到座位上，坐了一会就睡着了。中途我醒了一次，已经是晚上八点，我要了碗泡面吃了，喝了半瓶矿泉水又睡着了。再醒来时是夜里十二点二十，马威坐在我旁边的位置上正在盯着电脑屏幕，我说，你回来了？她说，你没感冒吧？我说，没有，椅子挺宽，我睡出汗了。不是你干的吧？她说，不是。爆炸发生的时候我和同学在香港的戏院看电影。我说，还喜欢看电影？什么电影？她说，《色戒》，开画第一天。她从兜里拿出票根和登机牌给我看，确实是《色戒》，也确实是刚落地不久的航班。她瘦了，还是原来那么短的头发，应该是又长了个子，显得脑袋小了，更像大人。没有化妆，一只耳朵上穿着一枚钻石耳钉，克数不小。她说，鲍勃来了。我看向她的屏幕。

鲍勃说：你现在怎么样？

马威说：还行，我应该会去美国读研究生。

鲍勃说：什么专业?

马威说：证券法。

鲍勃说：哦，将来要去华尔街。记住一点，钱不够了就印钱，通货膨胀是个假象，钱不够了就说明有人需要钱。

马威说：你过去几年在干吗?

鲍勃说：我在攻克一个技术难关，你知道吗? 金杯大厦的大门口有摄像头，凯迪拉克进去之后如果想要抵达旱冰场，要上一个四级的台阶。

马威说：确实很难。

鲍勃说：是的，我用两年时间做了一组机械腿，一年时间改进遥控器和电池。如果我说它对我来说很容易是在撒谎，它超出了我的能力极限，我很高兴最终克服了自己的局限。

马威说：你就要出大名了。

鲍勃说：哦，不要依照别人为你制造的形象活着，每个人的内心都有个原始的激励者和解说员，你要追随这个声音向前走。

马威说：我想去华尔街，捣毁它的神经中枢。

鲍勃说：正解。你那个朋友，小金，怎么样了?

马威说：好久没联系了，他不重要。

鲍勃说：是的，但是你要除掉他。

马威说：他不重要。

鲍勃说：你要除掉他，今天之后就是我们两人的事情了。

马威说：他不重要，忘记他吧。

鲍勃说：我其实也挺喜欢他。你现在可以帮我射精吗？

马威说：现在不可以。你后面有什么计划？

鲍勃说：我想开始写我的回忆录。不用担心，你的部分我会使用化名，没人会知道是你。

马威朝我看了一眼，我感觉她有些紧张，我把手放在她的肩膀上说，他一定会让人猜到是你的。马威说，不可能，他不知道我是谁，我可以不去美国，我有很多选择。我说，他会让人知道那人是你，小马是你，因为实际上它就是你。马威说，我约他出来，对不起，把你拉了进来，但是那天你确实也在。我说，你约他出来想要干吗？她说，我不知道，我可以约他在附近的酒店。我说，然后呢？她说，我不知道。我说，我和你不一样。我去不了华尔街，也改变不了世界，我什么也不是。她说，你什么意思？我说，我也不知道，我只是想到哪说到哪。你以为这是你们改变世界的方式，其实你们只是想要伤害别人，伤害别人而不被发现，让你们觉得自己很聪明很优越，藏在阴沟里反而觉得自己很干净，对吗？马威说，你很干净吗？你为这个世界做过一点什么呢？采访一个名人问问他早上喝了咖啡还是茶？你在学校学的那点破东西只会让你变成任人宰割的猪崽子，你以为你读过十几年书跟你爸妈有什么不同？我告诉你，一模一样。

　　这时外面突然人声鼎沸，网吧里的人正在往外涌出，我以为起火了，下意识地拉起马威的手往外跑。十几辆警车开着警灯围住了金杯大厦。有人说了一句，炸弹客抓住了，他一直藏在大厦楼上，没能逃出去。另外一个人说，是他吗？我认识他，他之前是这里的商户，有一个店面，后来被一个大牌子挤走了。我们两个拼命往前挤，我感觉到马威几乎在用手厮打着每一个挡住她的人。四五个警察把一个人按在地上，看不清那人的脸庞，只能从身形上感觉是个男性。马威冲过警戒线跳到那人旁边歪头看他，"不是他，绝对不是他！"她喊道。其中一名警察一拳把她打倒在地。我看着她的头颅垂在胸前失去了知觉，两个警察把她架到了警车上。我从人群里退出回到网吧，里面只剩零星几个人，很多无人操作的电脑屏幕在闪烁，茫然的怪兽站在原地被一些小怪物屠戮。我来到马威的机位，鲍勃在说话，他一直在说话。

　　鲍勃说：在吗？

　　鲍勃说：小马？你在吗？在吗？

　　鲍勃说：如果你不回答，我不知道自己下面会做出什么事情来。你知道吗？你一直在我心里，我在为你而战，我要为你创造更好的世界。

　　狗娘养的，我心想，你还能做七十个引体向上吗？

　　我拉开椅子坐在马威的位置上，打字：

　　你有些言过其实了。

　　鲍勃说：你回来了？虚惊一场，我还是不退休了吧，关于下一个目标你有什么思路吗？

　　我说：让我们换一种方式对话吧，你现在在哪？宝贝。